北京上河卓远文化传播有限公司　出品

| 阿特伍德作品 |

石床垫

石床垫

传奇故事九则

Stone Mattress

［加］玛格丽特·阿特伍德

邹殳葳 译

河南大学出版社

图书在版编目（CIP）数据

石床垫：传奇故事九则/（加）玛格丽特·阿特伍德著；邹殳葳译. — 郑州：河南大学出版社，2017.12
ISBN 978-7-5649-3146-9

Ⅰ.①石… Ⅱ.①玛… ②邹… Ⅲ.①短篇小说—小说集—加拿大—现代 Ⅳ.①I711.45

中国版本图书馆CIP数据核字（2017）第323946号

Margaret Atwood
Stone Mattress: Nine Tales
Copyright:© 2014 By O.W. Toad, LTD
This edition arranged with through Big Apple Agency, Inc., Labuan, Malaysia.
Simplified Chinese edition copyright ©20
14 Henan University Press Co., Ltd
All rights reserved

豫著许可备字-2016-A-0390

石床垫：传奇故事九则

著　者	[加] 玛格丽特·阿特伍德
译　者	邹殳葳
责任编辑	李冬梅　杨全强　蒋海涛
责任校对	傅红雪
装帧设计	鲁明静

出　版	河南大学出版社		
地址：	郑州市郑东新区商务外环中华大厦2401号	邮编：450046	
电话：	0371-86059701（营销部）　网址：www.hupress.com		
制　作	北京大观世纪文化传媒有限公司		
印　刷	北京中科印刷有限公司		
版　次	2018年8月第1版	印　次	2018年8月第1次印刷
开　本	810mm×1092mm　1/32	印　张	11.875
字　数	208千字	定　价	58.00元

版权所有，侵权必究
（本书如有印装质量问题，请与河南大学出版社营销部联系调换）

目录

阿尔芬之境	001
归魂	047
黑女士	095
天生畸物	149
冻干新郎	161
我梦见泽尼亚和她的鲜红獠牙	197
死手爱你	219
石床垫	273
焚尽余灰	303
致谢	359
译后记	365

阿尔芬之境

冻雨[1]从空中筛下,好似无形的神父撒出一捧捧闪闪发亮的米粒。雨滴所到之处,结晶成沙砾一般的雨凇。在路灯下,这雨看起来美极了——就像银色的精灵,康斯坦斯心想。但是,她接着意识到,自己太容易被迷惑了。这美景不过是一种幻象,也是一个警告——美也有阴暗面,就像有毒的蝴蝶。她应该想到,这场冰风暴将会给许多人带来风险、危害和痛苦,而且,电视新闻里说,损害已经造成了。

尤恩买的这台电视是纯平高清的,方便他看冰球和足球赛。康斯坦斯倒是更希望用回那台模糊的老电视,虽然人物都会显示成奇怪的橙色,画面也常常出现波纹或是变暗消失。但对于有些东西来说,清晰度太高并不好。她讨厌看到毛孔、皱纹、鼻毛和白得不可思议的牙齿猛地挤到眼前。

---

[1] 冻雨(The freezing rain)是由冰水混合物组成,与温度低于0℃的物体接触立即冻结的降水,是初冬或冬末春初时节的一种灾害性天气。——本书注释均为译注,以下不再注明。

在这种情况下，你可没办法像在现实生活中那样无视它们。这就好像是被迫变成了别人家洗手间里的镜子，还是放大镜——那些镜子可不会给你什么好体验。

幸运的是，天气预报节目里的播音员都站得很靠后。他们要张罗地图，他们的手势动作很夸张，就像三十年代电影里迷人的服务员，或是正准备展示悬浮美女的魔术师。看好了！一大片白色云团正在横越大陆！你看它的范围有多广！

现在场景转换到了室外。两个年轻的解说员躬身躲在滴水的雨伞下——一男一女，都穿着时髦的黑色连帽大衣，帽檐上苍白的皮草围着脸颊绕成一圈。汽车从他们身边缓缓挪过，雨刷奋力工作着。他们都很兴奋，说自己从来没见过这样的天气。他们当然没见过，他们太年轻了。然后电视上出现了各种灾难的画面：一起多车相撞的连环事故，一棵倒下的大树砸毁了房屋，一团被冰压垮的电线令人惊恐地闪着火花，一排被冰雪包裹的飞机滞留在机场，一辆大卡车侧翻在路边，折成一个"V"字，浓烟滚滚。现场有一辆救护车、一辆消防车，裹着雨衣的工作人员挤作一团——有人受伤了，这情景总是让人心跳加快。一个警察出现在屏幕上，八字胡被冰晶刷白了。他严肃地请求人们留在家里。这不是开玩笑，他对电视观众说，不要以为你能经受得住这种坏天气！他紧锁的双眉上挂着冰霜，显得很崇高，就像四十年代战时债券筹募海报上的人物。康斯坦斯记得那些海报，或者认为自己记得。但她也可能只是想起了历史书、博物馆展板或是纪录片——有时候很难准确地区分这些记忆。

最后,节目又加上了一笔淡淡的悲悯情怀。屏幕上出现了一只几乎被冻僵的流浪狗,包在一块粉色的婴儿毛毯里。一个冻僵的小婴儿应该会有更好的效果,但既然没有小婴儿,狗也可以。两个年轻的解说员都摆出了"啊!好可爱"的表情。女孩轻轻拍了拍小狗,小狗虚弱地摇了摇被水浸透的尾巴。"幸运的小家伙。"男孩说道。这画面暗示着:如果你不乖乖听话,也可能会变成这样。不过你可得不到救援。男孩转向镜头,表情严肃起来,尽管显然他暗自觉得这简直就是一生中最美好的时光。雪还会更大,他说,因为暴风雪的主力甚至还尚未发威!跟大多数时候一样,芝加哥的情况更糟。请继续关注我们的报道!

康斯坦斯关掉了电视。她穿过房间,调暗灯光,然后在窗边坐下,凝视着窗外被街灯照亮的黑暗,看着世界幻化成颗颗钻石——树枝、屋顶、水电线——全都绚烂夺目、闪闪发光。

"阿尔芬之境。"她大声说道。

"你会需要盐。"尤恩在她耳边说。他第一次对她说话时,她大吃一惊,甚至很恐慌——那时尤恩已经至少有四天不再是有形的生存状态了——但现在她能轻松地面对,尽管他来去出人意料。能听到他的声音真是太好了,虽然她并不能和他交谈——他的介入总是单方面的——她回应他时,他并不会经常回答。但是过去他们也差不多就是这样交流的。

后来她不知道该如何处理他的衣服。一开始她让它们继续挂在衣柜里,但是打开柜门,看着夹克和西装在衣架上一字排开,等待着尤恩的身体滑进它们之中,带着它们出去散步——这太让人难受了。粗呢套装、羊毛毛衣、格子呢工作衫……把这些捐给穷人本该是最明智的选择,但她做不到。她也无法把这些衣服扔掉,因为不仅浪费,而且太粗暴,就像撕掉一张创可贴。所以她把它们叠好,和樟脑丸一起装在木箱里,放到了三楼。

白天的时候还好。尤恩似乎并不介意,他的声音出现时,总是坚定又开朗。一种大步向前的声音,指路引航。一种伸出的食指一般的声音,瞄准方向。去那里,买这个,那样做!一种略带嘲弄的声音,轻松地开着玩笑。在生病之前,他对她的态度就一直是这样。

但是在夜晚,事情变得更复杂。她做过噩梦:木箱里的啜泣声,悲伤地抱怨着,哀求着想要被放出来。陌生的人们出现在大门口,承诺自己便是尤恩,但其实他们并不是。他们穿着黑色的风衣,威胁着,满嘴康斯坦斯无法理解的胡言乱语。有时更糟,他们坚持要见尤恩,用肩膀把她顶开冲进屋里,显然是想蓄意行凶。"尤恩不在家。"她会申辩,无视三楼木箱里传出的无声的哭喊。当陌生人们开始狠狠地踏上楼梯时，她醒了。

她考虑过安眠药，尽管知道药物会上瘾，而且会导致失眠。也许她应该卖掉房子，搬去某个公寓。葬礼时儿子们就向她力荐过这个主意——现在他们已经不再是小男孩了，分别住在新西兰和法国，都离她十分遥远，便于为他们无法经常来看望她找理由。他们麻利又圆滑的妻子是他们的坚实后盾。两个儿媳都事业有成，一个是整形外科医生，一个是注册会计师。这样就是四对一了。但是康斯坦斯的立场很坚决。她不能抛弃这座房子——因为尤恩就在这里。不过她很机敏，没有告诉他们这一点。因为创造了"阿尔芬之境"，本来他们就一直认为她有些游走在神志不清的边缘。但是这份事业毕竟赚了那么多钱，于是萦绕着它的一丝疯狂气息便消散了。

"某个公寓"是退休老人之家的委婉说法。康斯坦斯并不反对他们——他们是为她着想，并不只是为了自己轻松。而且可以理解，他们是在为所见的混乱无序而感到不安。不仅是针对康斯坦斯——尽管他们体谅她还沉浸在悼念亡夫的痛苦之中——还是针对，比如说，她的冰箱。冰箱里的有些东西可以说是毫无道理。好一个泥潭，她能听到他们的想法：到处都是肉毒杆菌，她竟然没把自己折腾到病危，真是奇迹！她显然没有，因为最后那几天她几乎没怎么吃过东西。只有苏打饼干、芝士条和直接从罐子里挖的花生酱。

儿媳们用最友好的方式处理这种情况。"你需要这个吗?这个呢?""不要,不要,"康斯坦斯哀号着,"这些我都不需要!把它们都扔出去!"三个孙辈,两个孙女和一个孙子,被派来完成搜寻复活节彩蛋的任务——找出康斯坦斯遗忘在房子各处的水杯,里面都是喝了一半的茶和可可,现在已经被长短不一的灰色和淡绿色绒毛覆盖。"看哪,妈妈!我又找到一个!""哎哟,真恶心!""爷爷在哪儿?"

在退休老人公寓里她至少有人做伴,而且也会减轻她的负担。像她家这么大的房子是需要打理、需要照料的。她何必再为这些琐事受累呢?这是儿媳们详尽阐述的观点。康斯坦斯可以重拾桥牌,或者拼字游戏,她们建议道,或者**西洋双陆棋**[1],据说最近又流行起来了。不会给人什么压力,也不会让大脑太兴奋。一些温和的集体游戏。

"还没到时候,"尤恩的声音说,"你还不需要做那些。"

康斯坦斯知道这声音并不是真实的。她知道尤恩已经死了。她当然知道!其他人,其他丧亲之人都有过相同的经历,或者类似的经历。这叫作幻听。她读到过相关报道。这很正常。她并不是疯了。

"你没疯。"尤恩令人安慰地说。当他觉得她沉浸在痛苦

---

[1] 西洋双陆棋(backgammon)是一种在棋盘或桌子上走棋的游戏,靠掷两枚骰子决定走棋的步数,比赛的目的是要使自己的棋子先到达终点。

中时，总是这么温柔。

关于盐他说得很对。这周刚开始的几天她就应该囤积一些类似的融冰剂，但她忘记了。现在如果她再不弄一些，就会变成自己屋里的囚徒，因为到了明天，街上就会变成溜冰场。要是冰层好多天都不化该怎么办呢？她会断粮的。她会变成那些数据之———独居老人，体温过低，饥饿致死——正如尤恩之前所说的，她不能仅靠空气生活。

她必须冒险出去。一包混合盐剂足够除去台阶和走廊上的冰，让别人，更不用说她自己，都不至于摔死。她最大的希望是街角的商店，离这里只有两个街区。她必须带上自己的双轮便携购物车，是红色的，而且防水，因为盐一定很重。他们的车只有尤恩能开，她自己的驾照几十年前就过期了。她知道自己一旦深深沉浸在阿尔芬之境中，就会无心驾驶。阿尔芬之境相当耗费思绪。它会屏蔽外围的琐事，比如停车标志。

现在外面一定已经非常滑了。如果她尝试这次冒险行为，很有可能会摔断脖子。她站在厨房里，犹豫不决。"尤恩，我该怎么办？"她说。

"镇定点，控制住你自己！"尤恩坚决地说。这句话并没有什么指导意义，但每次他不想被某个问题在气势上压制住时，就习惯这样回答。"你去哪儿了？我很担心，还以为你出事了呢？""镇定点！控制住你自己！""你真的爱我吗？""镇定点！控制住你自己！""你是不是有外遇？"

翻箱倒柜一番之后，她在厨房找到一个有拉链封口的大冷藏袋，倒出里面装着的三根干瘪长须的胡萝卜，用黄铜的小炉铲把壁炉里的余灰装了满满一袋。自从尤恩不再是可见的实体，她就再也没用过壁炉，因为这样做似乎不对。点燃炉火预示着新生，预示着重新开始，而她还没有重新开始的打算，她还想继续。不——她想回到过去。

壁炉里还有一堆柴火和一些引火物，炉条上还剩着些烧了一半的原木，都来自于他们最后一次分享的炉火。那时尤恩躺在沙发上，身边放着一杯难喝的巧克力味营养保健饮料。因为化疗和放疗，他的头发已经掉光了。她给他裹上格子呢的汽车毯，坐在他身边，紧握着他的手，把脸偏向一边，不让他看见她面颊上无声流下的泪水。他不应该因为她的痛苦而痛苦。

"这样真好。"他费力地说。那时他已经很难开口说话了——他的声音那么稀薄，他身上的其他部分也是。但是他现在的声音不是那样。他现在的声音又重新正常起来：这是他二十年前的声音，深厚又嘹亮，特别是他大笑的时候。

她穿上大衣和靴子，戴上手套和一顶羊毛帽子。钱，她会需要一些钱。家门钥匙，如果被反锁在门外，在自己家门前的台阶上被冻成一团冰疙瘩可就太傻了。当她拖着滚轮购物车站在大门口时，尤恩对她说："带上手电筒。"于是她踩着笨重的靴子上楼去了卧室。手电筒在尤恩那一侧的床头柜上。她把手电筒放进了手提包里。尤恩特别擅长事先谋划，她自己可从来想不到要带手电筒。

前门廊的台阶已经完全被冰覆盖。她从拉链袋里掏出些炉灰撒过去，然后把袋子塞进衣服口袋，侧身向下挪去，一次一步，一只手紧抓着楼梯扶手，另一只手拽着身后的购物车，砰砰砰。踏上人行道后，她打开了雨伞，但这样行不通——她无法同时拿稳两样东西——于是她又合上了伞。她可以把伞当作手杖。她一寸一寸向车道上移动——车道上不像人行道上那么滑——她撑着雨伞保持平衡，蹒跚在路中间。现在一辆汽车都没有，所以至少她不用担心被车撞倒。

在路上特别滑的地方她撒了更多的炉灰，留下了一条淡淡的黑色轨迹。到紧要关头时，也许她可以跟着这条轨迹回家。在阿尔芬之境很可能会发生这样的事——一条黑色的灰烬轨迹，神秘又诱人，就像森林里闪着微光的白色石头，或是面包屑——但是这些灰烬一定有些特别的地方。你需要明白，只有念出某种韵文或短语才能让它们那毫无疑问极其邪恶的力量失去功效。不过，肯定不是"尘归尘，土归土"这样的悼词，这与临终祷告毫无关系，更像是某种北欧风格的咒语。

"炉灰，击碎，坠毁，撞飞，咬碎，捣碎，飞溅的水。"她一边在冰面上寻找道路一边大声念着。有不少词都和灰押韵。她必须把灰烬也编进故事主线里，至少编进某个故事情节里。阿尔芬之境在这一点上极具多样性。"红掌"米尔泽瑞斯，这个乖戾又阴险的恶霸，很可能是这些魔法灰烬的创造者。他喜欢用改变心智的幻象来迷惑旅人，引诱他们偏离正确的道路，再把他们锁进铁笼子里，或者用金链子把他们铐在墙上，派毛茸茸的小恶魔汉克、剧毒赛诺琳、烈焰皮格斯或者与此相似的生物来折磨他们。他喜欢看着他们的衣服被撕成碎片——他们的丝绸长袍、刺绣礼服、毛皮斗篷和闪闪发亮的面纱，他喜欢看着他们令人愉快地扭动身躯哀声求饶。等她回到家里就可以仔细推敲这些细节了。

米尔泽瑞斯的脸是根据她当服务生时的一个餐厅老板的脸来描绘的。他特别喜欢拍人的屁股。康斯坦斯想知道他有没有看过这套系列小说。

现在她到了第一个街区的尽头。这次外出也许不是什么好主意，她的脸湿透了，她的手冻僵了，融化的雪水顺着她的脖子流下来。但是她已经踏上了旅途，就必须坚持到底。她呼吸着冰冷的空气，棕色的小冰雹抽打着她的脸庞。风更大了，正像电视里说的那样。但是只身在外沐浴在暴风雪之中有种无比轻快的感觉，让人充满活力。落满灰尘的旧蛛网被一扫而空，你能大口呼吸新鲜空气。

街角的商店是全天二十四小时营业的。自从二十年前她和尤恩搬来这个地区，就一直很欣赏这一点。但是今天店门外并没有像往常一样堆着化冰剂。她拖着购物车走进店里。

"还有盐吗？"她问柜台后面的女人。这是个新面孔。康斯坦斯以前从没见过她。这里的雇员总是频繁变动。尤恩曾经说过，这里一定是个洗钱窝点，因为想想这里稀疏的交通流量，还有店里莴苣的新鲜程度——他们不可能会有任何利润。

"没有了，亲爱的，"女人说道，"之前就被一抢而空了。要做好准备，我估计他们是这么想的。"这是在暗示康斯坦斯没有做好准备，这的确是事实。这是伴随了她一生的缺点——她从来没有做过准备。但是如果你对一切都做好了准备，又如何能享受到惊喜的滋味呢？对夕阳做好了准备，对月升做好了准备，对冰暴做好了准备。这种生活方式该多么平淡啊。

"噢，"康斯坦斯说，"没有盐了。我的运气真糟。"

"这种天气你可不应该在外面待着，亲爱的，"那女人说，"太危险了！"尽管她的头发染成了红色，脖子后面的发型也剃得很时髦，但她看起来只比康斯坦斯小十岁左右，而且又比她胖得多。至少我说话的时候没有呼哧呼哧的，康斯坦斯心想。不过，她喜欢被叫作"亲爱的"。她非常年轻的时候曾经有人这样称呼她,后来很长一段时间都没有了。现在这个词她又经常听到。

"没关系,"她说,"我住的地方离这儿只有几个街区。"

"在这种天气里要走几个街区已经很远了。"女人说,衣领里与她年龄并不相符的文身窥探着外面。文身看起来像一条龙,或者某种龙的变体。身上布满荆棘,有角,还有凸出的双眼。"你会把屁股冻掉的。"

康斯坦斯表示同意,询问她能否把购物车和伞留在柜台旁边。然后她推着钢丝编的超市购物车在货架间徘徊。没有别的顾客,不过在一条走道里她遇上了一个瘦弱的年轻人,正在把一罐罐番茄汁摆上货架。她从玻璃烤箱里挑了一只烤鸡,又拿了一包冷冻青豆。这些烤鸡日复一日地旋转在烤叉上,就像炼狱之火中的景象。

"猫砂。"尤恩的声音说。这是对她买的东西的评价吗?他以前就不喜欢这些烤鸡——他说里面可能都是化学调料——尽管在他能吃东西的时候,一旦她买回家,他就能轻而易举地把一整只吃完。

"你是什么意思?"她说,"我们已经没有养猫了。"她发现自己不得不大声对尤恩说话,因为大多数时候他无法读懂她的心声。但有时候他又可以。他的能力总是时断时续。

尤恩没有细说——他就是这么爱捉弄人,常常让她自己想办法弄明白答案——然后她想到了:猫砂是用来代替盐撒在门廊的台阶上的。它不会像盐那么有效，它无法融化冰，但至少能提供摩擦力。她努力搬起一袋猫砂扔进购物车里，又加了两支蜡烛和一盒火柴。好了。她做好准备了。

回到柜台前，她和那个女人又寒暄了几句，称赞烤鸡的味道——那女人自己就很喜欢这种烤鸡，因为家里只有一个人或者只有两个人的时候谁还愿意下厨——康斯坦斯把东西在自己的购物车里放好，努力抗拒着想跟她聊一聊龙文身的诱惑。根据她这些年的经验来看，这个话题也许会迅速引发错综复杂的局势。阿尔芬之境里也有龙，而且有许多书迷对这些龙浮想联翩，热切地希望与康斯坦斯分享他们的想法。比如她本可以如何把龙描绘得与现在不同、他们自己会如何描绘龙和龙的亚种群、她在龙的照顾和喂养方式上犯的错误等等。人们竟然能对并不存在的事物浮想联翩得如此详尽，真是令人惊叹。

这个女人听到她对尤恩说话了吗？很可能，而且很可能她并不在意。在任何一个二十四小时营业的商店里都一定能遇到些会对着看不见的同伴说话的人。在阿尔芬之境，这种习惯可能会引发不同的解读——那里的一些居民拥有幽灵亲友。

"你具体住在哪里啊，亲爱的？"康斯坦斯半踏出门的时候那个女人追问道，"我可以发短信喊个朋友过来，陪你走回家。"哪种朋友呢？也许她是某个飞车党的女朋友。康斯坦斯心想，也许她比康斯坦斯认为的要年轻，也许她只是饱经风霜。

康斯坦斯假装自己没有听见她的话。这可能是个骗局。也许接下来你就会发现某个一心打算入室抢劫的帮派成员站在门外，口袋里准备好了强力胶带。他们会说他们的车坏了，想借你家的电话一用，然后你好心让他们进了家门，结果你还没反应过来，就被胶布封住了嘴，捆在楼梯扶手上，他们用图钉插进你的手指甲，逼你吐露保险箱的密码。康斯坦斯很了解这种事——电视新闻她可不是白看的。

灰烬的轨迹现在已经毫无用处——都已经被冰覆盖，她几乎看不到了——风也刮得更猛了。她是不是应该就在这里，在返程途中打开猫砂的包装袋？不，她会需要一把刀，或者某种剪刀，尽管袋子上应该有拉绳。她用手电筒照了照购物袋里面，但是手电筒一定快没电了，光线太弱，看不清。再和购物袋纠缠她会冻掉骨头，所以最好还是奋力向前冲——尽管根本冲不起来。

冰面看起来比她出门时要厚了两倍。门前草坪上的灌木丛看起来像一座喷泉，夜色中闪闪发光的枝叶优雅地倾泻到地面。这里或那里掉落着一根根断枝，半堵着路。一到房子门口，康斯坦斯就把购物车留在人行道上，紧紧抓着护栏扶手把自己拽上湿滑的台阶。门廊的灯令人愉快地亮着，尽管她不记得自己曾经开过灯。她与钥匙和门锁缠斗了一番，打开了门，水淋淋地费力穿过房间来到厨房。拿上厨房剪之后，她又原路返回，走下台阶来到红色的购物车旁，剪开了猫砂包装袋，大肆倾洒了一番。

好了。滚轮购物车被拖上台阶拽进屋里，砰砰砰。身后的门锁上了。湿透的大衣脱掉了。水淋淋的帽子和手套放在了暖气片上，冒着蒸汽。靴子立在了门厅里。"任务完成。"她说。万一尤恩在听，她想让他知道自己安全回来了，不然他也许会担心。他们总是相互留纸条，或者在答录机上留言，那时还没这么多新奇的电子小玩意儿。在极其孤独的时候，她想过要在电话上给尤恩留言。也许他会听到，通过电粒子、磁场或者任何他用来传播声音的无线电波。

但现在她并没有孤独到那个程度。这时她心情不错，因为完成了买盐的任务而心满意足。而且她也饿了。自从尤恩不再出现在餐桌前，她从来没有像现在这样感觉到饥饿过——独自一人吃饭太令人意气消沉。但是现在，她直接用手指撕下烤鸡上的肉，狼吞虎咽起来。在阿尔芬之境，当人们死里逃生之后就会这么做——逃出了地牢、沼泽、铁笼、漂泊的孤舟——他们会用手抓东西吃。只有非常上等的阶层才会用所谓的餐具。当然几乎所有人都会带着一把刀，除非他们是会说话的动物。她舔了舔手指，又在洗碗布上擦了擦。家里本该有纸巾的，但现在没有。

还有一些牛奶，于是她直接端起牛奶盒灌了下去，一滴都没有洒出来。稍后她会给自己弄杯热饮。但此时因为那条灰烬的轨迹，她急着回到阿尔芬之境。她想破译它，解释它，跟随它。她想知道它会通向何方。

阿尔芬之境目前存在于她的电脑之中。此前的很多年来它一直四散在阁楼上。当它赚的钱足够装修时，康斯坦斯把阁楼变成了一个勉强凑合的工作室。但即使装上了新地板，打上了新窗户，安上了空调和吊扇，阁楼还是又小又拥挤。这些老维多利亚风格的砖砌建筑的顶楼都是如此。所以不久之后——在儿子们都上了高中之后——阿尔芬之境转移到了厨房的餐桌上，在电子打字机里尚未成册地待了好些年。当时电子打字机被视为顶尖新技术，但现在已经过时了。接下来电脑成了它的新家，当然也出过乱子——写下的文字会以令人愤怒的方式突然消失不见——但随着时间的推移电脑不断升级，现在她已经用习惯了。她把电脑搬到了尤恩的书房里，自从他不再以可见的形式存在于那里。

她不会说"在他死之后"，即使对自己也不会这么说。她从不对他使用这个**D开头的词语**[1]。他可能会无意中听到，受到伤害或者觉得被冒犯了，或者他可能会感到迷惑，甚至

---

[1] D开头的词语指Death，死亡。

气愤。这是她尚未完全成型的信仰之一：尤恩并没有意识到自己已经死了。

她坐在尤恩的书桌前，紧裹着尤恩的黑色长绒浴袍。黑色的男式长绒浴袍曾经很时髦，是在什么时候呢？九十年代吗？这件浴袍是她买的，作为送给尤恩的圣诞节礼物。尤恩对她的这类时尚品味总是很抗拒——倒不是说除了浴袍之外她还买过很多东西想让他时髦起来。她早就不介意他在别人眼里是什么样子了。

她穿这件袍子不是为了保暖，而是为了安慰。它让她觉得也许尤恩还以实体形式存在于房子里，就在拐角处。自从他去世她就没有洗过这件浴袍。她不希望它闻起来没了尤恩的味道，反而都是洗衣粉味儿。

喔，尤恩，她心想，我们曾经有过多么美好的时光！现在都逝去了。为什么这么快呢？她用黑色的长绒袖子擦了擦眼睛。

"控制住你自己！"尤恩说。他从来不喜欢看她抽泣。

"好的。"她说。她正了正肩膀，调整了一下尤恩这张符合人体工学原理的椅子上的靠垫，打开了电脑。

屏幕保护程序的画面出现了——是一扇城门，尤恩给她画的。尤恩曾经是一位职业建筑师，但后来选择了另一份更可靠的工作，成了大学老师。不过他教的科目并不叫"建筑学",而是叫"空间结构理论""人文景观创作"和"容纳主体学"。他依然很擅长画画。给儿子、然后是孙子孙女们画有趣的涂鸦是他施展才华的机会。他给她画了这幅屏保,以示对她这份"事业"——面对现实吧,这份"事业"在他所处的那个较为纯理论化的知识分子圈子里还是有些令人尴尬的——以示对她这份"事业"的重视,或者说是对她的重视。过去,她总是时不时对这两点都有所疑虑。当然阿尔芬之境也是他原谅她的理由,原谅她因此而忽视他。她常常会望着他,但并没有看见他。

在康斯坦斯自己看来,这幅屏保画是一份忏悔礼物,为了他不肯承认但确实做过的事而给她的补偿。在那段情感上缺席的时期,尤恩一定是在别的什么地方跟其他女人有所纠缠——就算不是在身体上,也是在精神上。和另一张脸,另一具身体,另一个声音,另一种气味。一个不属于她的衣柜,有着不同的皮带、纽扣和拉链。那个女人是谁?她会怀疑,然后猜错。那个阴影一般的存在从凌晨三点的无眠黑暗中轻柔地嘲笑着她,然后又慢慢消逝。她无法记录下任何东西。

整整那段时间,她觉得自己就像一堆碍事的木材。她感到乏味,半死不活。她感到麻木。

她从来没有因为那次插曲而给他压力,也从来没有和他当面对质过。这个主题就像那个 D 开头的词语——它就在那里，像一座广告飞艇一般笼罩在他们上空，一旦提起它，就会像打破一个魔咒，会成为致命的终结。"尤恩，你是不是有别的女人？""控制住你自己。有点常识好吗，我有什么理由要那么做？"他总会最小化问题，几句话就把她打发掉。

康斯坦斯能想出很多他会那么做的理由。但她只是微笑着拥抱了他，问他晚饭想吃什么，然后对此再也闭口不提。

屏保画里的这座城门是石雕的，罗马式的半圆拱形，镶嵌在一面又长又高的石墙正中。墙顶有几座飘着红色三角旗的角楼。一道沉重的铁栅门悬在石门里，是打开的。越过城门能看见远处阳光照耀下的风景，以及更多的角楼。

画城门的时候尤恩费了好一番功夫。他打了交叉的阴影线，上了水彩，甚至还在远处的田野里加上了一些正在吃草的马——他知道最好不要班门弄斧去画龙。这幅画非常非常美，非常有**威廉·莫里斯**[1]的风格，或者说更有**爱德华·伯恩·琼斯**[2]的风格。但这幅画其实并没有抓住阿尔芬之境的

---

[1] 威廉·莫里斯（William Morris, 1834—1896）是十九世纪英国设计师、手工艺艺术家、诗人、早期社会主义活动家，同时也是拉斐尔前派的重要成员，被称为"现代设计之父"，是英国工艺美术运动的奠基人。

[2] 爱德华·伯恩·琼斯（Edward Burne Jones, 1833—1898）是十九世纪英国画家、设计师，同样是拉斐尔前派的重要成员，也是威廉·莫里斯的好友。他以亚瑟王传说、圣经故事、希腊神话为主题创造了一批充满浪漫主义情调的杰作。

精髓。拱门和石墙都太干净，太崭新，保存得太完好。尽管阿尔芬之境有奢华的一角，有丝缎和塔夫绸，有精致的刺绣，有华美的烛台，但它的大部分地方都古老又昏暗，甚至有些破旧。而且因为经常遭受战火摧残，有很多废墟。

屏保画里的城门之上是一段石头雕刻的铭文，用伪哥特感的拉斐尔前派字体写着：**阿尔芬之境**。

康斯坦斯深吸一口气。然后她穿越了城门。

在门的另一端并没有阳光普照的风景。只有一条狭窄的路，一条小径。它蜿蜒而下，通向一座被昏黄的蛋形或水滴形灯光照亮的小桥——现在是晚上，桥的那一头是黑漆漆的森林。

她会走过小桥，悄无声息地穿越森林，警惕着埋伏。当她到达森林的另一边时会遇到一个十字路口。接下来就要选择踏上哪一条路了。所有的路都在阿尔芬之境中，但每一条路都会通向一个不同的版本。就算她是这个世界的创造者、傀儡师和命运判定人，康斯坦斯也从来不知道自己会最终到达何处。

她很久之前就开始创作阿尔芬之境，在她遇到尤恩的很多年前。那时她跟另一个男人一起住在一间两室公寓里，没有电梯，公用厕所在走廊里，只有其实应该禁用的一个电水壶（她的）和一个电炉（他的）。没有冰箱，所以他们把保鲜盒都放在窗台上。食物冬天会冻硬，夏天会变质，不过春秋天还不错，除非有松鼠。

和她同居的这个男人是她曾经混迹的诗人圈子中的一员。那时她还怀抱着天真又青春的信仰，认为自己也是个诗人。他的名字叫加文，那时候这不是个普遍的名字；不过现在流行起来了——叫加文的人成倍增长。年轻的康斯坦斯觉得自己能被加文选上真是太幸运了。他比她大四岁，认识很多别的诗人，身材精瘦，善于挖苦，对社会准则漠不关心，像那时所有的诗人一样喜欢冷嘲热讽。也许他们现在也还是这样——但康斯坦斯已经太老了，不再清楚这些诗人的想法。

就算加文挖苦和冷嘲热讽的对象正是康斯坦斯，她还是不明就里地觉得兴奋不已——比如，像"说实话跟康斯坦斯那些让人过目就忘的诗歌比起来，她诱人入梦的屁股反而是她身上最有意义的部分"之类的评价。她也被授予了特权，能出现在加文的诗歌中。当然她的名字并没有出现，那时的诗里都把女性欲望对象称作"女士"，或者"我的真爱"——以示骑士精神和民谣风格。不过对康斯坦斯来说，加文更加色情的诗文尤为诱人，因为她知道每次他写下"女士"——或者更棒——"我的真爱"的时候都是在说她。《我的女士斜靠在枕头上》《我的女士早晨的第一杯咖啡》和《我的女士舔了我的盘子》这些都温暖人心，但《我的女士弯下了腰》是她的最爱。每当她觉得加文对她态度太生硬时，都会拿出这首诗重读一遍。

除了这些文学上的吸引力，还有许许多多令人血脉贲张、即兴而来的性爱。

与尤恩有了牵连之后，康斯坦斯知道最好不要暴露她过去生活的这些细节。尽管还有什么可担心的呢？加文的确很有激情，但他就是一坨屎，所以他显然不是尤恩的对手。与他相比，尤恩就是穿着耀眼铠甲的骑士。对康斯坦斯来说，那一段早年的生活经历伴随着悲伤和耻辱以失败告终。所以为什么要提起加文呢？那样毫无意义。尤恩从来不曾过问她生活中的其他男人，所以康斯坦斯也就从未提及。她真切地希望，现在尤恩也不会通过她未曾说出口的思绪或者其他什么方式来获知加文的存在。

阿尔芬之境的优点之一，就是她可以带着过去生活中令人烦扰的事物穿过石门，把它们储存在记忆宫殿之中。这种宫殿的风格在……什么时候？十八世纪吗？——相当普遍。你可以把想记住的事物和想象中的房间联系起来，每当想唤回记忆，只需走进那间房间。

于是她为加文在阿尔芬之境里单独建了一座废弃的酿酒厂，就在她的同盟——"坚硬之拳"泽姆瑞的领地范围内。阿尔芬之境有一条规矩：尤恩没有权利穿越石门，所以他从未找到过这座酿酒厂，也从未发现她把谁藏在了里面。

于是加文就待在了酿酒厂的橡木酒桶里。他并没有受苦,尽管客观来说也许他应该受苦。但康斯坦斯正在试着原谅加文,所以不允许他受折磨。目前他维持着一种假死的状态。每隔一段时间,她就会来到酿酒厂稍作停留,送给泽姆瑞一份礼物,巩固他们的同盟——有时是一罐装在雪花石膏瓶里的蜜渍泽那米克海胆,有时是一条用剧毒赛诺琳的利爪做成的项链。接着她会念一条咒语,开启橡木酒桶的盖子。加文平静地沉睡其中,他闭着眼睛的时候总是那么英俊。他还和她最后一次见到他时一样年轻。直到现在,她回想起那一天还是会心痛。然后她重新盖上桶盖,反着念一遍咒语,于是加文又被封在其中,直到她下一次心血来潮想来再看他一眼。

在真实世界里,加文写的诗歌获了一些奖,他也在**马尼托巴**[1]的一所大学里拿到了终身教职,教授创意写作。退休之后他搬到了**不列颠哥伦比亚省**[2]的维多利亚市,享受那里迷人的太平洋日落风光。每年康斯坦斯都会收到他寄的一张圣诞卡片,实际上,是他和他的第三任太太——比他年轻很多的雷诺兹一起寄的。雷诺兹,多么蠢的名字!听起来

---

[1] 马尼托巴(Manitoba)是加拿大中部的省份,在安大略省和萨斯喀彻温省之间。
[2] 不列颠哥伦比亚省(British Columbia)是加拿大最西部的省份,西面靠太平洋,首府是维多利亚市,最大的城市是温哥华。

像四十年代的香烟牌子,那时候香烟公司都很把自己当回事儿。

雷诺兹会在卡片上签上两个人的名字——"加夫和雷",他们这样自称——然后附上轻松愉快、令人心烦的年信,描述他们的假期(摩洛哥!幸亏他们带了止泻药!还有更近期的,佛罗里达!摆脱蒙蒙细雨真是太好了!)。她还会寄来他们当地纯文学小说读书会的年度书单——只有重要的书,只有给人启迪的书!目前他们在主攻**波拉尼奥**[1],书很深奥,但只要坚持一定会觉得物有所值!读书会的成员们会根据正在读的书准备主题相称的小食,所以雷正在从零开始学做墨西哥玉米饼。太有趣了!

康斯坦斯怀疑雷诺兹对加文年轻时波西米亚式的生活有种不健康的兴趣,而且对康斯坦斯本人也尤为在意。她怎么能不感兴趣呢?康斯坦斯是加文的第一个同居女友。在那段日子里他饥渴无比,只要康斯坦斯在他身边半英里之内,他简直就没办法把裤子拉链拉上。就好像她周身散发着一圈魔法粒子,施展了无法摆脱的咒语,正如阿尔芬之境中的"宝蓝之长发"费洛蒙雅。雷诺兹无法与之抗衡。想想加文的年纪,或许她还需要对他用辅助器具,如果她不嫌麻烦的话。

---

[1] 罗贝托·波拉尼奥(Roberto Bolaño,1953—2003)是智利诗人和小说家,代表作是《荒野侦探》和《2666》,曾荣获拉丁美洲最高文学奖罗慕洛·加列戈斯国际小说奖。去世后其作品陆续被发掘出版,获得高度评价。

之一。她在自己那台快要散架的手动打字机上即兴炮制出了早期的故事。然后她成功地——她自己一开始也很吃惊——把这些故事卖给了纽约一家专攻这类廉价奇幻小说的亚文化杂志,尽管报酬不算太多。杂志的封面上总是画着半透明翅膀的人类,多头的动物,青铜头盔和无袖皮坎肩,还有弓与箭。

她很擅长写这类故事,至少足够应付这种杂志。孩提时代她有很多童话故事书,里面是**亚瑟·拉克姆**[1]和他的同僚们画的插图——扭曲的树木,巨魔,穿着飘逸长袍的神秘少女,剑,绶带,阳光下的金苹果。所以描绘阿尔芬之境只需要按照那些内容扩大版图、改换服装、编造名字即可。

那时她也在当服务生,在一家叫作"**史纳非**"[2]的快餐店里工作。店名取自一个乡巴佬卡通角色,特色菜是玉米面包和炸鸡。这份工作的好处之一就是可以无限量地吃炸鸡,于是康斯坦斯经常偷偷带一些回家给加文,愉快地看着他狼吞虎咽。这份工作很辛苦,老板又是个老色鬼,不过小费还不错,而且加班时段还会涨工资。于是康斯坦斯经常加班。

---

[1] 亚瑟·拉克姆(Arthur Rackham,1867—1939)是英国著名插画艺术家,曾为《爱丽斯梦游仙境》等许多儿童读物绘制插画。
[2] 史纳非(Snuffy)是美国连环画家比利·德柏克(Billy DeBeck,1890—1942)创作的《巴尼·古戈和史纳非·史密斯》中的角色,生活在阿帕拉契山脉南部的一个小村庄里,是个言语土气、脾气暴躁、性格古怪、毫无教养的乡巴佬。这部连环画在1920至1930年间非常流行。

"加文和雷诺兹是谁?"每年尤恩都会问。

"我在大学里认识他的。"康斯坦斯会这样回答。这回答只有一部分真实,其实为了跟加文在一起她退学了。那时加文集冷峻与激情于一体,迷得她神魂颠倒。但尤恩不会喜欢这个回答。这会让他伤心,或者嫉妒,甚至愤怒。何必让他心神不宁呢?

加文的诗人朋友们——还有民谣歌手、爵士乐手和演员——都隶属于一个组织松散、成员频繁变化的艺术冒险家团体。他们大多数时候待在多伦多**约克维尔区**[1]的一家叫作"游船"的咖啡馆里。这家咖啡馆曾经是白人中产阶级风格的准贫民窟,后来转型成了前嬉皮时代的时髦去处。现在"游船"本来的位置上建了一座华丽又俗气的宾馆,"游船"唯一留下的印记就是宾馆前的一块铸铁标牌,充满令人抑郁的历史感。"一切都会被扫去,"这块标牌宣告着,"比你想的要快得多。"

所有这些诗人、民谣歌手、爵士乐手和演员都穷得叮当响。康斯坦斯也穷得叮当响,但她还很年轻,能从贫穷中感受到魅力。波西米亚女郎,那就是她。她开始写阿尔芬之境的故事,是为了赚钱支持加文——加文认为这是真爱的作用

---

[1] 约克维尔区(Yorkville)是多伦多市的高档购物和高级餐馆区。

姑娘们在那时会这样做——不辞辛劳地支持男人们自认天赋异禀的信念。加文做过什么来帮忙付房租吗？几乎没有，不过她怀疑过他暗地里在兼职卖大麻。有一次他们甚至闻到了大麻的味道，但是并不经常，因为大麻会让康斯坦斯咳嗽。这一切都非常浪漫。

自然，诗人们和民谣歌手们会调笑她的阿尔芬之境故事。为什么不呢？她自己也会调笑这些故事。还得再过几十年，她粗制滥造的这些亚文学小说才会变得体面起来。那时只有一个小团体承认自己在读《**魔戒**》[1]，而且还得解释成这是缘于对古斯堪的纳维亚语的兴趣。不过诗人们认为康斯坦斯的作品可比托尔金的水准要差多了——说句公道话，它们的确差多了。诗人们会取笑康斯坦斯，说她写的都是花园小地精的故事。她会大笑着说没错，不过今天小地精给他们挖出了一坛子金币，可以请所有人喝一杯。他们喜欢免费啤酒，还会举杯致敬："向小地精致敬！愿它们永远闲庭信步！遍布千家万户！"

为了钱写作会让诗人们皱眉头，但康斯坦斯得到了豁免。因为不像他们的诗歌，阿尔芬之境是故意为之的商业垃圾。她写这些东西是尽一位女伴的责任，是为了加文，而且

---

[1] 《魔戒》（The Lord of the Rings）是英国牛津大学教授兼语言学家 J.R.R. 托尔金（John Ronald Reuel Tolkien, 1892—1973）创作的史诗奇幻小说，被公认为近代奇幻文学的鼻祖。

她也不会笨到把这些蠢话当真。

他们不明白的是——渐渐地，她开始认真对待这个故事了。阿尔芬之境是只属于她一个人的，是她的避难所，是她的根据地。与加文的感情出现问题时，她可以躲进阿尔芬之境。她可以神游其中，踏过无形的华丽门扉，穿过渐渐黑暗的森林和闪着微光的田野，建立同盟，击退敌军。除非她允许，没有别人可以进来，因为入口被一条五维的咒语封印着。

她花在阿尔芬之境里的时间越来越多，特别是当她朦朦胧胧地意识到在加文的新诗里，并不是每一位"女士"都是指她。除非他竟然令人意外地弄不清他的女士眼睛的颜色——曾经它们被描述为"蓝得像女巫"以及/或者"远方的星辰"，现在却变成了"墨黑的夜色"。**《我的女士的屁股绝不像月亮》**[1]是致敬莎士比亚——加文是这么说的。难道他忘记了以前写过的一首诗——有些粗糙，但非常真诚——里面声称他的女士的屁股正像月亮一般，洁白、浑圆，在黑暗中温柔地闪着光芒，那么诱人吗？但这个新的屁股紧实、布满肌肉、更加主动，与其说诱人不如说扣人心魄，更像一条蟒蛇，当然并不是指它的形状。康斯坦斯在小镜子的帮助

---

[1] 此诗是致敬莎士比亚的十四行诗第130首（Sonnet 130）《我的爱人的眼睛绝不像太阳》(My mistress' eyes are nothing like the sun)。

下检视了一番自己的屁股。可她无法做出理性的解释：两者毫无可比性。会不会是当康斯坦斯抬着她曾经充满诗意的屁股在"史纳非"里努力工作的时候——这工作让她精疲力竭，不想做爱更想睡觉——加文正和一位鲜嫩水灵、精力充沛的新"真爱"在他们粗笨的床垫上翻滚？一个有着动人心魄的屁股的姑娘？

过去加文总是乐于在公开场合羞辱康斯坦斯，这些轻慢讥讽的评价是他诗意的特长之一。她一直觉得这是一种恭维，因为她成了他关注的焦点。在某种意义上，他是在炫耀她。而且因为这样会让他性致盎然，所以她温顺地让这些羞辱流水一般从她身上倾泻而下。但现在他不再羞辱她了。他忽视了她——这更糟。当他们两个单独待在合租屋里时，他不再亲吻她的脖子，扯掉她的衣服，浮夸地把她扔在床垫上，以示他无法控制的欲望。现在他只会抱怨自己后背抽筋，并且暗示——不仅是暗示，甚至是命令——她应该帮他口交，为他的痛苦和僵硬做出补偿。

她并不喜欢这种方式，她缺乏经验。而且比起那玩意儿，她可以列出其他一长串她更愿意放进嘴里的东西。

相形之下，在阿尔芬之境就没有人会命令别人为自己口交。不过在阿尔芬之境也没有人会用厕所。厕所并不是必需品。当城堡正被巨型蝎子攻击时，谁还会在上厕所这种常规生理机能上浪费时间？不过阿尔芬之境有浴缸，或者说是嵌在茉莉芬芳的花园里的方形池塘，池水来自于地下温泉。一些更加道德败坏的阿尔芬之境居民会用他们俘虏的血洗澡。这些俘虏被绑在池边的木桩上，眼睁睁看着自己的生命渐渐枯竭，化作猩红的水泡。

康斯坦斯不再参加"游船"的聚会了，因为别人总是用怜悯的眼神看她，并且提出暗示性的问题："加文去哪儿了？一分钟前他还在这儿。"他们知道的事情比她多。他们能看出一切即将走到尽头。

新的"女士"的名字原来叫玛乔里。现在康斯坦斯想，这个名字曾经拥有一切，但最终消失了。玛乔里们即将绝迹，不多久之后她也会。玛乔里是在"游船"里志愿打工的记账员，黑发，黑眼睛，双腿修长。她的手腕上有一圈醒目的非洲纺织品风格的伤痕，耳朵上挂着晃来晃去的手工串珠耳环，狂笑起来声音像驴子的嘶叫一般，简直就是头得了支气管炎的骡子。

但或许只有康斯坦斯这么认为，加文显然不是这样想的。康斯坦斯撞见加文和玛乔里时，他们正紧紧地叠在一起，毫无"后背抽筋"的症状。玻璃酒杯凌乱地四散在桌上，衣服凌乱地四散在地上，玛乔里的头发凌乱地四散在枕头上——那还是康斯坦斯的枕头。加文呻吟着，不是因为高潮，就是因为气愤康斯坦斯来得不是时候。另一边，玛乔里正在嘶叫着，对康斯坦斯，或是加文，或是目前的这种情况。这是一种嘲笑的嘶叫。一点儿也不友好，令人耿耿于怀。

除了"你欠我一半房租"之外，康斯坦斯还能再说什么？但她一直也没有拿到房租。加文穷得很，这是那时诗人们的特征。她带着自己的电水壶搬出去不久之后，就签下了阿尔芬之境成书出版的第一份合同。当关于她的地精所带来的财富的流言——相当不错的一笔财富——在"游船"里传播开来之后，加文出现在她的全新三室公寓前，想要与她和好。这间公寓里摆着一张名副其实的床，由她和一位民谣歌手分享，不过这段感情也并不长久。玛乔里不过是一次偶然，加文说，一次意外。不能当真。绝对不会再发生了。他的真爱是康斯坦斯——她自己肯定也意识到了，他们应该属于彼此！

加文的这番举动简直太华而不实了，康斯坦斯也是这么告诉他的。难道他毫无羞耻之心，毫无荣誉感吗？他意识到自己简直就是只寄生虫吗？毫无进取心，多么自私？起初加文震惊了，没想到昔日他那位温柔的月亮少女会有这样好斗的举动。作为回应，他凝聚了自己全部的嘲讽技能，说她是个怪胎，她的诗毫无价值，她的口交毫无技巧，她愚蠢的阿尔芬之境就是小屁孩儿的精神食粮，他屁眼里的才华都比她浅薄的小女子大脑中的所有才华要多。

这就是全部的真和爱。

但是加文从来没有领会到阿尔芬之境的内在深意。那是一个危险的地方，而且——尽管的确在某些方面有些荒谬——但是那里并不卑劣。那里的居民们有底线。他们理解顽强、勇气和复仇的意义。

因此玛乔里并没有被封印在放置加文的废弃酿酒厂里。她被北欧古文的魔法咒语封在了属于"芬芳之触角"芙兰诺西雅女王的石头蜂巢里。这位半神女王有八英尺高，周身覆盖微小的金色绒毛，还长着复眼。幸运的是，她是康斯坦斯的密友，因此乐于帮助她运筹帷幄。作为回报，康斯坦斯会赠予女王各种关于昆虫的咒语。所以每天正午十二点整，一百只祖母绿和靛蓝色的蜜蜂会蜇咬玛乔里。它们的刺就像白热的针混合了红热的辣椒酱，滋味比酷刑更令人痛苦不堪。

在阿尔芬之境之外，玛乔里与加文以及"游船"都分道扬镳了。她去念了商学院，然后在一家广告公司里谋了个什么职位，小道消息是这么说的。康斯坦斯最后一次见到她是在八十年代，她穿着有宽大垫肩的米色**"力量型套装"**[1]大步走在**布鲁尔街**[2]上。套装难看不已，和它搭配的笨重皮鞋也像踢过屎一样丑陋不堪。

---

[1] 力量型套装（Power suit）是二十世纪八十年代非常流行的一种职业装，设计灵感来自于黄金时期的好莱坞，线条硬朗，特点是宽肩和大翻领。
[2] 布鲁尔街（Bloor Street）是位于多伦多市的商业街，在约克维尔大道以南。

玛乔里没有看见康斯坦斯。或者她假装没有看见。反正两者效果相同。

在康斯坦斯内心深处的文件柜里隐藏着这次相遇的另一个版本：那一天康斯坦斯和玛乔里愉快地大叫着认出了对方，她们一起去喝了咖啡，高声调笑着谈论了加文一番，关于他本人，他的诗歌，还有他对口交的强烈渴望。但这一切从未发生。

康斯坦斯顺路而下，穿过被昏黄的蛋形灯光照亮的小桥，走进了黑暗的森林。嘘！保持安静非常重要。灰烬的轨迹就在那里，通向前方。现在需要咒语了。康斯坦斯打着字：

> 它磨碎，它粉碎
> 有的时候它嚼碎；
> 这可怕的时间之齿
> 会把一切化作灰。

但这只是一种描述，她觉得，这并不是一个咒语。她需要一个更像咒文的东西。

> 诺格，斯密泽特，祖帕斯，

明亮的泰尔达芮妮，

让光芒显形，

灰中的恶魔滚开吧。

以紫红之血……

电话响了。是她的一个儿子，住在巴黎的那个。或者其实是他的妻子。他们在电视上看到了暴风雪，他们很担心康斯坦斯，他们想确认她一切安好。

你们那儿几点了？她问他们。这么晚了他们还在做什么？她当然一切安好！只不过是一点冰！没什么值得大惊小怪的。帮我向孩子们问好，现在你们快去睡觉吧。一切都好。

她尽可能快地挂了电话。她讨厌被打断。现在她忘记了拥有灵验的紫红之血的神的名字。幸运的是，在她的电脑里有一个阿尔芬之境所有神灵的清单，还记录了他们的特征和誓言，按照字母顺序排列，方便参考。现在单子上已经有了许多神灵，他们逐年增多。十年前她为动画版添加了不少新的神灵，然后又为游戏版添加了更多的神灵——更庞大，更恐怖，更多升级的暴力——游戏版已经进入了最后制作阶段。如果她预见到阿尔芬之境会如此长盛不衰、功成名就，她当年会把它设计得更好一些。它应该会更有条理，结构更加清晰。它应该会有边界。实际上，它现在像城市一样毫无限制地散漫扩张。

不仅如此,她本不会给它起名为阿尔芬之境。这名字听起来太像**小精灵之境**[1]。而当时她心里其实想的是**神河阿尔浮**[2],来自柯勒律治的诗,流经深不可测的岩洞。还有阿尔法,希腊字母表的第一个字母。曾经有个自作聪明的年轻采访者曾经问过她,是否她"构筑的这个世界"叫作阿尔芬之境是因为其中充斥着**"阿尔法雄性"**[3]。对于这类认为她有采访价值的自作聪明的记者,她会回应一个略微故弄玄虚的笑容。这是她出于自我保护养成的习惯。奇幻小说现在成为了一个文学类别,队伍日益庞大,但在那时还只是刚刚获得媒体的些许关注——至少它们销路不错。

"喔,不。"她这么对他说。"我不这么认为。不是因为阿尔法雄性。好像只是这么决定了。也许……我一直很喜欢那个牌子的早餐麦片,叫阿尔派恩的那个?"

她每次接受采访都会遇上这些愚蠢的人,所以她不再接受采访了。她也不再参加奇幻小说大会——她看够了那些打

---

[1] 小精灵(Elfin)的发音和阿尔芬(Alfin)很像。
[2] 神河阿尔浮(Alph the sacred river)是英国浪漫主义诗人柯勒律治(Coleridge,1772—1834)在抒情诗歌《忽必烈汗》中描绘的神圣河流,位于忽必烈汗在"上都"(Xanada)修建的逍遥宫之中。后文"流经深不可测的岩洞"也是诗中的句子。该译名取自飞白的译本。
[3] 阿尔法雄性(Alpha male)指在某一群体中处于领袖地位的雄性,通常强壮、自信、勇敢,具有冒险精神,同时有权有势。

扮成吸血鬼、兔女郎和《星际迷航》[1]角色的孩子们，特别是他们还会打扮成阿尔芬之境里丑陋的反派角色。她无法再忍受更多对"红掌"米尔泽瑞斯的拙劣角色扮演了——但是总会有另一个脸蛋红扑扑的天真少年想要追寻他内心深处的邪恶。

她也谢绝参与社交媒体，尽管出版商不断敦促她。他们告诉她这样会促进阿尔芬之境的销量，扩大它的特许权使用范围。这话没什么帮助。她并不需要更多的钱，她还能用这些钱来干什么呢？钱并没能拯救尤恩。她会把钱留给儿子们，正如他们的妻子们所希望的那样。而她也没有兴趣和那些忠实的读者们互动——她已经太了解他们了，他们、他们身上的穿孔和文身，还有他们对龙的痴迷。毕竟，她并不想让他们失望。他们希望看到的并不是一个言辞温和、纸片一般瘦弱的老去的金发女郎，而是一位小臂上缠着蛇形手镯，头上插着匕首发钗的乌发女巫师。

她刚刚打开显示器上的阿尔芬之境文件夹，想查一查神明的列表，尤恩的声音突然在她耳边大声喊起来："关掉它！"

---

[1]《星际迷航》（*Star Trek*）是由美国派拉蒙影视制作的科幻影视系列，由五部电视剧、一部动画片、十二部电影组成，最初概念由编剧吉恩·罗登贝瑞（Gene Roddenberry，1921—1991）于1960年代提出，逐步成为全世界最著名的科幻影视系列之一。

她跳了起来。"什么？"她说，"关掉什么？"她又忘记关掉烧开水的煤气炉了吗？但她并没有冲过热饮。

"关掉它！阿尔芬之境！现在就关掉它！"他说。

他一定是在说电脑。她颤抖着越过肩膀回头看去——他就在那里！于是她点了"关机"按钮。在屏幕变暗的一刹那，传来沉闷的一声重响，砰的一声，然后灯都熄灭了。

所有的灯，连路灯都熄灭了。他是如何预先知道的呢？尤恩是不是有先知的幻视？他过去并没有这种能力。

她摸索着下了楼，穿过客厅来到了大门前，小心地打开了门。在右边，一个街区远的地方，有一丝昏黄的微光。一定是有棵树倒下拉断了电线。天知道他们什么时候能来修好它。这样的停电事故一定已经发生了几千起。

她把手电筒放在哪儿了？在她的手提袋里，在厨房里。她拖着脚步摸索着再次穿过客厅，在手提袋里胡乱翻找。手电筒的电量已经不足了，但她还是设法点亮了两支蜡烛。

"把主水管的水阀关掉，"尤恩说，"你知道在哪里，我指给你看过。然后把厨房的水龙头打开。你要把管道里的水放掉。你可不希望水管爆裂。"这是他这段时间里说过的最长的一段话。这让康斯坦斯感到温暖又柔软——他真的在担心她。

完成了水龙头的任务之后，她收集了一堆保暖的东西——床上的羽绒被，枕头，一些干净的羊毛袜，还有那条格子毛呢汽车毯——然后用这些在壁炉前做了一个窝。接着她把火生了起来。安全起见她把防火隔板放在了炉火前——她可不希望夜里的时候家里着火。木材并不足够支撑一整天，但已经足够她撑到清晨不会被冻死。至少还需要好几个小时屋子里才会完全冷下来。到了早上她会再考虑其他解决办法，也许那时暴风雪已经过去了。她熄灭了蜡烛，以防把自己点着。

她蜷缩在羽绒被里。壁炉里火光闪烁。这场景温馨舒适得出人意料，至少目前如此。

"做得好，"尤恩说，"这才是我的姑娘。"

"喔，尤恩，"康斯坦斯说，"我是你的姑娘吗？我一直都是吗？那个时候，你是有婚外情吗？"

没有回答。

灰烬的轨迹穿过了在月光和星光中微微闪烁的森林。她忘记了什么？有什么事情不对劲。她从树下走了出来：现在她站在了被冰覆盖的街道上。这正是她居住的街道，她居住了几十年的街道。她家的房子就伫立在那里，她和尤恩一起居住的房子。

这一切不应该出现在这里，不应该出现在阿尔芬之境。这是错误的地点。所有这一切都不对劲。但她还是跟着灰烬的轨迹，走上了台阶，穿过了大门。有一双袖子环住了她，黑色的袖子。一件风衣——这不是尤恩的。然后一张嘴贴上了她的脖子。那是一种失却已久的滋味。她太疲惫了,她失去了力量。她能感觉到自己的力量从指间一点一滴流失。加文是怎么来到这里的?为什么他打扮得像一个送葬者?她叹了口气,融化在他的臂弯里,无声地倒在了地板上。

晨光流泻而入,唤醒了她。窗户外面又覆上了一层冰结成的玻璃。炉火已经熄灭。她因为睡在地板上而浑身僵硬。

这是一个怎样的夜晚啊!谁能想象到了这个年纪,她还能梦见这样激烈又情色的场景?而且竟然是和加文,多么愚蠢。她对他根本毫无敬意。她把他封锁在隐喻里这么多年,他是如何逃脱的?

她打开前门向外望去。太阳高照,屋檐上挂着亮晶晶的冰柱。台阶上的猫砂乱成一团。雪融化之后它们会变成潮湿的黏土。路面上凌乱不堪,到处都是树枝,冰至少有两英寸厚,真是壮观。

但屋子里很冷,而且越来越冷。她不得不踏入那个令人目眩的空间再买一些木材,如果还有的卖的话。或者她可以找一个避难所,一座教堂,一间咖啡馆,一个餐厅。一个还有电力和暖气的地方。

那就意味着离开尤恩。他会独自一人留在这里。这可不是一件好事。

她用勺子从纸盒里直接挖了些香草酸奶当作早餐。她正吃着的时候，尤恩宣告了自己的存在。"控制住你自己。"他严厉地说。

她没能理解他的意思。她并不需要控制住自己。她并没有踌躇不安，她只是在吃酸奶。"你是什么意思，尤恩？"她问。

"我们不是拥有过美好的时光吗？"他说，几乎在恳求。"你为什么要毁了这一切？那个男人是谁？"现在他的声音充满敌意。

"你说的是谁？"她说。她感觉很糟。尤恩不可能进入她的梦境。

康斯坦斯，她对自己说。你真是搞不清状况。他为什么不可能进入你的梦境？他就在你的脑子里！

"你知道我说的是谁。"尤恩说。他的声音从她身后传来。"那个男人！"

"我并不认为你有什么立场来质问我。"她边说边转过身。并没有人。

"为什么没有？"尤恩的声音有气无力起来。"控制住你自己。"他在消失吗？

"尤恩，你是不是有婚外情？"她问。如果他真的想提这个话题，那他们两个可以好好讨论一番。

"别转移话题，"他说，"我们不是有过美好的时光吗？"

现在他的声音变得尖细，有种机械感。

"你才是一直在转移话题，"她说，"告诉我真相吧！你已经不会有什么损失了，你已经死了。"

她不应该这么说的。她的处理方式完全错了，她本应该打消他的疑虑。她不应该用那个字眼，但因为愤怒她说漏了嘴。"我不是这个意思！"她说，"尤恩，对不起，你并没有真的……"

太晚了。一个微弱、几乎听不到的爆裂声，就像呼出的一口气。然后是沉默——尤恩不在了。

她等了等：什么都没有。"别生闷气了！"她说，"打起精神吧！"她有些愠怒。

她出去买食物。一条人行道上有什么人善解人意地铺了沙土。街角的商店奇迹般地正在营业——他们有发电机。那里还有别人，成群结队：他们家里也断电了。有文身的染发女子插上了一口陶瓷锅，热了一些汤。她在卖烤鸡，切成了一小块一小块的，这样就足够大家分。"你在这儿啊，亲爱的，"她对康斯坦斯说，"我正担心你呢。"

"谢谢你。"康斯坦斯说。

她暖和了起来，吃了烤鸡，喝了汤，听着别人诉说关于暴风雪的故事。侥幸逃脱，恐惧不已，反应迅速。他们相互诉说着自己有多么幸运，相互询问有没有什么帮得上忙的地方。在这里大家相互陪伴，人人友善，但康斯坦斯不能久留。她需要回到房子里去，因为尤恩一定在等她。

一到家，她就轻手轻脚地走进每一间屋子，柔声呼唤着："尤恩，回来吧！我爱你！"好像在呼唤一只受惊的猫。但只有她自己的声音在脑中回响。最后她爬上楼梯来到阁楼，打开了装着樟脑丸的木箱。但那里只有衣服，平整无力地躺在箱子里。无论尤恩在哪儿，他并不在这里。

以前她一直不敢逼问尤恩关于婚外情的问题。她并不是傻瓜，她知道他在做什么，只是不知道是和谁——她能闻出他的异样。但是她担心尤恩可能会像加文一样，离开她，那她一定会活不下去。

但现在他还是离开她了。他安静地走了。他不在了。

尽管他离开了房子，但一定不可能离开这个宇宙，不可能完全离开。她不能接受那样的结果。他一定还在某个地方。

她需要集中精力。

她走进了书房，坐在尤恩的椅子上，盯着空白的电脑屏幕。尤恩一定是想拯救阿尔芬之境，之前他就担心电力故障会毁掉它，所以才让她关掉电脑。但是他有什么理由这样做？阿尔芬之境并不是他的领地——他隐秘地憎恨着它的声誉，他认为它很傻，才疏学浅，令他蒙羞。他讨厌康斯坦斯沉浸其中，尽管他纵容她如此。而且他被排除在外，排除在她的私人世界之外：无形的栅栏拦住了他。从他们认识起，他就一直被拦在门外。他无法进入阿尔芬之境。

或者，他到底能不能进入呢？也许他能。也许阿尔芬之境的法则不再有效，因为魔法灰烬已经发挥功效，古老的咒语被打破了。这就是为什么加文昨晚能够冲开酒桶的盖子，出现在康斯坦斯的房子里。如果加文能够逃出阿尔芬之境，那么尤恩能够进入其中也不无道理。或许他是被某种禁忌之物所引诱，卷入其中。

他一定是去了那里。他穿过了有塔楼的石墙上的那扇门扉，他现在就在里面。他跟随着昏暗蜿蜒的小路，越过月光照耀的小桥，走进了寂静无声、危机四伏的森林。不久之后他就会到达幽暗的十字路口，接下来他会走哪条路呢？他会茫无头绪。他会迷路。

他已经迷路了。在阿尔芬之境里他是个陌生人。他不知道那里有多危险。他没有护身咒符，也没有武器。他没有同盟。

或者说除了她之外他没有同盟。"等等我，尤恩。"她说，"就在那儿等着我！"她必须进入阿尔芬之境，找到他。

归 魂

雷诺兹抱着两只枕头冲进了起居室。它们鼓鼓囊囊地涌在她环抱的手臂间，像两只丰满充盈的乳房，柔软又坚挺。曾几何时，这两只枕头会让加文想起藏在它们之下的真正的乳房，同样柔软又坚挺。他本可能会根据它们的样子锤炼出一个精妙的比喻，比如说，既像两袋羽毛，又像两只对性刺激非常敏感的小鸡。或者，因为它们橡胶一般充满了弹力和韧性，可能会被比作两只蹦床。

但是现在，除了乳房，这些枕头会让他们回想起去年夏天在公园里看的一场前卫过头的**《理查三世》**[1]话剧。雷诺兹极力说服他同她前去观看，因为她说加文应该跳出刻板乏味的生活，到户外去，敞开胸怀迎接新观念，这对他有好处。而加文说他宁愿到户外去，敞开衣服露露自己的鸟。雷

---

[1] 《理查三世》(*Richard III*) 是英国剧作家莎士比亚的作品，描述了1483—1485年在位的英格兰国王理查三世短暂的执政时期。剧中理查是一位残暴的驼背君主、篡位者。他也是金雀花王朝的最后一位国王。

俏皮地用手肘轻轻推了推他，说道："坏**加维**[1]！"这是她常用的一个挑逗性的顽皮修辞，假装加文是一只生理机能失调的宠物。这和实际情况并没有差多少，他总是心怀怨怼——虽然还不至于在地毯上拉屎、毁坏家具和哀叫求食，但也差不多了。

去公园时，雷诺兹带了一只旅行背包，装上了可以铺开坐下的塑料布，几块汽车毯以防加文觉得冷，还有两只保温杯，一杯装着热可可，一杯装着伏特加马天尼。她的计划一目了然：如果加文怨声载道，她就给他灌酒，盖上毯子，希望他会睡着。这样她就能不受干扰，全身心地沉浸在不朽的莎士比亚之中。

塑料布是个好主意，因为下午下了雨，草地上湿漉漉的。加文把自己安顿在汽车毯上，暗自希望雨能下得更大些，这样他就可以回家了。他抱怨着自己的膝盖疼，还很饿。雷诺兹事先就预见到了这些不满，拿出了**A353软膏**[2]，也叫作安泰菲洛杰斯汀消炎软膏——这是加文描述毫无意义的词语时最喜欢用的例子之一。雷诺兹还拿出了一块三文鱼沙拉三明治。"我根本看不见他妈的节目单。"加文说。其实他并不想看节目单。雷递给了他一只手电筒，还有一个放大

---

[1] 加维是对加文的昵称。
[2] A353软膏是一种在加拿大很常见的医用药膏，主要用于治疗肌肉酸痛、关节疼痛和风湿病等，但在加拿大以外的国家和地区很少有人知晓。

镜。她能应对他的大部分借口。

"多么让人兴奋啊！"她用最阳光小美女的声线说道，"你一定会喜欢的！"加文被一阵懊悔感刺痛了——她是如此令人动容地坚信着他其实能够让自己开心起来。只要努力他就一定能做到，她声称，他的问题是他太消极了。他们不止一次讨论过这个话题。他会回答说，他的问题是整个世界都臭不可闻，她为什么不去关心关心这一点，别再试着拯救他了？而她会回答说，臭气只会被一心寻找臭气的人闻到，或者这只是某种**康德**[1]主观主义在作祟——其实她压根弄不明白康德主观主义是什么——他为什么不试试佛学冥想呢？

还有**普拉提**[2]，她力推普拉提。她已经和一个普拉提女教练联系过了，对方很愿意给他上一对一辅导课程。平时她可不会教一对一课程，但她很敬仰他的作品。这主意令人诧异：让一个年纪只有加文的四分之一、浑身散发着雌性激素的丰满姑娘一边扭曲他消瘦、干瘪又布满疖子的四肢，一边把他早期诗歌中那些性欲高涨、言辞犀利的潇洒男主角和现在这个肌肉萎缩、一团乱麻的瘦竹竿进行对比。先看看这张照片吧，再看看现在这个家伙。为什么雷诺兹如此热衷地想

---

[1] 康德（Immanuel Kant, 1724—1804）是德国著名哲学家、思想家，也是德国古典哲学创始人。他调和了勒内·笛卡尔的理性主义与弗兰西斯·培根的经验主义，被认为是继苏格拉底、柏拉图和亚里士多德后，西方最具影响力的思想家之一。
[2] 普拉提是二十世纪早期德国人约瑟夫·普拉提（Joseph Pilates, 1883—1967）自创的一套独特的运动训练动作，近年在欧美十分流行。

要把加文架上这台普拉提折磨仪,拉扯他的四肢,直到他像一根过度磨损的橡皮筋一样绷断?她想要知道他在受折磨。她想要羞辱他,并且自认为此举品德高尚。

"别再给我和那些**骨肉皮**[1]们拉皮条了,"他对她说,"你怎么不干脆把我绑在椅子上然后收门票?"

公园里生机勃勃,热闹非凡。背景处,孩子们在扔着飞盘,婴儿在哭号,狗在吠叫。加文注视着节目单。和往常一样,都是些自命不凡的垃圾。话剧推迟开场,他们被告知是因为灯光系统故障。蚊子聚集而来,加文挥手拍打,雷诺兹拿出了**欧护**[2]热带丛林装强效驱蚊液。一个穿着红色紧身衣带着猪耳朵的小丑吹响了号角,让人们安静下来。然后是一阵轻微的爆裂声,一个脖子上绕着轮状皱领的演员从小吃亭的方向迅速跑开——他在找什么呢?他们忘记什么了?——然后话剧终于开始了。

开场是一段影片,展示了理查三世的遗骸被从一个停车场挖掘出来——这是事实,加文在电视上看到过新闻。那的确是理查,DNA检测和骸骨上的伤痕都证实了这一点。这段开场是用投影仪打在一幅白色幕布上的——幕布看起来像

---

[1] 骨肉皮((Groupies)诞生于上个世纪六十年代摇滚乐蓬勃发展、追星族群体不断壮大的时期,专指那些试图与摇滚歌星发生性关系(或保持一种浪漫关系)的女歌迷,并引申为追求和明星(如影星、歌星、作家等)发生关系的追星族。

[2] 欧护(Off)是强生公司旗下的著名驱蚊液品牌,有家庭装、运动装、热带丛林装等多种产品。

一条床单，很可能就是一条床单——搞艺术的经费预算，就是这么回事。加文"低声"对雷诺兹评论道。雷诺兹用胳膊戳了戳他，轻声说："你的声音比你以为的要响。"

嘈杂的扩音器播放着影片旁白——那是一段对伊丽莎白时代五步抑扬格的拙劣模仿。旁白告诉他们：即将上演的整部话剧将会对理查三世备受摧残的头骨进行尸检，揭露其中的秘密。镜头拉近，推向了头骨上的一只眼窝，然后直接穿过眼窝进入了颅腔内。画面暗了下去。

于是床单迅速地收了起来，理查出现在泛光灯下，一场欺骗与做作、愤慨与谴责的好戏即将上演。他的身后有一个大到离谱的驼背，用小丑一般的红色和黄色条纹装饰着——正如潘趣先生，根据节目注释，这个人物取自丑角**潘趣尼罗**[1]。在导演看来，莎士比亚的理查是以即兴喜剧[2]为原型来创作的，这种剧团在当时的英国非常流行。庞大的驼背是有意为之：这部戏的内在核心（"以示和外在核心有所区别，"加文自言自语地哼了一声）就是道具。这些道具都是理查潜意识的象征，所以它们才如此巨大。导演的想法一定是：如果观众一直盯着特大的王座、驼背和各种不可名状的道具，

---

[1] 潘趣尼罗（Punchinello）是意大利即兴喜剧中矮胖的小丑角色。
[2] 即兴喜剧（commedia dell'arte）是十六至十八世纪在意大利非常流行的独特喜剧形式。剧团与演员行进于欧洲的城落间，在公开广场和临时舞台上根据观众提议现场发挥，即兴搭凑桥段表演喜剧。

心想他妈的这些玩意儿在剧里到底有什么用,他们就不会那么在意根本听不见台词。

除了这个庞大、斑斓又具有转喻意义的驼背,理查还有一件国王礼袍,拖裾足有十六英尺长,由两个带着超大野猪头套的小厮提着——这是因为理查的纹章里有一只野猪。**克拉伦斯公爵**[1]将会淹死在一大桶马姆齐甜葡萄酒里,还有好些和演员身高差不多的长剑。闷死塔中王子的那一段是以哑剧的形式展现的,就像《哈姆雷特》中的剧中剧。两只巨大的枕头被用担架抬着,好像尸体或是烤乳猪一般。枕套的颜色和理查小丑般的驼背相同,以防观众弄不明白它的含义。

死于驼背,加文心想,注视着雷诺兹夹着两只枕头向他靠近。这就是命运。雷诺兹就是刺客一。综合考虑,这很合适。加文的确周详地考虑到了各方各面。他有时间这么做。

"你醒了吗?"雷诺兹啪嗒啪嗒地踩过地板,满面笑容地说。她穿着套头毛衣,腰间系着银色和青绿色相间的腰带,腿上绷着紧身牛仔裤。她的大腿外侧略有些臃肿,除此之外她的体重和身形都像一位速滑运动员。他应该指出这些

---

[1] 克拉伦斯公爵(Clarence)是理查三世的哥哥,在剧中被理查三世派去的杀手杀死。

臃肿吗？不，最好还是留到关键时刻。而且很可能那并不是臃肿，而是肌肉。她锻炼得很充分。

"就算之前没醒，现在也醒了，"加文说，"你的声音响得像木头做的铁轨。"他不喜欢她穿木底鞋，也跟她提过。这鞋无法为她的腿增色，但她已经不再像过去一样在乎他对她的腿的看法了。她说木底鞋很舒服，对她而言这种舒适比时尚更重要。加文试着引用叶芝的诗，说女人就该**为了美丽而操劳**[1]，雷诺兹以前曾是一个狂热的叶芝迷，但她现在认为叶芝有权保留他的意见，不过那时的社会价值观和现在不同，而且实际上叶芝已经死了。

雷诺兹把枕头垫在加文身后，一个塞在脑袋后面，一个塞在后腰。她声称这样会让他看起来高一些，也更引人注目。她拉直了格子呢的汽车毯，盖住他的腿和脚。她坚持要把这毯子叫作他的小睡毯。"喔，坏脾气先生！"她说，"你的笑容呢？"

她喜欢自行分析他某天的情绪，或是某时的情绪，或是某一分钟的情绪，并据此给他起各种别名。她认为他喜怒无常、情绪多变。他的每种情绪都被拟人化地赋予了一个尊称，所以他是坏脾气先生、打瞌睡先生、讽刺博士、轻

---

[1] 此句出自爱尔兰诗人叶芝（William Butler Yeats, 1865—1939）的诗《亚当的诅咒》（Adam's Curse）。

蔑爵士，有时她为了反讽，或是一时怀旧，会喊他浪漫先生。前不久她把他的阴茎叫做扭扭先生，但她现在已经放弃了，不再试着用润滑油和草莓酱味、提神黄姜柠檬味以及薄荷牙膏味的凝胶来让他早已消失不见的性欲重现生机。她还用吹风机冒过一次险，加文宁愿忘掉那次经历。"现在是三点四十五分，"她继续说，"让我们为我们的朋友做好准备！"接下来是梳头——他的头发是他竭力保持下来的一样东西——然后是绒毛刷。他像狗一样抖了抖身子。

"这次是谁？"加文说。

"一位非常友好的女士，"雷诺兹说，"一个好姑娘。一个研究生。她在写关于你作品的论文。"雷诺兹自己就曾经写过关于他作品的论文——那是他的滑铁卢。那时，一个迷人的年轻姑娘如此专注于他写的每一个形容词，对他而言非常具有诱惑力。

加文呻吟起来。"他妈的关于我作品的论文，"他说，"救救我吧耶稣基督！"

"好了，渎神先生，"雷诺兹说，"别这么刻薄。"

"这位饱学之士他妈的在佛罗里达做什么？"加文说，"她一定是个蠢货。"

"佛罗里达并不像你一直说的那样是个乡下小镇。"雷诺兹说，"时代不一样了。现在他们也有很多好大学，还有很棒的读书节！好几千人专门去参加呢！"

"真他妈的棒透了。我真是感动!"加文说。

"不过,"雷诺兹无视他,继续说道,"她不是从佛罗里达来的。她是从爱荷华专门飞过来采访你的!你知道吗,到处都有人在写关于你的作品的作品。"

"爱荷华,他妈的。"加文说。关于你的作品的作品。有时候她说起话来就像个五岁的小孩儿。

雷诺兹继续摆弄着绒毛刷。她狠狠刷过他的肩膀,然后在他的鼠蹊部挑逗地扫了一下。"让我们看看扭扭先生身上有没有毛屑!"她说。

"把你那淫荡的爪子从我的私处拿开。"加文说。他很想说扭扭先生身上当然有毛屑,或者至少有灰尘,也许还生了锈。她还能有什么别的想法?她明明知道扭扭先生已经被束之高阁很久了。但他忍住了。

不磨砺就蒙尘生锈,不使用就无法发光[1],他想。丁尼生。尤利西斯最后一次扬帆远航,多么幸运!至少他沉没的时候脚上还能穿着靴子。倒不是说希腊人会穿靴子。这是加文在学校里必须背诵的最早的几首诗之一。结果他发现自己非常擅长背诵。虽然羞于承认,但这正是他踏上诗歌之路的原因:丁尼生,一个夸夸其谈的维多利亚时代的过时诗人,

---

[1] 此句出自英国维多利亚时代诗人阿尔弗雷德·丁尼生(Lord Alfred Tennyson, 1809—1892)的诗歌《尤利西斯》(Ulysses)。

描绘英雄暮年的一首诗。万物皆轮回——在他看来,这真是个糟糕的特质。

"扭扭先生现在可喜欢我淫荡的爪子了!"雷诺兹说。她是多么殷勤啊,还把这句话用现在时说出来。这曾经是他们的一个游戏——雷诺兹是狐狸精,是施虐女王,是蛇蝎美人,而加文是她被动的受害者。她似乎很喜欢这种剧情,所以他就配合她了。现在这已经不再是游戏了。所有的老游戏都不管用了。试图激活这些游戏只会让他们两个都伤感不已。

雷诺兹和加文结婚的时候选择的并不是现在这种生活。她设想的是一种引人入胜的生活,充满了华丽迷人、富有创意的朋友和发人深省的言谈。在他们刚结婚的时候,这种生活的确出现了一阵子。这种生活燃尽了他仅剩的活性荷尔蒙。烟火熄灭之前的最后一次爆发。现在她被困在了这个燃尽之后的烂摊子里。在他心存仁慈的片刻,他会为她感到遗憾。

她一定会去别的地方寻找安慰。如果他处在她的位置,一定会这么做。她去上**动感单车**[1]课,或是和所谓的女朋友们晚上出去跳舞的时候,实际上是在做什么?他能想象得

---

[1] 动感单车(spinning)是二十世纪八十年代在美国诞生的一种结合了音乐、视觉效果的室内自行车训练课程。

到，也的确想象了。这种想象曾经一度令他困扰不已，但现在他已经能够客观冷静地看待她可能的罪过——不仅仅是可能，简直是肯定的。她这么做显然不无道理——她比他要小三十岁。莎士比亚会这么说：他头上的触角估计比长了一百个脑袋的蜗牛还要多。

活该他娶了一个小姑娘。活该他接连娶了三个这样的小姑娘。活该他娶了自己的研究生学生。活该他娶了一个专横的自封监护人，对他的生活和时间安排指手画脚。活该他结了婚。

但至少雷诺兹不会离开他。这一点他很肯定。她一直在不断润色自己的寡妇形象，绝不会让这些努力付之东流。她争强好胜，一定会死撑到最后，确保他的两个前妻不能染指他一分一毫，不管在文学方面还是其他方面。她会想要掌控他的自述。她会想要帮助撰写他的传记——如果有传记的话。她也会想要剥夺他两个孩子的继承权——是他分别跟两个前妻生的孩子，不过他们已经不能叫孩子了，因为其中一个已经五十一或者五十二岁了。在他们还是婴儿的时候，他没怎么关心过他们。他们和他们的彩色粉笔，还有浸透了尿液的各种婴儿用品占据了太多的空间，抢走了太多本该属于他的关注。每次在他们不到三岁的时候他就拔营而逃，所以他们并不太喜欢他。在这一点上他并不责怪他们，因为他也憎恨自己的父亲。无论如何，葬礼之后一定会有不少争吵——为了确保这一点，他没有最终确立遗嘱。如果他能在半空中盘旋着看热闹就好了！

雷诺兹用毛刷在他身上刷了最后一下，扣上了他衬衫上的第二颗扣子，把他的领子拽好。"好了，"她说，"这样好多了。"

"这个姑娘是谁？"他说，"这个对我所谓的作品感兴趣的姑娘，有个俏屁股吗？"

"别这样，"雷诺兹说，"你们这一整代人都痴迷于性。梅勒[1]、厄普代克[2]、罗斯[3]——所有这些家伙。"

"他们都比我老得多。"加文说。

"没老多少。他们总是性、性、性的，一直都是！他们就不能把拉链拉上！"

"你的意思是，"加文冷淡地说，他很享受这一切，"性是个坏东西啰？你突然之间有点开始谈性色变了？那我们还能痴迷于什么？购物？"

"我的意思是，"雷诺兹说，她不得不停下来，仔细思

---

[1] 梅勒（Norman Mailer, 1923—2007）是二战后美国最重要的作家之一，曾两度获得普利策奖，代表作包括《裸者和死者》《夜幕下的大军》《刽子手之歌》等。他个性狂放不羁，私人生活备受争议，曾被美国文学界称为"海明威第二"。

[2] 厄普代克（John Updike, 1932—2009）是美国著名作家，曾两度获得普利策奖，代表作系列小说"兔子四部曲"、"贝克三部曲"，作品中常有露骨的性爱情节描写。

[3] 罗斯（Philip Roth, 1933—）是美国著名作家，曾获得普利策奖，代表作包括《再见，哥伦布》、"美国三部曲"系列小说，常以性爱为创作主题。

考,调集脑中的反抗部队,"好吧,我承认,购物代替不了性。但是**不得已而求其次**[1]。"

这真是伤人,加文心想。"不得已而求什么?"他说。

"别装傻了,你懂的。我的意思是,并不是所有的事情都得绕着屁股转。这个女人的名字叫娜维娜。她值得尊敬。她已经发表了两篇关于'游船'的文章。她其实很聪明。我觉得她有印第安族裔血统。"

有印第安族裔血统。她是从哪里选出这些过时的表达方式的?每当她试着做一个得体的知识分子,说起话来都像奥斯卡·王尔德戏剧里的搞笑夫人。"娜维娜,"他说,"这名字听起来像切片芝士。或者更好——像脱毛膏。"

"你没必要贬低人家。"雷诺兹说。她曾经很喜欢看他贬低别人,至少是贬低某些人。她曾认为这表示他更有学识,品味更高端。现在她只认为这很无礼,或者是缺乏某种维生素的症状。"这简直就是你的本能反应。你知道吗,诋毁他人并不能让你变得更强大。娜维娜恰恰是一位正经的文学学者。她有文学硕士学位。"

"还有一个俏屁股,不然我不会见她的,"加文说,"每个傻瓜都有文学硕士学位。他们就像爆米花。"他每次都要让雷诺兹遭受一番打击——每当她搬出某个新的狂热粉丝,

---

[1] 原文为法语(faute de mieux),意即得不到更好的,不得已而求其次。

某个新的有志青年，某个新的学术盐矿之奴时——因为他必须让她遭受些什么东西。

"爆米花？"雷诺兹说。加文一时间不知所措——他那么说是什么意思？他深吸了一口气。"小小的玉米仁，"他说，"在学术烤炉里高温加热。热气膨胀起来。'噗'的一声，就有了一个文学硕士。"还不错，他想，而且说得很对。大学也需要现金，所以把孩子们诱骗进去，然后把他们变成裹满淀粉浆的膨胀泡芙球，根本找不到工作。还不如去考一张水管工的证书。

雷大笑起来，有些酸楚——她自己也有一个文学硕士学位。然后她皱了皱眉。"你应该心存感激。"她说。数落要开始了，就像卷起报纸敲打你。坏加维！"至少还有人对你感兴趣！一个年轻人！很多诗人拼了命也求不来。现在六十年代很火，你真幸运。你不该抱怨自己不受重视。"

"我什么时候这样做过？"他说，"我从来不抱怨。"

"你无时无刻不在抱怨，抱怨所有东西。"雷诺兹说。她快要受够了。他不应该再更进一步，但他还是这么做了。

"我本该娶康斯坦斯的。"他说。这就是他的王牌——"啪"地亮了出来，摆在台面上。这句话通常十分有效：他会赢得连珠炮般的敌意，也许还有些眼泪。最高分是一扇砰然关上的门，或者一个砸来的东西。有次她向他扔了一个烟灰缸。

雷诺兹微笑着。"好吧,你没娶康斯坦斯,"她说,"你娶了我。所以打碎了牙往肚里吞吧。"

加文心跳漏了一拍。她在玩无动于衷的把戏。"噢,要是我能那么做倒好了。"他说,带着夸张的渴望。

"假牙也不会妨碍你的。"雷诺兹干脆地说。在他逼人太甚的时候她也会相当泼辣。他欣赏这种泼辣,尽管在这种泼辣是针对他的时候,欣赏起来有些勉强。"现在我要去准备茶点了。你不乖的话,娜维娜来的时候你就没有饼干吃喔。"饼干的花招是个玩笑,她试着调节气氛,但对他来说这隐隐约约令人害怕,因为不让他吃这样一个饼干的威胁竟然正中要害。没有饼干!一阵凄凉的波浪席卷了他。而且他还流了口水。天啊。他竟然到了这步田地吗?像狗一般坐起来乞食?

雷诺兹大步走出了房间,去了厨房,留下加文一个人坐在沙发上看风景,尽管风景并不怎么样。有蓝天,有大观景窗。窗外是一圈栅栏围着的院子,长着一棵棕榈树。还有一棵蓝花楹,或者是鸡蛋花树?他不知道,这只是他们租来的房子。

房子自带了一个游泳池,还是温水的,但他从没用过。早上他还没有醒来的时候,雷诺兹偶尔会跳进池中游泳。或者她是这么说的——她喜欢举这些例子来标榜自己轻巧敏捷。池里落了些蓝花楹,或者管它什么树的叶子,还有棕榈树尖尖长长开裂的叶片。它们在水面上漂浮着，在循环水泵形成的涟漪里缓缓地打着转。有个姑娘每周来三次，用长柄网把这些叶子捞出来。姑娘名叫玛利亚，是个高中生。她的工资已经包含在房子的租金里了。她会自己用钥匙打开花园的门进来，穿着橡胶鞋无声地穿过铺满瓷砖的湿滑的中庭。她有着黑色的长发和可爱的腰身，很有可能是墨西哥人。加文不知道，因为他从没和她说过话。她总是穿着短裤，浅蓝色的牛仔短裤或是深蓝色的牛仔短裤。她打捞落叶的时候总会弯下腰。她的脸在他能看到的时候总是毫无表情，或者可以说近乎严肃。

哦，玛利亚。他对自己叹了口气。你的生活中有麻烦吗？即使现在没有，很快也会有了。你有一个多么周正的屁股啊。特别是摇摆起来的时候，更加诱人。

她有没有看到过他从观景窗中注视着她？很有可能。她认为他是个好色的老头子吗？非常有可能。但这并非他的本意。该如何传达他混合了渴望、留恋与隐约悔恨的复杂情感呢？他悔恨的是，其实他并不是一个好色的老头子，但他希望自己是。他希望自己还能够好色。当你再也无法品尝到冰淇淋的时候，又该如何描绘它的美味呢？

他正在写一首诗，开头是："玛利亚捞起垂死的落叶。"不过严格来说落叶已经死了。

门铃响了，雷诺兹啪嗒啪嗒地走向门厅。门口传来女人们的问候寒暄声，是如今女人们常用的低声软语"进来进来"和鸽子一般"哇嗷呜"的叽叽咕咕。她们用"呜呜喔"的声音你来我往，就好像她们是最好的朋友，尽管之前她们从未见过面。她们是通过电子邮件联系的，加文很鄙视这一点。但他不应该鄙视——把自己联络事宜的控制权交给雷诺兹是一个错误，因为这等于给了她王国的钥匙——现在她是加文王国的守门人了。除非她允许，没有人能进来。

"他刚刚小睡了一会儿。"雷诺兹用一种假模假样的尊敬语气说。每当她向第三方展示他的时候，都会不自觉地转换成这种语气。"你想不想先看一眼他的书房？他写作的地方？"

"喔，哇嗷呜，"娜维娜的声音说，这一定是表示喜悦，"如果可以的话。"她们那两双穿着鞋子的脚踢踢踏踏地踩过走廊。

"他不能在电脑上写作，"雷诺兹正在说，"他必须用铅笔。他说这是一项手和眼的工程。"

"棒极了。"娜维娜说。

加文充满怨愤地憎恨着自己的书房。他憎恨这间临时的书房，但他更憎恨自己在不列颠哥伦比亚家中的那间真正的书房。那是雷诺兹为他设计的，肾脏一般颜色的墙壁上用白漆刷着他诗歌中的名句，都是被最多次编入选集的诗歌。于是他不得不坐在其中，被自己逐渐凋零的辉煌丰碑萦绕，同时那些他曾经极为尊崇的杰出诗作的段落和碎片令他周围的空气都变得厚重起来：精致的骨灰盒的碎片，他人智慧与才能的残缺回音。

雷诺兹把两间书房都当做神龛来打理，把他当做其中的神像来照料。她大张旗鼓地为他削好铅笔，屏蔽电话，把他关在里面，然后踮起脚尖在外面走来走去，就好像他是正用呼吸机维持生命的重症病人。于是他一个词也写不出来。他无法把稻草编织成黄金，至少在那样一间陵墓一般的书房里不能。**鲁姆佩尔施蒂尔茨欣**[1]，这些天来他的缪斯极可能化作了这个恶毒的侏儒怪的身影——但行动迟缓的鲁姆佩尔施蒂尔茨欣从未出现。然后就到了午餐时间，雷诺兹会从桌子对面充满期待地注视着他，问："有新作品了吗？"她保护了他的隐私，帮助他沉浸在其诗歌的汁液中，确保了他的"创作时间"，这一切都令她自豪不已。他不忍心告诉她自己的灵感已经干涸如枯骨。

他需要出去，逃出这里，至少逃出书房，这两间浸淫着防腐书页透出的干燥气息的书房。在六十年代，他和康斯坦斯住在狭小、闷热的蒸汽室一般的房间里，闷成了梅子干。

---

[1] 鲁姆佩尔施蒂尔茨欣（Rumpelstiltskin）是格林童话中的侏儒怪，能用魔力把稻草编织成黄金。

那时他们没有钱,他也肯定没有什么所谓的"书房",但他能在任何地方写作——在酒吧,在快餐店,在咖啡馆——他会文思如泉涌,词句从铅笔和原子笔中流泻而出,落在任何平整顺手的东西上:信封、纸巾。的确,这相当老套,但却相当真实。

怎样才能回到那里呢?怎样才能找回那一切?

踢踢踏踏的脚步声向他的方向走来。"就从这里进来。"雷诺兹说。

娜维娜被引进了起居室。她是个漂亮的小东西,几乎还是个孩子。有着又大又羞涩的黑眼睛,戴着章鱼或是八爪鱼形状的耳环。如果他打算在酒吧跟她搭讪,他可能会这样开头:"你的耳朵上有海鲜哪。"但他现在不会这么尝试了。"噢,您不用起来。"她说。但加文作秀一般地缓缓支撑着站了起来,好跟她握手。他故意握的时间长了一些。

接着雷诺兹必须重新调整枕头的位置,扮演一位称职的护士。如果加文能抓住挤在他眼前的黑色套衫下的乳头,利用杠杆原理把雷诺兹像乌龟一样翻个四脚朝天,会发生什么呢?一个愉快又兴奋的追求者。尖叫,指责,在一个震惊的观众面前撕开覆在碗上的保鲜膜,露出他们名存实亡的婚姻仅剩的残羹。这样的骚动会让他躲过这次二流的采访吗?

但他并不想躲过这次采访,目前还不想。有时候他很享受这些煎熬。他很享受说自己不记得写过那篇词句杂烩了，管它是什么。他很享受把这些多愁善感的孩子们列出的最喜爱的诗作说得不值一提。"胡扯，蠢话，垃圾！"他很享受说昔日的诗坛伙伴、诗坛对手的闲话。这些诗人大多已经死了，所以不会造成什么伤害。当然即使会造成伤害，他还是会说的。

雷把娜维娜按在他对面的安乐椅上，好让她能正面看到他的全貌。"能见到您真是太荣幸了，"娜维娜充满敬意地说，"这有点书呆子气，但我觉得我好像……就像……就好像我真的认识您了。我猜这是因为我在研究您的作品，还有关于您的一切。"她可能是有印第安血统，但她的口音是纯粹的美国中西部口音。

"那你可就占了我的便宜了。"加文说。他像只地精一样邪恶地看着她。这个表情会打乱他们的步伐。

"不好意思？"娜维娜说。

"他的意思是尽管你知道关于他的很多事，他对你却一无所知。"雷诺兹像往常一样插起话来。她自任为他的翻译，就好像他是个先知，吟诵着深奥的只字片言，只有最高级的女祭司才能破译。"那么你为什么不告诉他你在研究什么呢？他的哪一部分作品？我去给大家泡些茶。"

"我洗耳恭听。"加文说，保持着邪恶的笑容。

"别咬人家哦。"雷诺兹抖了抖紧身牛仔裤，离开了。这句退场台词很不错：可能的噬咬，如此模棱两可，在位置和意图上都暧昧不清，带着诱人的芬芳盘旋在空气中。如果对方主动提出，他会从哪里开始咬呢？脖子后面温柔的一小口？

这没有用。就连这样的设想也无法激起他的欲望。他抑制住了打哈欠的冲动。

娜维娜坐立不安地摆弄着一个小录音笔，然后放在了咖啡桌上正对着他。她穿着迷你裙，裙边缩到了膝盖上方——露出了带花纹的丝袜，就像染黑的蕾丝窗帘。她还穿着鞋跟高得令人痛苦的皮靴，上面镶嵌着金属铆钉。光是看着那靴子就让加文感到痛苦。她的脚趾肯定都挤成了三角木形，就像棕褐色老照片里中国女人的小脚。那些变形的小脚据说会激起性欲，反正加文这么读到过。男人们会把他们的扭扭先生滑进这些弯折扭曲、发育不良的脚趾构成的潮湿小穴里。他自己无法理解这种嗜好。

她的头发在脑后扎成一个圆髻，像芭蕾舞演员一般。圆髻太性感了。解掉一个圆髻曾经是一件乐事，就像打开一件礼物。头发向后紧紧梳成圆髻的脑袋是如此优雅又禁欲，处女一般。解开这个圆髻，摆脱了束缚的长发凌乱又狂野，披散在肩膀上，乳房上，枕头上。他在脑中列举起来：我认识的圆髻姑娘。

康斯坦斯并没有圆髻。她不需要圆髻。她自己几乎就是一个圆髻——清爽而隐忍,摆脱了束缚之后又热烈奔放。他的第一个同居人,他这个亚当的夏娃。没有任何东西可以取代这一点。他记得等待她回家时的思念之苦,在他们狭小闷热的伊甸园里,只有电磁炉和电水壶做伴。她会穿过房门走进来,身躯柔软而可口,头颅却矛盾地淡漠,她的面容如微光渐隐的淡月般苍白,浅色的发丝如洒下的光线般四散而逃。他会紧紧地把她拥在臂弯里,牙齿深深插进她的脖子。

并不是插进,并不是真正插进去,但他很想那么做。一方面是因为那时他总是很饥饿,而她身上闻起来都是史纳非炸鸡的香味。另一方面还因为她爱慕他,她会像温暖的蜂蜜一般融化。她是如此柔顺又可塑。他可以对她肆意妄为,随意摆布,她都会说"好的"。不仅仅是"好的",是"喔,好极了!"

自此之后,他还被那样爱慕过吗?如此纯粹的爱慕,没有任何别有用心的动机?因为那时他尚未出名,即使在竞争并不激烈的诗人小圈子里也没什么名气。他还什么奖、什么东西都没有赢得过,他还没有出版过任何值得赞赏、令人羡慕的薄薄诗集。他拥有的是无名之辈的自由,面前铺展着关于未来的空白画卷,等着他来书写。她只是爱慕他本身。他的内在核心。

"我能把你吃干抹净。"他会这么对她说。唔,唔,嗯,嗯。"喔,好极了!"

"不好意思?"娜维娜说。

他一下子跳回了现在。他发出了什么声响吗?美味的咂嘴声,或是低吼?就算是的话,又怎么样呢?他已经拥有了随意发出声响的权利。他想发出什么声响都可以。

但是柔软的你啊,美丽的娜维娜。水仙女**宁芙**[1]啊,汝之言语唤起我所有双关的回忆。他需要一些更为实际的评价。

"这靴子舒服吗?"他和蔼可亲地说。最好慢慢来,让她谈论谈论她熟悉的东西,比如靴子,因为不久之后她就要难以招架了。

"什么?"娜维娜吓了一跳。"靴子?"她是脸红了吗?

"它们不会挤脚吗?"他说,"它们看起来很时尚,但你要怎么走路呢?"他很想让她站起来在屋子里迈开腿来走几步——这是高跟鞋的作用之一,让女人的骨盆倾斜,屁股翘起,乳头前突,为她们增添曲线美——但他不会真的让她这么做。毕竟她只是个陌生人。

"哦,"娜维娜说,"这靴子。是的,很舒服。不过人行道上结冰的时候我大概不应该穿。"

"人行道上没有结冰啊。"加文说。这位水仙女好像不怎么聪明。

---

[1] 宁芙(Nymph)是希腊神话中出没于山林、原野、泉水、大海等地的水仙女。

"哦，不，不是这里，"她说，"我的意思是，这里是佛罗里达，不是吗？我的意思是在我老家那里。"她紧张地咯咯笑着。"有冰。"

加文会看电视里的天气预报，他已经饶有兴趣地注意到席卷北部、东部和中部地区的极地涡旋。他看过暴风雪、冰风暴、底朝天的汽车和折断的树木的照片。康斯坦斯现在一定就在那里，在风暴眼之中。他幻想着她向他伸出手，赤身裸体，被白雪覆盖，周身散发出超自然的光辉。他的月光女士。他忘记他们为什么会分手了。是因为一件微不足道的小事，她本不应该在乎。因为他和一个别的什么女人上了床。梅兰妮，梅根，还是玛乔里？那根本不算什么，那个女人几乎是突然从一棵树后跑出来跳到了他的身上。他试着向康斯坦斯解释过，但她没能理解他的苦衷。

为什么他们两个没能永远一直走下去呢？他自己和康斯坦斯，太阳和月亮，各自用不同的方式放出光芒。但是现在他反而在这里，被她放逐，遭她遗弃。在时间上，他失去了持续的给养；在空间上，他失去了温存的怀抱。

"佛罗里达。嗯？你的意思是？"他问得太尖锐了。这个娜维娜究竟在闲扯些什么？

"这里完全没有冰。"她小声说。

"是的，当然，不过你很快就要回去了。"他说。他必须向她表示他并没有偏离主线，不知所措。"回去——是哪里？印第安纳？爱达荷？爱荷华？那里的冰可多了！如果你摔倒了，不要用手撑，"他用一种假设的指导和父亲的语气说，"试着用肩膀接触。这样就不会扭伤手腕。"

"哦，"娜维娜又说，"谢谢。"一阵尴尬的停顿。"也许我们该谈谈您？"她说，"还有，您知道，您的，那个，您的作品——在您创作早期的作品时。这是我的录音机，可以打开吗？我还带了一些视频片段，也许我们可以看一看，然后您可以告诉我这是关于，关于谁，关于什么语境。如果您不介意的话？"

"开始吧。"他说，向后靠了靠。雷诺兹死到哪儿去了？他的茶在哪儿？还有饼干呢？那是他应得的。

"好的，所以，我在研究的是，嗯，大概是关于'游船'时期。六十年代中期。在您写《献给我的女士的十四行诗》这个系列的时候。"现在她正在设置某些别的电子小玩意，某种平板电脑。雷诺兹刚刚买了一个绿色的。娜维娜的这个是红色的，还带了一个精巧的三角支架。

加文带着自嘲的尴尬把手挡在了眼前。"别让我回想起，"他说，"十四行诗——那都是初学者的玩意。松散无力，业余的垃圾。我那时只有二十六岁。我们能不能谈谈其他更有价值的东西？"实际上这些十四行诗非常引人注目。首先，它们只是名义上的十四行诗——他是多么大胆啊！其次，它们开创了新局面，延伸了语言的界限。至少诗集的背面是这么说的。无论如何,这本诗集让他获得了有史以来的第一个奖项。他会假装对此无动于衷,甚至不屑——奖项是什么?不过是权威人士给艺术套上的又一具枷锁罢了——不过奖金的支票他倒是立刻兑现了。

"济慈二十六岁的时候就死了,"娜维娜正色道,"看他取得了多么大的成就!"这是一个指责,一个明显的指责!她怎么敢?他人到中年的时候她才刚刚出生!他本可能是她的父亲!他本可能是猥亵她的恋童癖!

"拜伦把济慈写的东西称作'约翰尼的尿床诗'。"他说。

"我知道,不是吗?"娜维娜说,"我猜他是嫉妒。无论如何,那些诗很棒!《我的女士用唇覆上了我》……如此简单,甜蜜又直接。"她没意识到这首诗的主题是关于口交。这和"我的女士用唇覆上了我的唇"非常不同。在那时,这种上下文中的"我"其实是暗指"鸡巴"。雷诺兹第一次读关于"唇"的这一行时大笑了起来——他家里这朵日益衰败的百合花可没有什么纯洁的思想。

"所以你研究的是关于'女士'的系列诗,"他说,"如果你有什么地方需要我说明的,直接问吧。第一手的资料,充实你的论文。可以这么说。"

"那个,其实准确来说我研究的并不是那些,"她说,"那些已经被很多人研究过了。"她垂下眼睛看着咖啡桌,现在她郑重其事,满面通红。"实际上,我写的论文是关于

C.W. 斯塔尔的。你知道,就是康斯坦斯·斯塔尔,当然我意识到斯塔尔并不是她的真名——我在研究她的'阿尔芬之境'系列,呃,而您认识她,在那时。在'游船',还有关于那些的一切。"

加文感到冰冷的水银灌进了他的血管。是谁让这个家伙进来的?这个破坏者,这个暴徒!雷诺兹,正是她。居心叵测的雷诺兹知道这个鹰身女妖的真实任务吗?如果知道,他会把她的牙齿都撬出来。

但是他已经进退维谷。他不能假装很在意这一点——仅仅被当作主要任务的第二手资料来源。主要任务是康斯坦斯。绒毛球康斯坦斯,还有她愚蠢至极的地精故事。怪胎康斯坦斯。蠢货康斯坦斯。表现出愤怒会暴露他的软肋,在之前的羞辱上堆积更多的羞辱。"哦,好极了。"他宽容地笑起来,就好像想起了一个笑话。"还有关于那些的一切的确没错!有许多一切,许多那些!几乎从早到晚都是一切和那些!不过那时我的耐力很好。"

"不好意思?"娜维娜说。她的眼睛亮了起来,她得到了此行期待遇到的部分血腥味。但她不会得到全部。

"我亲爱的孩子,"加文说,"康斯坦斯和我当时在同居。

我们在鬼混。那是**水瓶时代**[1]的黎明。尽管那个时代的天还没有完全亮起来,我们还是一样很忙碌。我们脱衣服的时候远比穿衣服的时候多。她很——令人惊叹。"他让自己露出一个缅怀往事的微笑。"但别告诉我你在认真做关于康斯坦斯的学术研究!她写的东西根本不是……"

"嗯,是的,实际上我就是在研究,"娜维娜说,"深入对比象征主义与新表象主义在世界构建过程中的作用,研究奇幻小说比研究所谓的现实主义小说更有效,现实主义小说不过是伪装得更好的奇幻小说,您说不是吗?"

雷诺兹啪嗒啪嗒地走了进来,托着一只餐盘。"茶来了!"她宣布道,正是时候。加文能感受到血液在他的太阳穴里怦怦流淌。娜维娜刚刚他妈的说了什么?

"哪种饼干?"他问,把新表象主义付诸实践。

"巧克力碎的,"雷诺兹说,"娜维娜给你看那些视频短片了吗?它们棒极了!她通过 Dropbox[2] 发给我的。"她在他身边坐下,开始倒茶。

Dropbox。那是什么?除了放在室内的猫屎盆,他想不到别的东西。但他不会问。

---

[1] 水瓶时代(The Age of Aquarius)指二十世纪六七十年代盛行的嬉皮士文化和新世纪运动。
[2] Dropbox 是一款免费网络文件同步工具,于 2007 年面世,提供在线云存储服务,字面意思为投递箱,暂无正式的中文译名。

"这是第一个视频，"娜维娜说，"是游船，大概在1965年。"

这是一次偷袭，一次背叛。但是加文别无选择，只能看下去。这就好像是被吸入了时间隧道——无法抗拒的离心力。

视频有很多噪点，是黑白的，没有声音。摄像机扫过了房间：某个业余的追星族，或者这是早期纪录片的镜头？舞台上的一定是**桑尼·特里和布朗尼·麦肯吉**[1]，还有那个是**西尔维娅·泰森**[2]吗？他那时的一些诗人同僚正聚在一张桌子旁边，留着当时流行的发型，蓄着挑衅又乐观的毛茸茸的胡须。现在在他们中的很多人已经死了。

他自己也在那里，康斯坦斯就在他身边。他没有留胡子，但嘴里叼着一支香烟，一只手随意地环在康斯坦斯身上。他没有看她，他正看着舞台，而她正注视着他。她总是注视着他。他们看起来如此甜蜜，他们两人，毫发无伤，充满了力量与希望，就像孩子一般。对于即将席卷他们、吹散他们的命运之风毫无察觉。他想哭。

"她一定很累。"雷诺兹满意地说。"看看她的眼袋。大

---

[1] 桑尼·特里（Sonny Terry, 1911—1986）和布朗尼·麦肯吉（Brownie McGhee, 1915—1996）是二十世纪五六十年代美国著名的山麓布鲁斯音乐组合。桑尼·特里是一位盲人。

[2] 西尔维娅·泰森（Sylvia Tyson, 1940-）是加拿大著名音乐人，曾在1959至1974与伊恩·泰森（Ian Tyson）组成流行民谣组合表演。

黑圈啊。她一定操劳过度了。"

"累？"加文说。他从没想过康斯坦斯会累。

"嗯，我想她肯定很累，"娜维娜说，"想想她那时都在写什么啊！简直是史诗！她可以说是创作出了整个阿尔芬之境的大纲，就在那么短的时间里！而且她还在打工，在那家炸鸡店。"

"她从没说过她累，"加文说，因为她们两人正用很可能是指责的眼神盯着他，"她那时总是精力旺盛。"

"她写给你了，"娜维娜说，"说她很累。但她说她再累也不会觉得你烦！她说不管你回来多晚都应该把她喊醒。她写下来了！我猜她是真的很爱你。她真是可爱又迷人。"

加文困惑了。写给他？他不记得了。"为什么她要给我写信？"他说，"我们住在同一个地方。"

"她是在自己的这本日记上给你写的留言，"娜维娜说，"她会把这本日记放在桌上给你看，因为你总是睡懒觉，而她还要去工作，这样你就可以看到留言了。然后你会给她回复，就在她的留言下面。是一本黑封面的笔记本。她写阿尔芬之境的名录和地图时用的也是这种笔记本。每天都另起一页。你不记得了吗？"

"喔，那个。"加文说。他只有模糊的记忆。他能记起的大多是那些早晨的光线，在与康斯坦斯共度一夜之后。第一杯咖啡，第一支香烟，第一首诗的开头几行，像魔法般自行出现。那时写出的许多诗都值得收藏。"是的，记得不太清楚了。你怎么会有那个？"

"是在你的文稿里，"娜维娜说，"那本日记。奥斯汀大学有你的文稿。你把他们卖掉了。记得吗？"

"我把我的文稿卖掉了？"加文说，"什么文稿？"他脑中一片空白。他的记忆会时不时出现一段空白，就像蛛网上撕开的一个缺口。他不记得自己做过这样的事。

"好吧，实际上是我卖了它们，"雷诺兹说，"我安排的。你让我来处理那些文稿。是在你做《奥德赛》翻译的时候。他太沉浸其中了，"她对娜维娜说，"在他工作的时候。如果我不喂他他甚至会忘记吃饭！"

"我知道，不是吗？"娜维娜说。她们两人交换了心照不宣的一瞥——对天才需要纵容。加文心想，这是比较温和的表达方式。另一种表达方式应该是：对老东西必须撒谎。

"现在让我们来看看其他的片段吧。"雷边说边向前倾了倾。可怜可怜我吧，加文无声地向她请求。我已经岌岌可危了。这个青春期公主快要把我拖垮了。我不知道她在说什么！结束这一切吧！

"我累了。"他说，但声音并不够响。显然她们两人有自己的日程规划。

"这是一个采访，"娜维娜说，"是几年前的。在YouTube上。"她点了箭头，视频开始播放，这次是彩色的，也有声音。"这是在多伦多的世界奇幻大会上。"

加文看着视频,恐惧不断增长。一个化装成《星际迷航》角色的男人正在采访一个头发稀疏的老太太。采访者有着紫色的皮肤和布满血管的巨大头颅。一个克林贡人,加文估计。他并不了解这一种群的文化特征,但他诗歌研讨会里的学生曾经试着给他启蒙——这个主语会出现在他们写的诗里。屏幕上还有一个女人,带着闪闪发光的塑胶头套。"那是博格女皇。"娜维娜小声说。那个头发稀释的老太太应该就是康斯坦斯,YouTube 文件的标题是这么写的,但他无法相信。

"今天我们极其荣幸地邀请到了这位,可以说是二十世纪架空奇幻小说的祖母级的大师,"博格女皇说,"C.W. 斯塔尔本人,举世瞩目的《阿尔芬之境》系列的缔造者。我能称呼您为康斯坦斯吗,还是斯塔尔女士?或者是 C.W. ?"

"怎么称呼都可以。"康斯坦斯说。所以这的确是康斯坦斯,尽管已经深深衰老。她身上松松垮垮地套着一件银丝的羊绒衫,头发就像蓬乱的白鹭羽毛,脖子细得像一根冰棍。她四处张望了一番,看起来似乎被噪音和灯光弄得有些眼花缭乱。"我并不在乎称呼之类的东西,"她说,"我一向只在乎我的作品,在乎阿尔芬之境。"她的皮肤奇异地发着光,像是散发着磷光的蘑菇。

"在您刚开始写这个作品时,难道不觉得自己很勇敢吗?"克林贡人说,"那时这个领域是男人的天下,不是吗?"

康斯坦斯仰起头笑起来。这笑声——这轻巧、羽毛一般的笑声——曾经很迷人,但加文现在却觉得很无礼,有种不合时宜的活泼。"噢,那个时候谁都没在意过我,"她说,"所以恐怕不能叫勇敢。无论如何,我用了首字母署名。一开始没人知道我不是男人。"

"就像勃朗特姐妹。"克林贡人说。

"那可远远比不上。"康斯坦斯说,侧身瞥了一眼,自谦地微微一笑。她是在跟这个紫皮肤、满头血管的家伙调情吗?加文皱起了眉头。

"现在她看起来是真的疲惫极了,"雷诺兹说,"我想知道是谁给她化的妆?太糟糕了,他们不应该用矿物粉。不过她到底多大年纪了?"

"那么,您能给我们说说您是如何创造出这个异世界的吗?"博格女皇说,"您就是凭空创作的吗?"

"噢,我从不凭空创作。"康斯坦斯回答。现在她看起来很严肃,尽管仍然是一副稀里糊涂的样子。这就是我严肃的样子。那时加文就从没相信过她。只不过是个偷穿妈妈高跟鞋的小姑娘。那时他觉得这种严肃的劲头很迷人,但现在只觉得虚假。她有什么权利严肃?"你知道,"她继续说,"阿尔芬之境里的每件东西都是根据现实世界里的东西写的。有什么不同呢？"

"人物角色也是根据现实写的吗？"克林贡人问。

"嗯，是的，"她说，"但有时候我会从这里摘一些，那里摘一些，然后拼到一起。"

"就像土豆头先生。"博格女皇说。

"土豆头先生？"康斯坦斯说，她看起来有些迷惑。"我在阿尔芬之境里并没有写过这个角色。"

"这是一个儿童玩具。"博格女皇说，"你可以把不同的眼睛和鼻子插到一个土豆上。"

"噢，"康斯坦斯说，"那是我的时代之后的玩具了。我的儿童时代之后。"她补充道。

克林贡人填补了空白。"阿尔芬之境里有很多反派角色！他们也是你从现实世界里摘录的吗？"他吃吃地笑着。"那选择可真多啊！"

"的确是，"康斯坦斯说，"尤其是反派角色。"

"那么举例来说，"博格女皇说，"'红掌'米尔泽瑞斯是我们在街上走的时候可能会遇见的人啰？"

康斯坦斯又仰起头笑了起来，这让加文咬紧了牙关。应该有人告诉她笑的时候不要把嘴张得那么大。这姿势已经不再像从前那样适合她了。你能看见她后排的牙齿已经掉了好几颗。"喔我的天哪，希望不会！"她说，"可别是打扮成那样的人。不过我的确是以现实生活中的一个男人为原型创作了米尔泽瑞斯。"她若有所思地注视着镜头,穿过屏幕正视着加文的眼睛。

"也许是个过去的男朋友?"克林贡人说。

"哦,不是,"康斯坦斯说,"更像是一个政治家。米尔泽瑞斯很有政治头脑。但我的确把过去的一个男朋友放进了阿尔芬之境。他现在还在里面。只不过你看不见他。"

"请多谈谈,告诉我们吧,"博格女皇说,笑得很夸张。

康斯坦斯忸怩起来。"这是个秘密。"她说。她害怕地回头看了看,就好像担心后面有间谍。"我不能告诉你他在哪里。我不希望打破,你知道,平衡。那样对我们所有人来说都非常危险!"

事情是不是有些失控了?她是不是,也许,有点发疯了?博格女皇一定是这么想的,因为她正在结束采访。"我们深感荣幸,非常感谢您能接受采访!"她说。"姑娘们,小伙子们,让我们为C.W.斯塔尔鼓掌!"一阵掌声。康斯坦斯看起来很迷惘。克林贡人挽住了她的胳膊。

他金色的康斯坦斯。她已经误入歧途。她已经迷路了。不知所措,踟蹰不已。

画面暗了下来。

"不是很棒吗?她太不可思议了,"娜维娜说,"所以,我觉得也许你能帮我想想……我的意思是,她实际上说了她把你写进了阿尔芬之境。如果能弄清楚到底是哪个角色,对我来说——对我的研究来说——都是一个大突破。我已经缩小范围到了六个人,我列出了他们的特征、超能力、象征符号和盾形纹章。我认为你一定是**'吟游诗人'托马斯**[1],因为他是整个系列里唯一的诗人。或者也许他更像个先知——他的超能力是预知。"

"什么托马斯?"加文冷漠地说。

"吟游诗人,"娜维娜结结巴巴地说,"他在一首民谣里出现过,非常有名。你能在**《柴尔德民谣》**[2]里找到。那个被精灵女王偷走的男孩,骑马踏过齐膝的鲜红血水,有整整七年没有在大地上出现,然后他回来的时候被称为真实托马斯,因为他可以预知未来。只不过在阿尔芬之境系列里他并不叫这个名字,他叫'水晶眼'克鲁沃斯。"

"我看起来像有只水晶眼吗?"加文绷着脸说。他要让她出冷汗。

"不,但是……"

"肯定不是我,"加文说,"'水晶眼'克鲁沃斯是艾尔·珀迪。"这是他能想到的最令人愉快的谎言。大块头艾

---

[1] "吟游诗人"托马斯(Thomas the Rhymer)是十三世纪苏格兰的一位著名先知。在柴尔德民谣第三十七首《"吟游诗人"托马斯》中,他被精灵之国的女王带走,归来时获得了预言的能力,并且再也无法说谎。

[2] 《柴尔德民谣》(Child Ballads)是十九世纪后半叶由美国民俗学家弗朗西斯·詹姆斯·柴尔德(Francis James Child,1825—1896)收集整理的305首英格兰、苏格兰地区的传统民谣。

尔和他关于木工手艺和**血粉**[1]工厂工作的诗,统统被精灵女王偷走了!如果娜维娜能把这也写进她的论文,他会一辈子感谢她。她会把血粉放进去,放在合适的地方。他紧闭着嘴,他一定不能笑。

"你怎么知道是艾尔·珀迪?"雷诺兹怀疑地说。"加维是个骗子,你肯定发现了,"她对娜维娜说,"他伪造了自己的自传。他觉得这样很有趣。"

加文无视了她。"康斯坦斯自己跟我说的。还有什么?"他说,"她常常跟我讨论她写的角色。"

"但是'水晶眼'克鲁沃斯一直到第三部才出现在书里,"娜维娜说,"《恶灵回归》。那可是很久之后了,在……我的意思是,并没有任何的文献,而且那个时候你已经不和康斯坦斯来往了。"

"我们常常私下幽会,"他说,"有好多年。在夜店的洗手间里。我们之间有种致命的吸引力。我们相互根本摸不够。"

"你从没跟我说过这个。"雷诺兹说。

"宝贝,"他说,"有很多事我都从没跟你说过。"他的话她一句都不信,但她无法证明他在编造。

---

[1] 血粉(dried blood)是一种非常规动物源性饲料,将家畜或家禽的血液凝成块后经高温蒸煮,压除汁液、晾晒、烘干后粉碎而成。

"这会改变一切的,"娜维娜说,"我必须重新写……我要重新思考我的核心假设了。这实在是太……太重要了!但如果你不是克鲁沃斯,你是谁呢?"

"到底是谁呢?"他说,"我也常常这样想。也许我根本就不在阿尔芬之境里。也许康斯坦斯把我抹去了。"

"她告诉我你在里面的,"娜维娜说,"在一封电子邮件里,就在一个月前。"

"她已经有些糊涂了,"雷诺兹说,"从视频里也能看出来,而且这视频还是在她丈夫去世之前拍的。她已经把所有事情都弄混了,她很有可能根本不能……"

娜维娜无视了雷诺兹,身子前倾,睁大眼睛看着加文,把声音降成一种几乎是耳语的音量。"她说你被藏起来了,就像一件宝藏,这不是很浪漫吗?就像那些图画,你得在树中寻找面孔——她就是这么说的。"**她想要烟视媚行,她想要淫声浪气**[1],她想要从他几乎已经空无一物的头颅中吸取最后一丝精髓。滚开,你这个荡妇!

"对不起,"他说,"我帮不了你。我从没读过她写的那些垃圾。"这是假话,他读过,还读了不少。她的作品恰恰证明了他的观点:康斯坦斯不仅在过去试着写诗的时候就是

---

[1] 此句源自莎士比亚《哈姆雷特》中哈姆雷特装疯卖傻时对奥菲利亚的恶语相向:"you jig, you amble, and you lisp",译文改编自朱生豪的译本。

个糟糕的诗人,现在写起其他文字来也很拙劣。《阿尔芬之境》——这个标题就说明了一切。《**蚜虫**[1]**之境**》还更准确一点。

"不好意思?"娜维娜说,"我觉得这样说可不礼貌……这是一部非常优秀的……"

"你就不能把时间用在其他更有意义的事情上吗?能不能别再试着破译这个言辞浮夸、满是青蛙卵的臭水坑了?"他说。"像你这样一位人类女性种群的杰出成员,就这么把你那可爱的屁股给白白浪费了?你能得到些什么?"

"不好意思?"娜维娜又说了一次。显然这是她的自我保护机制,她想要走了。

"有人给你挠痒吗?有人跟你做爱吗?有人和你性交吗?"加文说。雷诺兹用胳膊肘推了推他,推得很重,但加文无视了她。"一定有哪个生机勃勃的求爱者用那活儿插过你吧。你这样一个漂亮姑娘,不应该把视力浪费在给那些蠢话做脚注上,好好地操一番才更健康。别告诉我你还是个处女!那可太荒唐了!"

"加文!"雷诺兹说,"你不能再这样跟女士说话了!现在可不是……"

"我不认为你有权关心我的私生活。"娜维娜冷冷地说。

---

[1] 英语中蚜虫(Aphid)和阿尔芬(Alphin)在字形和读音上较为类似。

她的下唇在颤抖，所以也许他正中目标。但他还不打算放过她。

"你钻研起我的私生活来倒是肆无忌惮，"他说，"我的私生活！看我的日记，翻我的文件，四处打探我的……我的前女友。这才是下流！康斯坦斯是我的私生活。我觉得你可从来没想到过这一点！"

"加文，你卖了那些文件，"雷诺兹说，"所以现在这些都是公开的了。"

"屁话！"加文说，"你卖了它们，你这个骗人的婊子！"

娜维娜关上了她的红色平板电脑，她并不是毫不自重。"我想我该走了。"她对雷诺兹说。

"我很抱歉，"雷诺兹说，"有时候他会变成这样。"她们两个站了起来，往门厅走去，一路上叽叽咕咕说着真是抱歉之类的话。前门关上了。雷诺兹一定是要把那姑娘送到几个街区之外假日酒店前面的出租车站台。毫无疑问，她们一定会一路都在议论他，他和他的怒气冲冲的大爆发。雷诺兹也许会试着弥补他造成的伤害，也许不会。

今晚的气氛一定会冷若冰霜。雷诺兹八成会给他煮个鸡蛋，然后涂脂抹粉、容光焕发地出去跳舞。

他让自己生气了，他不应该那么做。那样对他的心血管不好。他需要想想别的东西。他的诗，他正在写的诗。不是在所谓的书房里，他在那里无法写作。他拖着脚走进厨房，从电话桌的抽屉里找回他的笔记本,他一直喜欢把笔记本放在这里。然后找了一支铅笔,努力穿过花园的门扉,走下三级铺着瓷砖的台阶,小心地走过中庭。中庭也铺着瓷砖,靠近泳池的地方非常湿滑。他终于到达了目的地——池边的躺椅,然后俯身坐了下去。

落叶在涟漪中打着转。也许玛利亚会静悄悄地穿着短裤走过来,用捞网把它们都捞出去。

> 玛利亚捞起垂死的落叶。
> 它们是灵魂吗?其中之一便是我的灵魂?
> 黑发的姑娘,她是死亡天使吗,
> 带着黑暗,前来收割我的灵魂?
>
> 凋零的迷途灵魂,在冰冷的池水里打转,
> 别了,那个傻瓜的帮凶,我的身体,
> 你会停在哪里?哪片荒芜的海滩?
> 你只是一片枯萎的落叶?抑或……

不,太像惠特曼了。而玛利亚只不过是一个友好普通的高中女生,想赚点外快,这样的姑娘多得是,没什么特别。她并不是什么性感少女,并不是《魂断威尼斯》里那只诱人的啄木鸟。《魂断迈阿密》怎么样?听起来像一部关于警察

的电视剧。死胡同，死胡同。

不过，他喜欢把玛利亚视为死亡天使的这个主意。他差不多就要遇见一个这样的天使了。在死亡的瞬间，能看见天使总比什么都没有的好。

他闭上了双眼。

现在他回到了公园里，理查三世的那个公园，手里拿着两个空纸杯。保温瓶里的马提尼酒已经喝完了，他想小便，但是现在正是一幕场景的中间部分，理查穿着皮衣，手持一支巨大的鞭子，正和陪伴着被谋杀亡夫灵柩的安妮皇后搭话。安妮皇后穿着全套 SM 风格的戏服，和理查一起演绎着充满恶意的二重唱，轮流用靴子踩对方的脖子。真是蠢透了，但你仔细想想，这一切都相当合适。他把她的丈夫串成了肉串，她对他吐口水，他建议她刺他一刀，诸如此类。莎士比亚真是个性变态。从事这种流行行当的女人们赢过吗？在"是"上打钩吧。

"我要去小个便。"当理查停止吹嘘他征服了安妮皇后的时候，他对雷说。

"厕所就在热狗店的后面，"雷诺兹说，"嘘！"

"真正的男人不会在简易厕所里撒尿，"他说，"真正的男人会在树丛里撒尿。"

"我最好跟你一起去，"雷诺兹小声说，"你会迷路的。"

"让我一个人去。"他说。

"至少带上手电筒。"

但他也拒绝了手电筒。**奋斗、探索、寻求,绝不屈服**。[1] 他蹒跚着走进了黑暗之中,笨拙地摸索着拉链。他几乎什么都看不见。至少他很想念自己的脚。这次没有温暖的袜子了。如释重负之后,他拉上了拉链,转过身,准备寻找回去的方向。但是他在哪儿?树枝扫过他的脸颊,他失去了方向。更糟的是,树丛里也许全是暴徒,等着抢劫他这样一个无知的目标。妈的!怎么呼唤雷诺兹呢?他不愿意哀号呼救。他一定不能惊慌。

一只手抓住的了他的胳膊,他突然一惊,醒了过来。他的心脏怦怦直响,他呼吸急促。镇定。他对自己说。这只不过是个梦。这只不过是一首不成形的诗。

那只手一定属于雷诺兹。她一定是打着手电筒跟着他走进了灌木丛。他记不起来了,但一定是这样的,不然他现在就不可能在这里,在躺椅上,不是吗?他不可能自己回来的。

他睡了多久呢?现在已是暮色时分。在黑暗与光明之间,当夜幕降临。只是暮色中的一首歌。多么维多利亚风格的一个词啊。现在已经没有人再说暮色了。暮色时分,爱的

---

[1] 此句亦出自丁尼生的诗歌《尤利西斯》。

甜蜜或者别的什么东西仍然来到我们身边。

是时候喝点什么了。

"雷诺兹。"他喊道。没有人回答。她抛弃了他。是他活该，他今天下午的表现不好。但表现不好的感觉很不错。你不能再这样跟女士说话了。得了吧，谁说他不能？他已经退休了，不能被开除。他吃吃地笑了起来。

他把自己从躺椅上撑了起来，对准了房子台阶的方向。瓷砖很滑，院子里的光又太暗。**夕暮**[1]，他想，这个词听起来就像一只螯虾。一个有尖刺和硬壳的词，长着钳子。

到台阶了。抬起右脚。但他失去了重心，摔倒，撞击，擦伤。

谁能想到他这个老头子的身体里会有这么多血？

"哦天哪！"雷诺兹找到他的时候说，"加维！我真是一分钟也不能让你一个人待着！看看你做了什么！"她泪如雨下。

她努力把他拽到了躺椅上，用两个枕头把他撑住。她擦掉了一部分血，把一块湿毛巾压在他头上。现在她正在打电话，试着叫救护车。"你不能让我等！"她在说，"他中风了，或者是别的什么……这应该是急救服务！哦他妈的！"

---

[1] 夕暮（crepuscular）的英文与螯虾的拉丁文较为类似。

加文躺在枕头之间,脸上有什么不冷也不热的东西慢慢流下来。原来这并不是暮色时分,因为太阳刚刚升起,一种光辉灿烂的粉红色。棕榈叶轻柔地摇摆着,循环水泵正在嘭嘭作响,或者是他的脉搏?现在四周暗了下来,康斯坦斯正在半空中盘旋——衰老、萎缩的康斯坦斯,画着面具一般的妆容,满是皱纹的苍白面孔就和他在屏幕上看到的一样。她一脸困惑地看着他。

"土豆头先生?"她说。

但他没有在意这些,因为他正迅速地穿过空气向她而去。然而她并没有更近一些,她一定也正以同样的速度飞离,离他远去。再快一点,他逼迫着自己,然后缩小了差距,拉近了镜头,穿过了她迷茫的蓝眼睛里黑色的瞳仁。他周围的空间打开了,如此明亮。他的康斯坦斯就在这里,重返青春,热情友好,和她以前一样。她欢快地微笑着,对他张开了双臂。他拥抱住她。

"你来了,"她说,"终于来了。你醒了。"

黑女士[1]

---

[1] 1609年在伦敦首次印刷出版的《莎士比亚十四行诗》分为两部分,第一部分为前126首,献给一个年轻的贵族(Fair Lord);第二部分为第127首至最后,献给一位"黑女士"(Dark Lady),描写爱情。

每天早上乔里吃早饭时都会翻阅全部三份报纸里的讣告。有些条目会让她大笑。但就丁所知，还没有哪个条目让她哭过。乔里并不是一个爱哭的人。

她用"X"来标注值得注意的死者——如果她打算出席葬礼或是纪念仪式，就会标注两个"X"——然后把报纸递给餐桌对面的丁。她订的是真正的纸质报纸，直接送到他们家联排小屋门前的台阶上的。因为她说在电子版报纸里他们总是对讣告敷衍了事。

"又有一条，"她会说，"'每个认识她的人都深深怀念她，'我可不这么想！我在'辉煌号'活动的时候跟她共事过，她就是个讨人厌的婊子。"或者："'在家中平静地自然离世。'我强烈怀疑！我打赌是因为嗑药过量。"或者："终于死了！他的爪子可不安分了！八十年代他在一次公司聚餐时揩过我的油，他老婆还就坐在旁边呢。他是个超级酒鬼，都不用给他的尸体涂酒精做防腐处理。"

丁自己从没去过任何他不喜欢的人的葬礼,除非是为了安慰某个非常需要帮助的生者。艾滋病的早期时代就像地狱一般,就像黑死病——排满了葬礼,麻木四散而去,冷淡的怀疑、幸存者的负罪感、用不完的纸巾。但是对乔里来说,厌恶是一种激励。形象地说,她想在葬礼上跳踢踏舞。他们两个都不再热衷于真正的舞蹈了,尽管他在高中时好歹算是个灵敏的摇滚舞者。

乔里并没有那么灵敏,但她更热情。她四肢瘦长,活泼轻佻,横冲直撞,头发乱甩。但他们两个一起踏上舞池的时候,朋友们会觉得他们都跳得很好,因为他们是双胞胎,而他会让乔里看起来比她实际跳得要好。从孩提时开始,保护她不被她自己的鲁莽所伤就一直是他的责任。而且,和她跳舞能让他短暂地忘记他本应该和舞会上的哪个漂亮姑娘出去约会。他有过选择,他游戏过情场。最好这么做。

他很震惊自己竟然在可爱的少女中那么受欢迎,但仔细想想这并不奇怪。他的举止极富同情心,他会倾听她们的抱怨,而且不会试着在车里粗暴地把她们扒光。当然他会遵照规矩在舞会之后与她们搂颈亲昵,以防她们认为自己有口臭。如果她们表示了特别的青睐,比如允许他解开包裹着尖尖乳头的钢圈文胸,或者脱下紧贴着腰的紧身短裤,他会体贴地谢绝。

"到早上的时候你会恨自己的。"他会这样忠告她们。她们的确会恨自己，会在电话里哭泣，求他不要告诉别人，她们还会担心怀孕，就像在避孕药出现之前那时所有的孩子一样。或者她们甚至会希望怀孕，憧憬着能把他困在过早的婚姻生活中——他，伟大的马丁！他可是个绝佳的结婚对象！

他也从来没有夸大、吹嘘过自己的约会，就像那些长满粉刺的小个子男孩常做的那样。在寒冷的男生更衣室里，没有花边装饰，只有裸露的小鸡鸡。当有人提起他前一晚的奇遇，他会神秘地微微一笑，而其他人会咧嘴笑起来，相互推搡，用兄弟一般的方式猛击他的胳膊。他又高又敏捷，是田径运动明星，这很有帮助。他最擅长的是跳高。

好一个流氓。

好一个绅士。

乔里不想一个人在葬礼上跳踢踏舞，因为乔里不想一个人做任何事。只要她坚持唠叨，就能说服丁陪她一起去参加这些提供小圆面包的忧愁聚会。尽管他说他一点也不想去这些无聊的场合，听一群假装伤心的老东西嚼着没有硬皮的三明治，为自己还活着而相互道贺。他觉得乔里对这种死亡终结仪式的兴趣过为浓厚，甚至有些病态——这话他也对乔里说过。

"我只是出于敬意。"她说。丁用鼻子哼了一声。这是个玩笑，他们两人从来没有把表达敬意当作首要义务，除非是为了在外面装装样子。

"你就是幸灾乐祸。"他回答。乔里也用鼻子哼了一声,因为他说的对极了。

"你觉得我们很尖刻吗?"她常常这么问他。糟糕的幽默感是一回事,尖刻就是另一回事了。

"我们当然很尖刻,"他这么回答道,"我们天生就很尖刻!但是从好的方面来看,要是不尖刻,你就很难有好品味。"他没有补充说乔里本来就没什么好品味,而且随着时间的推移,她的品味越来越差了。

"也许我们本可以成为绝佳的变态杀人犯,"她有一次这么说过,也许是在十年前,那时他们刚刚六十多岁,"我们可以完美犯罪,随机杀掉一个完全陌生的人,把他们从火车上推下去。"

"现在还不晚,"丁回答说,"这一条绝对在我的遗愿清单上。但我一直在等我们得癌症哪。如果我们要死,一定要死得有气派,找个把垫背的,给这个星球减减负。还要面包片吗?"

"你可不许抛下我,自己一个人得癌症!"

"我不会的。我在胸前画十字吐唾沫发誓。除非是前列腺癌。"

"可别这么做,"乔里说,"我会觉得受冷落的。"

"如果我得了前列腺癌,"丁说,"我保证会给你安排一个前列腺移植手术，这样你就能分享这种经历了。我认识不少家伙，现在根本不介意把他们的前列腺扔到窗外。他们至少能睡一晚好觉——不用参加撒尿庆典了。"

乔里咧嘴笑了起来。"千恩万谢，"她说，"我一直想要个前列腺。又一个在黄金时代里可以抱怨的玩意。你觉得捐献人会附送整个阴囊吗？"

"这话，"丁说，"可真是不讲究。如你所愿。还要咖啡吗？"

因为他们是双胞胎，所以在一起时可以做真正的自己。他们跟其他人相处时都无法做到这一点。即使在他们装样子的时候，也只会欺骗外人。彼此之间他们就像**孔雀鱼**[1]一样透明，能看穿对方的内脏。或者这是他们的说辞。尽管，丁深知——他曾经有个情人有水族箱——即使是孔雀鱼也有不透明的地方。

他温情地看着乔里透过深红色镜框的眼镜对着讣告皱眉头，或者说是尽量皱起眉头，因为她打过肉毒杆菌。最近这些年——最近这几十年——乔里的眼球有些许向外凸出，这是整容过多的人常有的情况。她的头发也有些问题。至少他

---

[1] 孔雀鱼（guppies）是一种观赏性很强的花鳉属的热带鱼，体色绚烂多彩，略微透明。

成功地阻止了她把头发染得乌黑发亮——这样的发色和她现在缺乏光泽的肤色搭配起来太像僵尸了。她还孜孜不倦地往脸上抹浅棕色的粉底，还有闪闪发光的青铜色矿物粉。这个自欺欺人的可怜虫。

"你什么时候觉得自己老了，才是真的老了。"在试着说服丁去做些荒唐事的时候，她会频繁引用这句话——去上伦巴舞课，参加水彩画假日班，或是动感单车这种一时兴起却耗费巨大的活动。他无法想象自己坐在固定的自行车上，穿着弹力紧身裤，像个锯木机一样转个不停，进一步摧毁他早已枯竭的裆部。他无法想象自己坐在任何自行车上。学画画的成功几率也很渺茫。而且如果他想学画画，为什么要和一群叽叽喳喳的初学者一起？至于伦巴舞，你必须能够转动自己的尾椎骨，而这种技能在他放弃性爱的时候就已经失去了。

"正是如此，"他回答说，"我觉得自己已经两千岁了。**我比我所坐的岩石更古老**[1]。"

"什么岩石？我没看到什么岩石。你坐在沙发上呢！"

"这是一句引用，"他说，"一句改编。沃尔特·培特。"

---

[1] 此句出自英国著名文艺批评家、作家沃尔特·培特（Walter Pater，1839—1894）的评论作品集《文艺复兴》中评论达·芬奇画作《蒙娜丽莎》的篇章。后文中的"正如吸血鬼，我已死过多次"同样改编自此篇。沃尔特·培特是提倡"为艺术而艺术"的英国唯美主义运动的理论家和代表人物，文风精练、准确且华丽。

"喔,你和你的引用!不是每个人都活在引号里,你知道吧。"

丁叹了一口气。乔里的阅读范围并不广泛,她喜欢关于都铎王朝和波吉亚家族的浪漫历史传奇故事,而不是更有实际根据的文献。"正如吸血鬼,我已死过多次。"他对自己念道,但他并不想大声说出来,这会让她惊慌。乔里惊慌起来总是很难应付。她并不害怕吸血鬼之类的东西,她鲁莽又好奇,会第一个冲进墓穴。但她是不会喜欢"丁变成吸血鬼"这个主意的,她不会希望丁变成她所知以外的任何人。

但同时,她自己又坚定无比地决心变成其他人。她没有达到自己心目中的标准。她唯一迷信的是昂贵化妆品上的标签。乔里真的相信这些骗人的"来买我吧"的标签——丰胸膏、紧致乳、去皱霜、焕颜露,这些关于不朽的暗示——全然不顾自己也曾身处广告行业。做过这份工作,她明明应该很擅长摘掉这些装饰性形容词上的光环。生活中有太多事情,她明明应该更了解,但却没有做到。化妆的艺术就是其中之一。他必须不断提醒她青铜色的亮粉不能只在脖子扑半截,不然她的头会看起来像是缝上去的。

对于发型,他最终妥协,同意她在脑袋左侧做一条白色的挑染——老人朋克,他这么对自己低语——最近又加了一小块引人注目的猩红色斑点。看来整个儿就是一只臭鼬撞翻了番茄酱,惊慌地被困在了探照灯下。他为那鲜血一般的斑点祈祷，希望自己不会被控殴打老人。

乔里已经无法再像从前那样驾驭任何突如其来的时尚奇想了——她曾经以风情万种的吉卜赛形象著称，还有她生气勃勃的非洲风印花和铿锵作响的民族风首饰。现在她已经失去了这项技能，尽管她还保持着浮夸花哨的习惯。"老黄瓜刷绿漆"，他常常忍不住想这样对她说，但没有说出口。他反而三缄其口，隐瞒了真实想法，用这句话来描述别的女人以博她一笑。

不过他的确常常把她从更陡峭、更致命的悬崖边引开。九十年代的时候发生过关于鼻环的插曲——她出其不意地把那俗气的玩意儿在他面前一晃，直截了当地问他怎么想。他不得不缝上嘴巴，给出了几个伪善的点头和咕哝。直到有一次她得了感冒，手帕钩在了鼻环上，差点把她的鼻孔撕穿，她才放弃了这个花里胡哨的装饰。

紧随而来的是舌钉的威胁，幸运的是这次她事先征询了他的意见。他说了什么？"你想要自己的嘴里看起来像摩托车手的夹克？"也许不是，这样提问很可能会得到"没错"的回答，风险性太大。当然，他不会告诉她一些男人把这种小玩意儿视作口交广告——这可能反而会激励她。警告她关于健康的问题？"你可能会死于舌部败血症。"这种警告对她没用，她会将其视作挑战——她优越的免疫系统肯定会战胜隐形世界扔给她的任何微生物。

更有可能他说的是:"你的声音会听起来像达菲鸭[1],还会向所有人吐口水。在我看来这可不怎么吸引人。无论如何,舌钉这波流行已经过去了。只有证券经纪人还会带。"这样说至少能让她咯咯一笑。

最好不要对她反应过激。一旦施压,她就会反抗得更厉害。他还记得她童年时发过的脾气、打过的架,在其他孩子嘲笑她、挖苦她时徒劳无功地胡乱挥舞着细长的胳膊。这一幕几乎让他也要流下泪来——他无法解救她,因为他被禁锢在操场上属于男生的那一边。

所以他尽量避免冲突。倦怠反而是更有效的控制方式。

双胞胎的教名是玛乔里和马丁,那时的父母认为,给孩子取压头韵的名字很时髦。他们总是穿一模一样的连体服。甚至连他们的母亲——她的脑子可不怎么利索——都意识到最好不要把马丁塞进一件裙子里,因为他可能会变成一个娘娘腔,这是她的原话。所以两岁的他们穿着一模一样的水手服,带着水手帽,手拉着手眯着眼睛看着太阳,脸上挂着不对称的淘气笑容。他的嘴向左歪,她的嘴向右歪。你无法分辨他们是男孩还是女孩,但你必须承认他们

---

[1] 达菲鸭(Daffy Duck)是华纳公司系列动画片里的角色,是一只语速奇快、喋喋不休的黑色鸭子,爱出风头,经常闯祸。

甜美可爱。他们身后是一个穿着军装（那时正是战时）的男性躯干——那是他们的父亲，头被卡在了取景框外，没有照进相片里。不久之后，在现实中，他身上也发生了这样的事。他们的母亲常常一边喝酒一边对着这张照片哭得泪水涟涟。她认为这是不祥的预兆：要是她把照相机对准了，威斯顿的头没有像这样被裁掉，也许那场致命的爆炸根本不会发生。

凝视着过去的自己，乔里和丁的心里泛起一阵现在很少会对其他人展露的温柔之情。他们想要拥抱这两个秀色可餐的小淘气，这泛黄褪色的回响。他们想要向这两个小水手保证，尽管他们的航程即将随着时间的流逝遭遇拐点，而且会持续糟糕好一阵子，但最终一切都会好起来。或者说临近最终时，一切都会好起来，面对现实吧，临近最终之时就是他们所处的现在。

因为，你看，他们现在又重聚了，圆满的轮回。遭受了几次心伤，留下了一些疤痕，经历了几番磨砺，仍然健在，仍然是乔里和丁，不愿意用玛乔和马弗的昵称，而选择了名字的最后音节作为真正的、隐秘的名字，只有他们自己知道。乔里和丁，反抗社会强加于他们的规划——比如说，没有白色的婚礼。乔里和丁，绝不屈服。

这依然只是他们的说辞。私下里，丁能回忆起好几次自己因为屈服于令人满足的欲望而引起的尴尬，在夜晚的野外，**樱桃海滩**[1]边和其他地方的灌木丛里。但是没必要用这些经历弄脏乔里的耳朵。至少在紧张地潜行在午夜的小路上时他从来没有撞见过自己的学生。至少他从没被抢劫过。至少他从没被逮到过。

"太美好了。"丁望着照片微笑着说。照片镶在熏橡木的相框里，挂在起居室的墙上，就在装饰派艺术风格的餐台正上方。四十年前丁买这张餐台的时候，它还很便宜。"真可惜我们的头发都变黑了。"

"哦，我可不知道，"乔里说，"金发是被高估了。"

"现在这潮流又回来了，"丁说，"五十年代又焕发生机了，你注意到了吗？就是玛丽莲的那回事。"

他并不相信最近大大小小的银幕里对五十年代时光的演绎。当他们身处其中时，五十年代看起来就像正常的生活，但现在它们变成了古老的时光，电视节目里的爆料，只是色调都错了——太干净了，太像彩色粉笔画——还有裙撑都太庞大了。实际上那时几乎没什么人梳马尾辫，也没有成年男子总是穿着定做的西装，浅顶软呢帽在头上歪戴出一个洋洋得意的角度，口袋里的白手帕浆成笔挺的三角形。

不过他们的确抽烟斗，尽管在那时烟斗已经逐渐绝迹。周末时他们穿着软帮皮鞋和牛仔裤四处闲逛——早期的原始

---

[1] 樱桃海滩（Cherry Beach）是位于加拿大多伦多市外港东南角的海滩。

牛仔裤，但依然是牛仔裤。他们坐在**瑙加海德革**[1]的休闲椅上，脚翘在配套的脚垫上，看着报纸，喝着令人放松的曼哈顿鸡尾酒，夸张地抽着烟。他们充满爱意地清洗自己那尾翼尖利、镀铬过度的小轿车，打上蜡。他们推着割草机修剪草坪，至少双胞胎朋友们的父亲都是这么做的。在丁的内心深处，对球状的休闲椅、闪亮致命的轿车和笨重的割草机有一丝渴望。如果他们自己的父亲还活着，对于丁来说一切是不是会有所改善？

不会。一切不会有所改善，一切都会很可怕。他会不得不去钓鱼，把鱼猛地拽出水面，一边发出男性的呼噜声一边暗杀它们。他会不得不拿着扳手蜷缩在汽车下，说着诸如"排气管"这样的词汇。他会不得不被拍着后背，听爸爸说自己以他为傲。希望渺茫。

"尽管欧内斯特·海明威的妈妈这么做了。"乔里说。

"不好意思？做了什么？"

"给欧尼穿裙子。"

"没错。"

双胞胎常常会在对话中突然转回到前一个话题，当然他

---

[1] 瑙加海德革（Naugahyde）是一种家具装潢用的人造皮革织物，表面涂有一层橡胶或乙烯基树脂。

们知道别人在场时最好别这么做。这很烦人：他们并不觉得这样烦人——他们可以随时补上对方织漏的针脚——但这会让别人感觉被排除在外。或者，按照现在的说法，这会让别人觉得他们少了一两个齿轮。

"然后他就把自己的脑袋轰掉了，"丁说，"我可没这个打算。"

"最好不要，"乔里说，"那样可真是一团糟。脑浆会像沙拉一样糊满墙。如果你有自杀的冲动，最好去跳桥。"

"多谢你了，"丁说，"我会记住这个建议的。"

"不客气。"

这就是他们的交流模式：像一部三十年代的风趣电影。**马克斯兄弟** [1]，**赫本和屈塞** [2]，**尼克和诺拉·查尔斯** [3]，减去了一轮一轮豪饮马天尼酒的场景——现在乔里和丁已经不能这么喝了。他们在冰冷、单薄、发光的冰面滑行，避开深渊。这种双簧表演让丁有些筋疲力尽。也许乔里也有这种感觉，但他们明白他们不得不尽自己的本分。

---

[1] 马克斯兄弟（Marx Brothers）是二十世纪三十至五十年代活跃于歌舞杂耍、舞台剧、电影与电视领域的滑稽演员五兄弟。

[2] 赫本和屈塞是指好莱坞著名的银幕情侣凯瑟琳·赫本（Katharine Hepburn）和斯宾塞·屈塞（Spencer Tracy）。他们合演了九部影片，赫本大多饰演任性逞强、易于激动的淑女，而屈赛总是饰演神情严肃、性格固执的憨汉，两人事事都要一争高低，而获胜的总是赫本。

[3] 尼克和诺拉·查尔斯（Nick and Nora Charles）是美国侦探小说家达希尔·哈默特（Dashiell Hammett）在1933年发表的长篇小说《瘦子》中的侦探夫妇角色。

无论如何，丁还是变成了娘娘腔。双胞胎声称这只是针对他们母亲的玩笑，尽管在她去世之后他再也没有藏起自己的这种属性。角色的背叛本应该朝着另一个方向发展——毕竟就水手服来说，乔里才是被转换性别的孩子——但是她从来无法突破自己成为女同性恋，因为她实在不怎么喜欢其他女人。

想想他们的母亲，她如何能喜欢其他女人呢？妈妈梅芙不仅又呆又蠢，而且一直在哀悼他们死于爆炸的父亲，这种哀悼之情丝毫没有随着时间的流逝而减轻，她变成了一个酒鬼，甚至洗劫双胞胎的小猪储钱罐出去狂饮。她也会把蠢材和恶棍带回家，为了——很久之后丁在晚餐聚会上是这样描述这些插曲的——"为了开性爱大会。"太有趣了！双胞胎会听到前门打开的声音，他们会溜到房子后面，或者躲在地下室里，等一切恢复平静之后蹑手蹑脚地爬上楼梯偷看这些大会上的勾当，或者在卧室的门关上之后前去偷听。

他们还是孩子的时候是怎么看待这一切的？他们无法真正回想起来，因为最初的场景被重复得过于频繁，被太多层不切实际、神话一般的叙述包裹了起来，原始的简单梗概早已模糊。（狗真的叼着一只巨大的黑色胸罩跑了出去，然后把它埋在后院里了吗？他们真的有一只狗吗？俄狄浦斯真的解开了斯芬克斯的谜语吗？伊阿宋真的偷走了金羊毛吗？这是同一类问题。）

对于丁来说，这种坊间的家庭幽默早已不再有趣。他们的母亲死得很早，而且死法并不好。倒不是说有谁的死法很好，丁自己加了个注脚，但还是有等次的。在酒馆打烊之后，满面悲痛的泪水，盲目地横穿马路，然后被一辆卡车撞死——这并不是一种好死法。不过这种死法倒是很快。而且这意味着到了上大学时，他们的生活中不会再有蠢材和恶棍了。Malum quidem nullum esse sine aliquo bono 。[1] 丁在他零星书写的日记本上这么标注着。每朵乌云后都有一线希望。

不过有两个蠢材竟然还有胆子来参加葬礼，这也许就是乔里会变成"葬礼癖"的原因。她仍然觉得自己本不该让那些混蛋蒙混过关：大刺刺地出现在墓碑边，假装很伤心，对双胞胎述说他们的母亲生前是一位多么友好和善良的女人，是一位多么好的朋友。"朋友，屁话！他们想要的不过是一次放荡的苟合！"她狂怒不已。她本该当面诘问，大吵大闹一番，给他们的鼻子来上一拳。

丁的想法是，也许这些男人是真的伤心。他们真的毫无可能是真心爱着妈妈梅芙吗？在一种、两种甚至三种层面上？Amor, voluptas, caritas 。[2] 但他对这一观点秘而不宣：乔里知道了会非常不开心的，特别是他还用了拉丁文。乔里

---

[1] 原文为拉丁文，意为"凡事都有好的一面"，"塞翁失马，安知非福"。
[2] 原文为拉丁文，意为"凡人之爱，欢愉之爱，上帝之爱"。

对拉丁文几乎是毫无耐心。这是他的生活中她从来不曾掌握的部分。为什么要把你的生命浪费在一大堆迂腐、过时、只会用一门已经消亡的语言写作的三流作家身上?他是那么聪慧,那么有天赋,他本可以……(她会列举出一大串他本可以完成的事情,但这些事情完全没有任何实现的可能。)

所以最好不要触动那个开关。

"蠢材和恶棍"是他们从八年级时校长的训话里剽窃来的词汇。校长会对着全校同学慷慨激昂地阐述成为蠢材和恶棍的危害,特别是如果你在扔的雪球里裹石头,或者在黑板上写脏话。不久之后,"蠢材对恶棍"就成了操场上的一种游戏,正是丁在他没有成为娘娘腔之前那段受人欢迎的时期里发明的。这有点像**"夺旗"游戏**[1],而且只有操场上男生的这一边会玩。女生无法成为蠢材和恶棍,丁说,只有男生可以。这让乔里愤愤不平。

正是乔里出的主意,把妈妈梅芙的这些来来去去的男性访客们——"或者你可以说,进进出出的男性访客们。"后来丁说过这种俏皮的双关语——称为"蠢材和恶棍"。这毁了丁的游戏。之后他确信,这毫无疑问是导致他娘娘腔的原

---

[1] "夺旗"游戏(Capture The Flag)是一种欧美传统运动,由两队人马互相前往对方的基地夺旗,每队人马必须把敌方的旗从敌方的基地带回自己队伍的基地。

因之一。"这可不能怪我,"乔里说,"我又没把他们请到家里来。"

"亲爱的,我不是在怪你,我是在感谢你,"丁说,"深深的谢意。"在那时——在他把一些事情整理清楚之后——他的确心怀感激。

他们的母亲并不是每时每刻都在酗酒。她只在周末毫无节制的狂饮;她干了一份薪水低微的秘书工作来勉强维持生计,军属寡妇的抚恤金简直微不足道。而且她的确以自己的方式爱着双胞胎。

"至少她不算太暴力,"乔里会这么说,"尽管她已经失去了理智。"

"那个时候人人都会打小孩的屁股。人人都失去了理智。"的确,那时和其他孩子攀比自己受到的体罚是一种荣耀,你会夸大其词。拖鞋,皮带,戒尺,梳子,乒乓球拍——这些都是可供父母选择的武器。双胞胎没有父亲来实施这些体罚,这让他们很伤心。只有软弱的妈妈梅芙,只要他们假装受到了致命伤害,她就会伤心落泪。他们可以相对安全地戏弄她,他们可以从她身边逃走。他们有两个人,而她只有一个,所以他们朋比为奸。

"我想我们真是没心没肺。"乔里会这么说。

"我们不听话。我们回嘴。我们不受控制。但我们很可爱,你不得不承认这一点。"

"我们是捣蛋鬼。没心没肺的小捣蛋鬼。我们毫不手软。"有时候乔里会补充。这是悔意,还是吹嘘?

在青春期正盛之时,乔里和一个蠢材有过一段痛苦的经历。一次偷袭。而丁当时在睡觉,没能保护她。这件事一直压在他的心上。这次经历一定扰乱了她对男人的看法,尽管她的生活几乎本来就已经乱成一团。现在她用开玩笑的方式来对待此事——"我被一只巨怪给强暴了!"——但她并非一直如此坚强。在七十年代初期,许多妇女游行暴动的时候,她对强奸这一话题阴郁地完全闭口不谈。但现在她好像已经熬过去了。

在丁看来,猥亵并不是一切。他自己从没被蠢材猥亵过,但他和男人的关系也同样乱成一团,甚至更糟。乔里说他的爱情观有问题:他太概念化了。他说乔里不够概念化。那时他们还会讨论爱情的话题。

"我们应该把我们所有的情人都放进搅拌机里,"乔里有次这样说,"把他们都混合起来,均衡一下。"丁说她这样放东西真是残暴至极。

事实上,丁想,双胞胎从未爱过彼此之外的任何人。或者说从未像爱彼此这样无条件地爱过别人。他们的其他爱情都附带了许多条件。

"看看谁刚刚翘辫子了!"乔里正在说,"大屌的隐喻!"

"这个昵称在很多男人身上都适用,"丁说,"不过我想你是特指某一个人。我看到你的耳朵在抽搐,所以他一定对你很重要。"

"猜吧,三次机会,"乔里说,"提示一下,他经常待在'游船',就是那个夏天,我在那里志愿打工做记账员的时候。"

"因为你想跟放荡不羁的波西米亚艺术家混在一起,"丁说,"我是有点模糊的印象。那么是谁呢?瞎子桑尼·特里?"

"别傻了,"乔里说,"他那个时候就已经是个老头子了。"

"我放弃。我很少去那里,觉得那里太臭了。那些民谣歌手有不洗澡的怪癖。"

"才不是那样,"乔里说,"至少不是所有人,这一点我可以肯定。你现在放弃可不公平!"

"谁说过我公平?反正不是你。"

"你应该能猜透我的想法吧。"

"哦,这是个挑战。好吧,加文·普特曼。那个让你神魂颠倒的自称诗人的家伙。"

"你一直都知道!"

丁叹了口气。"他太缺乏独创性了,他和他的诗都是。多愁善感的垃圾。恶心得吓人。"

"他早期的诗很不错,"乔里辩白道,"那些十四行诗,除了它们其实并不是十四行诗。黑女士系列。"

丁犯了个错误,他太蠢了。他怎么能忘记加文·普特曼早期的一些诗是关于乔里的？或者她是如此断言的。她曾为此欢欣不已。"我是缪斯女神。"她宣称道。那时黑女士系列第一次出版——是诗人圈子里流传的那种印刷品——一本用订书机订在一起的油印杂志，他们自己印的，以一元钱的价格相互售卖。他们把它叫作《泥巴》，为了追求一种沙砾般的粗糙感。

丁觉得乔里竟然为了这些诗如此兴奋，真是令人同情。那个夏季他难得见到她一次。委婉地说，她的社交活动极其频繁，因为毫无疑问她正忙着把自己欣然地扔到别人的床上。而他正住在邓达斯街一家理发店上面的两室租屋里，一边无声地经历着性别认知危机，一边埋头苦写博士论文。

论文的主题是重新审视**马提亚尔**[1]较为简洁和成熟的隽语。视角足够靠谱，但说实话并不太给人启迪。其实真正让丁产生兴趣的是马提亚尔对性毫不拖泥带水的态度，他的观点比丁自己所处时代的观点要简单得多。对马提亚尔来说，没有浪漫的兜圈子猫步，没有把女人理想化为更高级的精神召唤——这会让马提亚尔笑掉大牙。重要的是也没有禁忌：

---

[1] 马提亚尔（Marcus Valerius Martialis，英文名为 Martial）是古罗马诗人，最著名的作品《隽语》共十二卷，包括 1500 多首短诗，现实地描述了当时罗马社会的复杂景象，风格与坟墓或艺术品上的铭文相似，结尾处多带有一诙谐的点睛之笔或讽刺点。

每个人都可以和任何人做任何事——奴隶，男孩，女孩，妓女，同性恋，异性恋，色情读物，吃粪情结，人妻，年轻人，中年人，老人，前插，后入，口交，手淫，鸡巴，美丽，丑陋，彻头彻尾的恶心。性是理所应当的，就像食物，美味时就该加以品尝，不合格时就该予以嘲笑。它是一种娱乐，就像戏剧，因此可以作为表演来评价。无论对男人还是女人来说，贞操都不是首要美德，某种形式的友情和慷慨反而更为重要。与马提亚尔同时代的人认为他性格阳光、心地善良、与众不同，即使他苛刻尖酸的智慧也不曾削弱这种洞察力。他声称，他的批评并不是针对个人，而是针对某一类人群。不过丁对此有所怀疑。

但论文并不是要写为什么你对自己的研究对象如此欣赏。他已经认识到，在学术界，那种内容是社交寒暄时用的。你不得不炮制出一些更明确的东西。丁的核心论点围绕着在缺乏通用道德标准的时代创作讽刺作品的困难性展开，显然，马提亚尔的时代的确如此。尼禄掌权时他搬到了罗马。实际上，马提亚尔究竟是一位真正的讽刺家，还是像一些评论家宣称的那样，只是一个猥琐的八卦分子？丁想要为遭受这种指控的偶像辩护。他会说，马提亚尔并非仅此而已，他的作品并非仅仅充斥着鸡巴、荡妇、操男童和关于放屁的笑话！当然，他绝不会在论文里用这些粗鲁的白话。他还会自己翻译，更新词汇，以适应马提亚尔构造精巧的俚语,当然他谨慎地避开了这些讽刺短句中最为淫秽的部分——它们的时代尚未来临。

"你染黑头发,拉埃提努斯,效仿青春芳华。转瞬之间!昨日还是天鹅,今时已成乌鸦。但你无法欺骗所有人:普罗塞耳皮娜找到了你的灰发。她会把你愚蠢的伪装直接从脑袋上剥下!"这就是他在翻译时寻求的语气——现代,简练,不生硬。他曾经花上一个礼拜的时间琢磨一两行句子。但他现在不这么做了,因为谁还会在乎呢?

他的博士研究得到了一笔拨款,尽管并不太多。乔里告诉他古典文学肯定很快就会消亡,那时他要如何养活自己?他应该转行去学设计,因为他本可以杀出血路一夜暴富。但是,丁说,他正是不想杀出血路一夜暴富,因为要杀出血路不得不屠杀一番,而他缺乏杀手的直觉。

"有钱才有话语权。"乔里说。尽管有波西米亚倾向,她还是想要很多钱。她不打算为了某个枯燥、磨人的杂役差事操劳一辈子,劳累过度却又报酬过低,像他们的母亲那样成为蠢材和恶棍的猎物。她尚未成熟的远景规划里有豪车、加勒比海度假和满衣柜凸显身材的纺织品。她还没有明确地表达过这个远景规划,没有大声说出来过,但丁可以预见它的到来。

"是的,"丁说,"有钱的确有话语权,不过词汇量有限。"马提亚尔很可能会这么说。也许他的确这么说过。丁需要查一查。Aureo hamo piscari。[1] 用黄金鱼钩钓鱼。

在丁楼下开店的理发师是三个不喜欢与人打交道的意大利老弟兄，他们不知道这个世界会变成什么样，只知道它很糟糕。理发店里有一堆色情杂志，充斥着警察故事和胸部巨大的妓女照片，男人应该喜欢这些。这些杂志让丁觉得恶心——妈妈梅芙的幽灵肆无忌惮地盘旋在任何与黑色胸罩有关的东西上面——但是无论如何，他还是在那里理发以示友好，并且在等待时浏览那些杂志。那时候还不能公然承认自己是同性恋，而且他也还在考虑要不要做同性恋。意大利理发师是他的房东，他得讨好他们。

但是，他不得不明确告诉他们，乔里是他的双胞胎妹妹，并不是一个性感放荡的女朋友。除了艳俗的杂志储备——他们也许把这当做职业装备——他们对出租屋里未经许可的勾当有着清教徒式的严格禁欲规定。他们认为丁是一个友好正直的学术青年，称呼他为"教授"，一直问他打算什么时候结婚。"我太穷了，"丁常常这么说，或者"我在等待真命天女。"理发店三兄弟睿智地点点头，这两个理由他们都可以接受。

所以当乔里偶尔来造访时，意大利理发师们会透过窗子

---

[1] 原文为拉丁文，字面意为用黄金鱼钩钓鱼，引申义为金钱万能。

向她挥手,以他们的方式忧伤地微笑。教授有这样一个模范般的妹妹多好呀!家庭就该是这个样子。

刊载了黑女士系列的那一期《泥巴》问世之后,乔里迫不及待要和丁分享她的缪斯身份。她飞奔上楼梯,挥舞着刚刚从油印机上拿下来、还热乎着的《泥巴》,把自己塞进他的藤木椅里。

"看看这个!"她说,一边把钉在一起的纸页推到他眼前,一边用一只手掠过身后的黑色长发。她苗条的手腕上绕着一圈红色和赭色交错的印花布料,低领衬衫上还晃来晃去地挂着一条项链——那些是什么?母牛的牙齿吗?她的眼睛闪闪发光,她的手镯叮当作响。"七首诗!我在里面!"

她是如此天真。她是如此狂热。如果丁不是她的哥哥,如果丁不是同性恋,他一定会——不远万里地奔向她还是对她敬而远之?她隐隐有些吓人。她什么都想要。她全部都想要。她想要经验。在丁厌世的观点里,经验是你在得不到自己想要的东西时才会得到的东西,但乔里一直都比他乐观。

"你不能在诗里。"他生气地说,因为她的这种痴迷令他担心。她一定会割伤自己的——她是个笨拙的姑娘,对付不来锋利的东西。"诗歌是由词汇组成的。它们不是盒子。它们不是房子。没有人能在诗里,真的。"

"吹毛求疵的家伙。你知道我的意思。"

丁叹了口气,在她的坚持下,他在摇摇晃晃的三角桌边坐下,一边喝着刚泡好的茶一边读完了诗。"乔里,"他说,"这些诗并不是关于你的。"

她的脸拉了下来。"不可能,它们是!它们肯定是!那绝对是我的……"

"它们只是关于部分的你。"下半身的部分,他没有说出口。

"什么?"

他又叹了口气。"你并不仅仅是这些。你比这些好多了。"他该怎么说呢?你并不仅仅是一个廉价的屁股?不行,太伤人了。"他忽视了你的,你的……你的思想。"

"是你一直在说 mens sana in corpore sano [1],"她说,"健全的思想寓于强健的身体,两者都很重要。我知道你在想什么——你觉得这只是关于性。但这正是重点!我代表了——我的意思是,她,黑女士,她代表着健康、脚踏实地,是对那些虚假、纤细、多愁善感的……比如 D. H. 劳伦斯之类的否定,他是这么说的。加文爱的正是我的这一部分!"她不停地说啊说。

"所以,In Venus Veritas [2]?"丁说。

---

[1] 原文为拉丁文,意为"健全的思想寓于强健的身体"。
[2] 原文为拉丁文,意为"真实存在于性爱之中"。

"什么?"

喔,乔里,他心想,你不明白。那样的男人一旦得到了你就会厌倦。你就要栽跟头了。马提亚尔,第七卷,第七十六行:这只是玩乐,并不是爱情。

他没有错。这跟头来得很快,也很重。乔里没有细说——她太震惊了——丁当时拼凑出的事实是,那粗俗的诗人还有一个同居女友,乔里和他在神圣的家庭床垫上寻欢作乐时,正好被她撞见了。

"我当时不应该笑的,"乔里说,"太不礼貌了。但那真是一场滑稽戏!她看起来惊呆了!当时听起来肯定很刻薄,我的笑声。但我就是忍不住。"

那个女友的名字叫康斯坦斯。("多么拘谨的名字!"乔里用鼻子哼了一声。)她正是蹩脚诗人无比藐视的那种纤细和多愁善感的化身——这个康斯坦斯的脸色白成了纸,她本来就很苍白,现在更是惨白。她说了些关于房租的话,然后就转身走了出去。她甚至没有跺脚,而是像老鼠一样迈着小碎步。这正显示了她是多么纤弱。乔里声称,要是她自己,至少会去撕扯头发,扇个巴掌。

她本以为康斯坦斯的离去会带来一场庆祝——热情和生命之力,肉体的真理胜过了那些抽象和滞痼——但结果并不是这样。那个半瓶子诗人被拦在了月亮少女的寝室之外,不久之后他就开始像猫叫春一般哀求着要回去。他为他水蒸气一般虚幻的真爱悲号，就像被夺去了奶嘴的婴儿。

面对这种过度的哀怨和悔意，乔里处理得并不圆滑——她可能过于放肆地甩出了妻管严和软蛋这样的话——所以她不可避免地被驱逐了。按照蹩脚诗人的说法，这种尴尬的局面一下子成了她的错。是她勾引了他。是她诱惑了他。她成了果园里的毒蛇。

这可能有点道理，丁推测道，乔里本来就是女猎手，不是猎物。但是，依然，一个巴掌拍不响。那个名不见经传的吟游诗人本可以拒绝她的。

简而言之，乔里让他别再喋喋不休地说康斯坦斯，他们大吵一架，乔里就像一只用过的安全套，被丢弃在了人生下水道的格栅上。过去从没有人这样对待过她！丁的心因为同情而抽痛，他试着转移她的注意力——看场电影，喝一杯，尽管他并不能负担得起过多这样的娱乐活动——但她并没有被安抚。尽管没有歇斯底里，没有看得见的眼泪，但阴郁一直笼罩着她，随后化作了不加掩饰的怒火中烧。

她会越界吗？她会在公共场合和诗人当面对质，尖叫着击打他吗？她的怒气足以让她那么做。人们在她身上开起了残酷的玩笑，她的缪斯身份曾经一度是骄傲和喜悦的源泉，现在却变成了折磨。黑女士系列的非十四行诗现在被收录进了加文的第一本薄薄的诗集《沉重的月光》里。它们在纸面上讥讽她，嘲笑她，斥责她。

更糟的是，当加文逐渐攀上赞誉的阶梯，收获了第一个、然后是一连串不算重要但毕竟有助于事业的奖项之后，这些诗积攒出了严肃感。这些早期的诗歌被别人发散地赋予了不同的主旨。情人意识到了仅仅充满肉欲的黑女士其实粗俗又浮躁，重新去追求他苍白的闪着微光的真爱。但是这位眼如冰霜的完美女性无视了他精雕细琢、风格突变、随后又被发表公之于众的请求，拒绝原谅心碎的情人。

这些后期的诗歌对乔里并没有什么好处。她不得不在丁的《俚语和非传统英语词典》里查找"trull"[1]这个词的意思。这是一种伤害。

乔里陷入了一种报复性的种马收集怪圈，她像采摘野菊花一般在每个路边的水沟旁、停车场里物色情人，然后再漫不经心地把他们扔到一边。但是，根据丁自己的经验，这种行为对那个真正抛弃你的人毫无影响——如果到了这一步，他们根本不会在意你为了报复他们而把自己作践到什么程度。即使你操上一百只没有脑袋的山羊，也完全不会有任何改变。

但是接着季节的齿轮开始旋转，黎明用温柔的指尖记录下了三百六十二个粉色清晨的降临，然后这样的日子又过了

---

[1] 本词为古体英语，意为娼妓。

一年,再过了一年。欲望的月亮升起、落下又再度升起,反反复复。那个精力充沛的大屌诗人渐渐隐向了昏暗模糊的远方。或者丁是这样希望的,为了乔里好。

但是他似乎并没有远去。丁心想:只要你翘了辫子,你就一下子又回到了记忆的聚光灯下。他希望加文·普特曼徘徊游荡的身影心存善意,如果他真的还在徘徊游荡的话。

现在他说:"对,黑女士系列的十四行诗。我想起来了。**苦艾酒让妓女变得更多情**[1],但诗歌比酒更便宜。它的确让你上钩了。你曾经摇摇晃晃地来到我的理发店领地,浑身都是堕落性爱的臭气。你臭得就像放了一个星期的白鲑鱼。那一整个夏天你的全部注意力都放在那个蠢货身上。我从来就搞不懂你怎么会看上他。"

"因为他从没向你展示过那玩意儿!"乔里说。她因为自己的玩笑而大笑起来。"那可真是值得一看。你一定会嫉妒的!"

"只要你别告诉我那时候你是爱上了他,"丁说,"那只是低级、污秽的淫欲。你因为荷尔蒙的关系昏了头。"他理解那样的情况,他自己经历过相同的痴迷。在别人眼里他们

---

[1] 此句出自英国唯美主义诗人、小说家欧内斯特·道生(Ernest Dowson,1867—1900)。

总是可笑之至。

乔里叹了口气。"他的身材很不错,"她说,"在那个时候。"

"别担心,"丁说,"现在肯定好不到哪儿去了,既然已经成了尸体。"两人相视一笑。

"你要陪我一起去吗?"乔里说,"去参加纪念仪式?去瞄一眼?"她说得很轻松,但她骗不了丁,也骗不了自己。

"我不认为你应该去。那对你没好处。"丁说。

"为什么?我很好奇。也许他的一些妻子也会到场。"

"你太争强好胜了,"丁说,"你还是无法相信其他女人竟然把你挤出了局,让你无法赢得那头冠军猪。面对现实吧,你们两个从来就不合适。"

"喔,我知道这一点,"乔里说,"我们之间的火焰熄灭了。太热切,不能持久。我只是想看看那些妻子们的双下巴。而且也许那个叫什么名字的女人也会去。这难道不好玩吗?"

唉,行行好吧,丁心想,别是那个叫什么名字的女人!乔里还是纠结于康斯坦斯,那个同居女友。她玷污了她的床垫,却不肯念出她的名字。

不幸的是康斯坦斯·W.斯塔尔并没有像她纤弱的特质本该预示的那样逐渐模糊淡去。她反而因为一个荒唐可笑的原因而骇人听闻地声名大噪——作为 C.W. 斯塔尔,一部叫作《阿尔芬之境》的脑残奇幻小说的作者。《阿尔芬之境》赚了他妈的一大笔钱，肯定让相对贫穷的诗人加文从他真正死去之前的几十年前开始就在坟墓里徘徊了。他一定在诅咒自己因为乔里过于火热的雌激素而误入歧途的那一天。

当斯塔尔这颗新星升起时，乔里的星光却黯淡了。她不再闪耀，她不再恶作剧。新书发布的日子，对C.W.斯塔尔的狂热追捧让书店门前都排起了喧闹的长队，孩子们和成年男女会打扮成邪恶的"红掌"米尔泽瑞斯，或是木然的"时间吞噬者"斯金克洛特，或是"芬芳之触角"芙兰诺西雅，这位长着昆虫复眼的女神，身后跟随着靛蓝色和祖母绿的魔法蜜蜂随从。所有这些喧嚣都发生在乔里的鼻子底下，尽管她从不承认自己注意过。

丁陪同乔里去"游船"的次数屈指可数，他对《阿尔芬之境》难以置信的诞生有着模糊的记忆。这个传奇系列一开始只是一批七拼八凑的剑与魔法的童话，发表在二流杂志上，封面上是蜥蜴人邪恶地看着半裸的少女。"游船"的常客们——特别是诗人们——常常取笑康斯坦斯，但他估计他们不再会那么做了。有钱能使鬼推磨。

当然，他读了《阿尔芬之境》的系列书，或者说读了一部分——他觉得自己欠了乔里。万一她突然问起他的评价，他就能忠实地告诉她这书写得有多烂。乔里当然也读过。她被嫉妒的好奇心征服了，无法控制住自己。但他们两人都从不承认自己哪怕敲过一下书脊。

幸运的是，丁心想，据说康斯坦斯·W.斯塔尔已经深居简出了，自从她的丈夫去世之后更是如此。乔里曾经沉默地递给过他一张报纸上的讣告。在理想的世界里，C.W.斯塔尔不会出现在葬礼上。

理想的世界出现的概率有多大呢？百万分之一。

"如果你想去这个普特曼的葬礼完全是因为康斯坦斯·W.斯塔尔的话，"丁说，"我坚决反对。因为这不会像你说的那样很好玩。这对你来说会是毁灭性的。"他没有说出口的话是：你会输的，乔里。就像你上次输掉时一样。她有优势。

"不是因为她，我保证！"乔里说："那是五十多年前的事了！我都不记得她的名字了，怎么会是因为她！而且，她是那么羸弱！她根本无足轻重！我打个喷嚏就能把她吹倒！"她大笑起来，笑得喘不上气。

丁斟酌着。乔里这样故作气势汹汹，其实是脆弱的表现。这样的话，她需要他的支持。"好吧。我会去的。"他说，真的很不情愿。"但我可不会有什么好心情。"

"像个男子汉，握手成交吧。"乔里说。这台词来自一部日场上映的西部电影，他们还是孩子时常常会去看。

"这场令人不快的仪式在哪里举行？"纪念仪式当天的

早上,丁问道。那是一个星期六,乔里唯一被允许下厨的一天。大多数时候她做饭都只是打开外卖包装而已,但是一旦她雄心勃勃要自己操刀,就会出现摔碎的锅碗瓢盆、咒骂和焚烧。今天是贝果面包日,感谢上帝。而且今天的咖啡也很完美,因为是丁自己泡的。

"在伊诺克·透纳校舍博物馆,"乔里说,"那里华美典雅的氛围让人不由追忆往昔。"

"这话是谁写的?"丁说,"查尔斯·狄更斯吗?"

"我写的,"乔里说,"好多年前。就在我刚刚成为自由职业者的时候。他们想要一种古老的口吻。"丁能回想起来的是,准确来说,她并不是自己主动成为自由职业者的。广告公司里发生了一场内斗,而她身处被打败的一方,而且她不幸地向对手说出了她对他们的真实看法。不过,她得到了一笔不错的遣散费,做起了房地产投机生意。她依然能负担得起各种恋足癖设计小物和庸俗浮夸的冬季假期,直到她进入更年期时,一个情人偷了她的积蓄,卷款而逃。此后她就负债累累,不得不在市场低迷的时候卖掉房子,大亏一笔。此时除了给她提供一个避难所之外,丁还能做什么呢?他的房子足够他们两人住,但也仅仅是刚刚足够——乔里挤占了太多的空间。

"我希望这座校舍会场不会成为媚俗作品的温床。"丁说。

"我们有的选吗?"

在衣橱里搜寻一番之后，乔里举着衣架上的三套衣服供丁评价。这是他的要求——他的请求之一——在他同意陪她去参加仪式的时候。"你的裁决是什么？"她说。

"那件艳粉色的不行。"

"但那是香奈儿的——是一件原版！"他们两人常常去逛古着服装店，当然都是高档街区的店面。至少他们的身材都还保持得不错：丁还能穿几十年前他引以为傲的三十年代风优雅三件套装。他甚至还有一罐定型发胶。

"这根本没关系，"他说，"没人会看标签，而且你也不是杰姬·肯尼迪。艳粉色会引起过多的注意。"

乔里正是想引起过多的注意——这才是重点！如果加文的哪个老婆在场，而且特别是那个叫什么名字的女人出现的话，她渴望着自己在进门的一刹那就能引起她们的注意。但是她让步了，因为她知道如果她不让步，丁是不会陪她去的。

"也不要那条人造毛豹纹披肩。"

"但是它们现在又时髦起来了！"

"正是。它们太时髦了。别噘嘴，你看起来就像只骆驼。"

"所以你把票投给了灰色这件。我可以说好无聊吗？"

"你可以说，但这也不会改变事实。灰色这件剪裁很好。很素雅。也许配条围巾？"

"好把我骨瘦如柴的脖子遮起来？"

"这是你自己说的，我可没说。"

"你永远是我的依靠。"乔里说。她是真心的,在某些场合,只要她采纳了丁的意见,总能免受自己荼毒。出门时她很自信,因为知道自己衣着体面。他帮她选的围巾是柔和的暗色调中国红——这会提亮她的肤色。

"我看起来怎么样?"乔里问到,在他面前转了个圈。

"令人惊叹。"丁说。

"我真喜欢你为了我而撒谎的时候。"

"我可没撒谎。"丁说。"令人惊叹",意味着使人感到惊讶或惊异,源自"惊叹"的动名词,令人大吃一惊。这个解释包含了一切意思。过了一段时间之后,只有这样一件剪裁出众的灰色外套可以掩饰其他的不足。

终于,他们准备好要出发了。"你必须穿上最暖和的大衣,"丁说,"外面凛冽着呢。"

"什么?"

"外面很冷。华氏零下20度。预报的温度。要眼镜吗?"他希望她能自己读仪式流程单,不要缠着他念给她听。

"是的,是的,要两副。"

"手帕?"

"别担心,"乔里说,"我可不打算哭。不会为了这个混账哭!"

"如果你哭了,可不能用我的袖子擦。"丁说。

她翘起了下巴,竖起了战旗。"我不需要。"

丁坚持自己开车。对他来说，坐在乔里开的车里太像在玩俄罗斯轮盘赌了。有时候她很好，但上周她碾过了一只浣熊。她声称那只浣熊本来就已经死了，但丁很怀疑。"反正它不应该跑出来，"她说，"在这种糟糕的天气里。"

他们开着丁悉心保养的1995年的标致轿车，小心地穿过结冰的马路，轮胎在雪地上咯吱作响。昨天的积雪还没有被清扫掉，尽管只是一场暴风雪，不像圣诞节来袭的那场严重的冰风暴。在没有暖气、没有电的**甘蓝镇**[1]房子里待三天实在是太难熬了，因为乔里把冰风暴当作一种人身侮辱，不停地抱怨老天不公。天气怎么能这样对待她？

在国王大道以北有个停车场。丁之前就在网上查好了，因为他最不需要的就是乔里给他指错路——不过那里极其拥挤，好几辆他们后面的车都调头开走了。丁把乔里从前座上扶出来，稳住她在冰上滑行着。为什么他没让她穿后跟又高又尖的靴子呢？因为她可能会狠狠地摔一跤，把哪里摔骨折——屁股，或是腿——如果发生了这种事，她就会绑着支架在床上躺好几个月，而他就要给她端茶送水，把屎把尿。他紧紧地抓住她的胳膊，推着她在国王大道上前进，然后往南上了三一大道。

"看看这么些人，"她说，"他们到底都是谁啊？"这是

---

[1] 甘蓝镇（Cabbagetown）是位于多伦多东部的一片街区。

真的,有一大群人都在向伊诺克·透纳校舍行进。其中不少人是你可以预见的——老一辈的老家伙们,就像丁和乔里——但奇怪的是还有不少年轻人。难道加文·普特曼现在又变成年轻人的偶像了吗?这一想法真是让人不爽。丁想。

乔里向他这边挤了挤,她的脑袋不停转动,就像一只潜望镜。"我没看到她,"她低声说,"她不在这里!"

"她不会来的,"丁说,"她怕你会喊她'那个叫什么名字的女人'。"乔里大笑起来,但并不十分衷心。她并没有计划,丁想,她像往常一样盲目地积聚着能量。幸好他在这里陪着她。

校舍里人满为患,暖和得有些过头,尽管的确拥有华美典雅的氛围,让人追忆往昔。现场一片低微急促又含混不清的七嘴八舌之声,就像远方的水鸟。丁帮乔里脱下了大衣,又挣扎着脱掉了自己的大衣,安顿了下来。

乔里用手肘推了推他,咝咝地低语道:"那肯定就是那个寡妇了,穿蓝色衣服的。糟糕,她看起来只有十二岁。加文真是个变态。"丁试着寻找,但没有看到可能的候选人。她从背影是怎么看出来的?

现在是一阵嚓声的嘘声。一位主持人走上了讲台——一个穿着高领套头衫和粗花呢夹克的年轻男子,一副教授派头。他欢迎大家来参加这次纪念仪式,共同缅怀我们最尊敬和喜爱,也可以说是最不可或缺的诗人之一,回味他的作品,追忆他的一生。

这话只能代表你自己的想法吧,丁想,我可不觉得他不可或缺。他在脑中开了静音,把思绪转移到推敲打磨马提亚尔的一两句隽语上。他不再发表他的心血之作了,因为何必还劳神去做这些?但是即兴的翻译已经成了一种个人头脑锻炼方法,在需要打发时间的场合能让他惬意地打发时间。

> 不像你,在众目睽睽之下把爱说出口,
> 她们拒绝观众,这些婊子;
> 偷偷摸摸地苟且在关上的门扉之后,
> 在挂着帷幔的密室之中;
> 就算是最肮脏、最廉价的婊子
> 也会在招揽生意时悄悄溜到坟墓背后。
> 谨慎些吧,像她们一样!
> 莱斯比亚,你觉得我太刻薄了?
> 肏个天昏地暗吧!只要——无人看透!

太像鹅妈妈的童谣了,这调子,这节奏?那么,也许,再更简洁一些:

> 何不效仿娼妇?

> 操吧，操吧，各种肏吧，
>
> 莱斯比亚！只要别敲锣打鼓！

不，这样也不行。这比马提亚尔最傻的名言还要傻，而且牺牲了太多的细节。原句里的坟墓值得保留，坟场幽会的信息量可大得多。稍后他要再试一遍。也许他应该试着翻一翻樱桃对西梅的那一篇……

乔里狠狠地用手肘推了推他。"你要睡着了！"她牙缝里嘶嘶地说。丁猛地醒悟过来。他赶紧看了看宣传册，弄清仪式的顺序。加文的照片镶着黑边，威严地凝视着他。他们现在进行到哪一步了？孙辈们唱过歌了吗？显然已经唱过了，而且甚至不是什么悲伤的圣歌，而是，太可怕了——《**我的路**》[1]。提出这个建议的家伙应该被鞭笞，不过幸运的是演唱时丁正在走神。

成年的儿子现在正在朗诵，不是《圣经》中的片段，而是死去的吟游诗人自己的作品———一首关于池中落叶的晚期作品。

> 玛利亚捞起垂死的落叶。

---

[1] 《我的路》（My Way）是一首欧美著名英文流行曲，1969 年首次收录在 20 世纪最重要的流行音乐人弗兰克·辛纳屈（Frank Sinatra）的同名大碟中，自此风靡全球。这首歌在流行文化上常被用作告别曲，表示一场表演的结束或一个人的离开。

> 它们是灵魂吗?其中之一便是我的灵魂?
>
> 黑发的姑娘,她是死亡天使吗
>
> 带着黑暗,前来收割我的灵魂?
>
> 凋零的迷途灵魂,在冰冷的池水里打转,
>
> 别了,那个傻瓜的帮凶,我的身体,
>
> 你会停在哪里?哪片荒芜的海滩?
>
> 你只是一片枯萎的落叶?抑或……

啊,这首诗没有写完——加文正是在写这首诗的时候死了。真是凄凉极了,丁心想。怪不得他身边响起了压抑的抽泣声,就像春天的蛙鸣。不过,润色一番之后,这首诗可能会还凑合,尽管它不加掩饰地剽窃了垂死的**哈德良大帝**[1]写给自己迷途灵魂的诗。也许不是剽窃,是借用典故,一个友好的评论家会这么表达。加文·普特曼居然很了解哈德良,还能窃用他的典故。这让丁对这位咽了气的拙劣诗人的看法有了相当大的提升。只是作为诗人,不是作为一个人。

"Animula, vagula, blandula," 他低声细语地背诵着,"Hospes comesque corporis / Quae nunc abibis in loca /

---

[1] 哈德良大帝(Publius Aelius Traianus Hadrianus),绰号勇帝,罗马帝国安敦尼王朝的第三位皇帝,五贤帝之一,117至138年在位。他博学多才,具有很高的文化修养。

Pallidula, rigida, nudula / Nec, ut soles. Dabis iocos……"[1] 很难把这段话翻得比原文更好。尽管很多人尝试过。

中间有一段默哀时间,请所有人闭上眼睛,回想他们与这位已经不在的同事与同伴之间丰饶而有益的友谊,以及这份友谊对他们个人而言意味着什么。乔里又用胳膊肘推了推丁。一切过去之后再回想这些是多么有意思啊!这一肘如此说道。

过一会儿就是下一项议程,葬礼烤肉餐。一位不是太成功的"游船"时代民谣歌手站了起来,他满面皱纹,稀稀落落的山羊胡看起来就像蜈蚣的爪子。他为他们献上了一曲那个时代的歌谣:《**铃鼓先生**》[2]。这是个奇怪的选择,民谣歌手唱之前自己也如此承认。但是,这个场合并不是为了,像是,悲伤,不是吗?这应该是一次庆祝!而且我觉得加文很可能现在也正在听着,而且正愉快地用脚打着拍子!嘿,上面的兄弟!我们在跟你招手呢!

房间里响起了此起彼伏的哽咽声。饶了我们吧。丁叹了

---

[1] 原文为拉丁文,是哈德良大帝的遗言,曾被译成多种语言,亨利·沃恩、亚历山大·蒲柏、拜伦等多位名流均翻译过。大意为:纤弱的灵魂,温柔而飘忽,我躯体之伙伴,我躯体之客人,你将下至那苍白、冷酷和荒芜之地,不得不放弃昔日的欢愉。

[2] 《铃鼓先生》(*Mr. Tambourine Man*)是美国摇滚、民谣艺术家鲍勃·迪伦(Bob Dylan,1941—)1965年发行的歌曲。

口气。在他身边,乔里在颤抖。这是悲痛还是欢乐?他不能看她——如果是欢乐,他们两个都会咯咯笑起来,场面可能会很尴尬,因为乔里可能会笑得停不下来。

接下来是一位可爱得要惹人犯罪的年轻姑娘来致悼辞。她有着咖啡色的皮肤,穿着高跟鞋,披着亮色的披肩。她自我介绍了一番——叫做娜维娜什么的——她是一位研究诗人作品的学者。接着她说她希望告诉大家,尽管她只是在普特曼先生生命的最后一天才见到他本人,但他悲天悯人的人格魅力和对生命极富感染力的热爱之情都令她感动不已,她非常感谢普特曼夫人——雷诺兹——让这一切成为可能,虽然她失去了普特曼先生,但在共同经历这段痛苦的磨难之后她有了雷诺兹这个新朋友。她很庆幸自己没有在事情发生的那一天离开佛罗里达,而是可以留下来陪伴雷诺兹。她相信在这个悲痛又艰难的时刻,在场的所有人都愿意和她一起向雷诺兹致以温暖的祝愿,同时……她的声音颤抖着崩溃了。"我很抱歉,"她说,"我想多说几句,关于,你知道,关于诗歌,但是我……"她满面泪水地迅速离开了舞台。

令人感动的小家伙。

丁看了看他的手表。

终于,最后的一支曲子。是《别了》[1],一首传统的民

---

[1] 《别了》(*Fare Thee Well*) 是一首十八世纪英国传统民谣,描述歌手远行之前向恋人道别。

谣，据说在加文·普特曼创作他如今最著名的第一本诗集《沉重的月光》时给了他灵感。一个红铜色头发、肯定不会超过十八岁的年轻男子站在台上为他们演唱，还有两个弹吉他的小伙子为他伴奏。

> 别了，我的真爱，
> 我们要分别一段时间；
> 我即将远去，但终会归来
> 哪怕远在万里之外。

这话每次都管用：承诺会归来，但同时也不言而喻，有可能不会归来。歌手颤抖的男高音逐渐弱下来，随之而来的是一连串哽噎和咳嗽声。丁感到有人用鼻子在自己夹克的袖子上擦了擦。"喔，丁。"乔里说。

他告诉过她要带手帕，但她当然没有听。他翻出了自己的手帕，递给了她。

现在人群开始低语，衣服摩挲作响，人们站了起来，相互走动。他们被告知，沙龙厅里有开放式的吧台，西厢提供茶点和小食。人潮步履轻巧，有分寸地涌动。

"卫生间在哪里？"乔里说。她脸上的妆花了，真不专业。睫毛膏顺着眼泪流到了她的面颊上。丁拿回他的手帕，尽力擦拭掉她脸上的黑色污渍。"你能在外面等我吗？"她伤心地问道。

"我自己也要去，"丁说，"我在吧台跟你碰头。"

"别去太久，"乔里说，"我得离开这个鸡舍。"她的语调抱怨起来——她一定犯低血糖了。因为忙着斗嘴准备，他们忘记了吃午饭。他得给她灌些酒，好让她快点打起精神，再带她去吃些没有硬皮的三明治。接着，吃上一两块柠檬方块塔之后——没有柠檬方块塔哪能叫葬礼啊——他们会赶紧溜出门去。

在男厕所里他撞见了赛斯·麦克唐纳，普林斯顿大学古语言系的名誉教授、著名的俄耳甫斯赞美诗翻译家，他原来是加文·普特曼的一位老熟人。不是因为学术，不是，但是他们曾经一起参加过一次地中海邮轮旅行——"古老遗迹之旅"——他们在那里相处得很愉快，之后几年都保持着联系。两人相互表达了悲悯之意。丁按照惯例搪塞了几句，为自己的出席编了个理由。

"我们都对哈德良很感兴趣。"他说。

"啊，是的，"赛斯说，"是的。我注意到了这个典故。用得很有技巧。"

这个意料之外的延迟意味着乔里比丁要先离开卫生间。他本不该让她离开他的视线！她进城的时候涂的是亮晶晶的古铜色金属腮红，现在又在腮红上加了点别的东西：一大层闪闪发亮的金色鳞片状散粉。她看起来就像一只带亮片的手提皮包。她一定是把这些装备放在钱包里偷渡了出来——报复他不让她穿那件艳粉色香奈儿。当然，对着卫生间的镜子，她没能让这些涂涂抹抹充分发挥效果——她本不该戴着老花镜。

"你都做了什么……"他问到。她扫视了他一眼：你敢！没错，反正现在也已经太迟了。

他拉住了她的胳膊。**"前进，轻骑旅。"**[1] 他说。

"什么？"

"我们去喝一杯吧。"

手里拿着并不昂贵但还算过得去的白葡萄酒，他们走向了点心桌。当他们靠近围着桌子的人群时，乔里突然身子一僵。"和第三个老婆在一起，你看！她在那儿！"她说。她浑身颤抖。

"谁？"丁问，尽管他已经再清楚不过了。是那个叫什么名字的蛇发女妖——C.W. 斯塔尔本人，根据报纸上她的照片很容易认出来。一个身穿古板过时夹棉大衣的白发矮个儿老太太。她没有涂闪粉。实际上，她脸上一点化妆品的痕迹都没有。

---

[1] 此句出自丁尼生的诗《轻骑旅的冲锋》（*The Charge of the Light Brigade*）。

"她没有认出我!"乔里低声说。现在她周身洋溢着欢腾之情。就你脸上刷的这层泥灰和龙鳞,丁心想,谁还能认出你?"她正看着我呢!快点,我们去偷听!"就和他们儿时的窥探游戏差不多。她把他往前拽去。

"不要,乔里。"他说,就像在对一只没有训练好的小猎犬说话。但这没有用。她向前冲去,拉着他没能在她脖子上绑紧的无形绳索。

康斯坦斯·W.斯塔尔一只手攥着一块鸡蛋沙拉三明治,另一只手拿着一杯水。她看起来正受到围攻,小心翼翼。她的右边一定就是那位丧夫的寡妇,雷诺兹·普特曼,穿着纯净的蓝裙子,带着珍珠项链。她的确十分年轻。她看起来并没有饱受折磨,但是毕竟,真正的死亡已经过去了一段时间。在普特曼夫人右边是娜维娜,那位年轻又迷人的崇拜者,在葬礼致辞时抑制不住自己的感情,但现在看起来已经完全恢复了,正在口若悬河地说着什么。

她的主题并不是加文·普特曼和他不朽的空话。当丁把自己调整得适应她略显单调的中西部语调之后,发现让她滔滔不绝的是阿尔芬之境系列。康斯坦斯·W.斯塔尔咬了一口她的三明治——她很可能早就听过这些话了。

"芙兰诺西雅的诅咒,"娜维娜正在说,"第四卷。那真是太……那些蜜蜂,还有卢帕特斯的猩红女巫被封在石头蜂巢里！那真是一件……"

著名的女作家左边还有空位，乔里滑了过去。她的手紧锁着丁的胳膊。她的头向前倾，做出全神贯注倾听的姿态。她打算装作一个粉丝吗？丁思索着。她想要做什么？

"第三卷，"康斯坦斯·W.斯塔尔说，"芙兰诺西雅第一次出现在第三卷。不是第四卷。"她又咬了一口三明治，泰然地咀嚼着。

"噢，当然，第三卷。"娜维娜说。她紧张地傻笑了一下。"普特曼先生说，他说你一定把他写进系列里了。在你离开房间去倒茶的时候，"她对雷诺兹说，"他这么跟我说了。"

雷诺兹的脸色严厉起来——这是对她领地的侵犯。"你确定吗？"她说，"他总是明确否认……"

"他说有很多事情他都没有告诉你，"娜维娜说，"不想伤害你的感情。他不希望你觉得自己受到了冷落，因为你自己并不在阿尔芬之境里。"

"你在撒谎！"雷诺兹说，"他总是什么事情都跟我说的！他觉得阿尔芬之境根本就是蠢话！"

"实际上，"康斯坦斯说，"我的确把加文放在阿尔芬之境里了。"之前她并没有意识到乔里的存在，但此时她转过身，直直地盯着她。"为了保证他的安全。"

"这很不合适，"雷诺兹说，"我认为你应该……"

"这的确保证了他的安全，"康斯坦斯说，"他在一个酒桶里睡了五十年。"

"哦，我就知道！"娜维娜说，"我一直相信他就在系列里！这是在哪一卷里？"

康斯坦斯没有回答她。她仍然在对乔里说话。"但现在我让他出来了。这样他就能随时来去自如了。他不会再受到你的威胁了。"

康斯坦斯·斯塔尔怎么了？丁思索着。加文·普特曼，受到乔里的威胁？但他才是那个抛弃别人、伤害别人的人。玻璃杯里装的难道是伏特加吗？

"什么？"乔里说，"你在跟我说话吗？"她捏紧了丁的胳膊，但并不是为了忍住笑意。相反，她看起来吓坏了。

"加文不在那本他妈的书里！加文已经死了。"雷诺兹说。她哭了起来。娜维娜向她靠近了一小步，但接着又退了回来。

"你的恶意威胁着他，玛乔里。"康斯坦斯说，她的声音很平静。"还有你的愤怒。这是个非常强大的咒语，你知道。只要他的灵魂在这边还有肉体的容器，他就处于危险之中。"她明白地知道乔里是谁——不管她涂了多少金鳞和青铜散粉，她一定是在看第一眼时就知道了。

"我当然愤怒！因为他对我的所作所为！"乔里说，"他抛弃了我，他把我赶了出去，就像，就像一个用旧的……"

"啊。"康斯坦斯说。她一瞬间凝固了。"我没有注意到,"她最后说,"我以为是反过来。我以为是你伤害了他。"这是一次正面对峙吗?丁心想。物质与反物质?她们两人会引爆彼此吗?

"他是这么说的吗?"乔里说,"妈的,我就知道!他当然会说一切都是我的错!"

"噢我的天哪,"娜维娜低声对乔里说,"你就是黑女士!十四行诗里的!我们也许能谈谈……"

"这应该是一场葬礼,"雷诺兹说,"不是一场学术会议!加文一定会憎恨这一切的!"其他的女人都没有任何听到她的话的表示。她擤了擤鼻子,红着眼睛愤然瞪了她们一眼,走开去了吧台。

康斯坦斯·W.斯塔尔把剩下的三明治塞进了她的玻璃杯里。乔里盯着她,就好像她在调制魔药。"这样的话,我有义务释放你,"康斯坦斯最后说,"我一直对你有严重的误会。"

"什么?"乔里几乎尖叫起来,"从什么里面释放我!你在说什么?"

"从石头蜂巢里,"康斯坦斯说,"你在那里被关了很长一段时间,还被靛蓝蜜蜂蛰咬,作为惩罚。好让你不再伤害加文。"

"她就是卢帕特斯的猩红女巫!"娜维娜说,"这简直太棒了！你能告诉我……"康斯坦斯继续无视了她。

"关于那些蜜蜂，我很抱歉，"她对乔里说，"那一定非常痛苦。"

丁紧握住乔里的胳膊肘，想把她拉回来。她很可能会大发雷霆，狠踢这位老作家的小腿，或者至少会开始大喊大叫。他必须拉住她。他们会回家，他会给他俩每人倒一杯烈性酒，他会让她平静下来，然后他们会取笑这整件事。

但是乔里并没有动，尽管她放开了丁的胳膊。"那的确非常痛苦，"她轻声低语，"那太痛苦了。一切都太痛苦了，我的一生。"她在哭吗？是的——真正的、金属色的泪水，闪着青铜和金色的光。

"对我来说也很痛苦。"康斯坦斯说。

"我知道。"乔里说。她们两人凝视着对方的眼睛，陷入了某种旁人无法参透的心灵融合之中。

"我们生活在两个地方，"康斯坦斯说，"在阿尔芬之境里没有过去，也没有时间。但在这里有，在我们现在所处的地方。我们还剩下一点点时间。"

"是的，"乔里说，"正是时候。我也很抱歉。我也释放你。"

她往前走了一步。这是一个拥抱吗？丁心想。她们是在拥抱对方，还是在摔跤？这是危急关头吗？他怎么才能帮得上忙？这到底是哪种怪异的女性事件？

他感到愚蠢。难道这么多年来，他从来都没有理解过乔里吗？她有别的层次，别的力量？别的他从来没有想到过的维度？

康斯坦斯退了回去。"保佑你。"她对乔里说。她羊皮纸一般的白色面孔上现在闪耀着金色的粼光。

年轻的娜维娜简直不敢相信自己有多幸运。她的嘴半张着，她咬着指尖，她屏住了呼吸。她正在把我们嵌进琥珀里，丁心想，就像古时的昆虫。把我们永久保存下来。在琥珀串珠里，用琥珀的语言。就在我们眼前。

天生畸物[1]

---

[1] 原文为拉丁文 Lusus Naturae,直译为大自然的玩笑,天生畸形。

本可以对我做什么，本应该对我做什么？这是相同的问题。可选的方案很有限。我的家人讨论过所有的可能，郁郁寡欢，无休无尽。晚上，他们围坐在餐桌前，拉上百叶窗，吃着胡须一样又细又干的腊肠，喝着土豆汤。如果我头脑清醒，就会和他们坐在一起，一边尽可能参与谈话，一边搜寻碗里的土豆块。如果我的状态不好，就会待在最漆黑的角落里，一边对着自己喵喵叫，一边倾听着没有别人能听见的呢喃之声。

"她曾是个多么可爱的宝宝啊，"我的母亲常常说，"那时她什么问题都没有。"生了我这样一个玩意儿让她非常伤心——这就像是一种责难，一场审判。她做错了什么呢？

"也许这是个诅咒。"我的奶奶说。她和腊肠一样又瘦又干，但对她来说这很正常，因为她已经老了。

"之前好几年她都很正常，"我的父亲说，"是在那次出麻疹之后，她七岁的时候。就是在那之后。"

"谁会诅咒我们呢?"我的母亲说。

我的奶奶板起了脸。她有一长串的候选人名单。但即便这样,她也无法挑出到底是谁。我的家庭一直受人尊敬,甚至几乎可以说是广受喜爱。目前仍是如此。如果在我的情况泄露出去之前能对我采取某些措施的话,以后也仍会是如此。

"医生说这是一种病。"我的父亲说。他喜欢宣称自己是个理性的人。他看报纸。正是他坚持让我学习认字。而且他排除一切困难,一直给我鼓励。然而,我不能再像从前一样依偎在他的臂弯里了。他让我坐在桌子的另一边。这种强制性的距离让我痛苦,但我能理解他的观点。

"那他为什么不能给我们开点药呢?"我的母亲说。我的奶奶用鼻子哼了一声。她有自己的想法,那些想法包括了蘑菇和树汁。有一次她把我的头摁在泡着脏衣服的水里,一边摁一边祈祷。这是为了驱赶恶魔。她坚信恶魔飞进了我的嘴里,就蛰伏在我的胸骨附近。母亲说她的本意是好的。

给她吃面包,医生说,她会想要很多面包。面包,还有土豆。她会想要饮血。鸡血就可以了,或者牛血。不要让她喝太多。他告诉了我们这种病的学名,里面有很多字母 P 和 R,但对我们来说没有任何意义。过去他只遇到过一次我这样的病例,他一边说,一边看着我黄色的眼睛,粉色的牙齿,红色的指甲,还有我胸口和胳膊上冒出的暗黑色长毛。

他想要把我带去城市，让别的医生看一看，但我的家人拒绝了。"她是个 lusus naturae。"他说。

"那是什么意思？"我的奶奶问。"天生畸物。"医生回答。他来自很远的地方，是我们把他请来的。我们自己的医生一定会散布流言。"这是拉丁语。就像一只怪兽。"他以为我听不见，因为我正在喵喵叫。"这并不是任何人的错。"

"她是一个人类。"我的父亲说。他给了医生很多钱，让他回到外地去，永远不要再回来。

"为什么上帝要对我们这么做？"我的母亲说。

"诅咒还是生病，都没什么区别，"我的姐姐说，"不管怎样，只要有人发现，我就嫁不出去了。"我点了点头——这很有道理。她是个漂亮的姑娘，而且我们也不穷，我们差不多算是上流阶层呢。如果没有我，她的前途一定一片光明。

白天的时候我闭上嘴待在自己黑暗的房间里——这事很严肃，可开不得玩笑。我觉得无所谓，因为我也受不了日光。在夜晚，我睡不着，会在房子里游荡，聆听其他人的呼噜声，还有他们因为噩梦的尖叫声。家里的猫陪伴着我。他是唯一愿意靠近我的生物。我闻到了血腥味，古老的干涸的血腥味——也许这就是他一直跟着我，爬到我身上舔我的原因。

他们告诉邻居我得了一种虚痨病，持续发烧，神志失常。邻居们送来了鸡蛋和卷心菜。他们时不时来拜访一下，打探消息，但他们并不想看到我——不管我得了什么病，都很可能会传染。

大家决定我应该死掉，这样就不会妨碍我的姐姐，不会像宿命一般笼罩着她。"一个开心总比两个都悲惨的好。"我的奶奶说，她喜欢把大蒜瓣塞在我房间的门框上。我同意这个计划，我希望自己帮得上忙。

神父收了贿赂，当然他也同情我们。每个人都喜欢认为自己是在做好事，同时又能中饱私囊。我们的神父也不例外。他告诉我上帝选择我成为一个特别的姑娘，可以说是某种新娘。他说我被召唤来做出牺牲。他说我的痛苦会净化我的灵魂，因为我一辈子都会保持纯洁，没有男人会玷污我，我会直接升入天堂。

他告诉邻居们我像个圣徒一般地死去了。我被装在一具很深的棺材里，放在一间很黑的房间里供人瞻仰，穿着一条白裙子，头上盖着许多白纱，对一个处女来说很合适，而且也能很好地掩饰我的胡须。我在那里躺了两天，当然晚上我可以出来走走。有人进来的时候我就屏住呼吸。他们踮起脚尖，轻声细语，他们没有靠近，仍然害怕我的疾病。他们对我的母亲说我看起来就像一个天使。

我的母亲坐在厨房里，哭得就像我真的死了一样。就连我的姐姐也看起来很忧郁。我的父亲穿上了黑色西装。我的奶奶烤了很多点心，每个人都把自己塞得饱饱的。第三天的时候他们在棺材里装上打湿的稻草,运到墓地埋葬了。他们为我祈祷,给我竖了一块朴素庄重的墓碑。三个月之后我的姐姐就结婚了。她坐着马车去了教堂,是我们家里的第一个。我的棺材是她踏上成功阶梯的基石。

既然我已经死了,我就更自由了。除了我的母亲,其他人都不被允许踏入我的房间——我过去的房间,他们这么叫。他们告诉邻居他们保留了我的房间作为纪念。他们在门上挂了一张我的照片,是我还像人类时的样子。我不知道现在自己看起来像什么,我总是避免照镜子。

我在昏暗之中读着普希金、拜伦还有约翰·济慈的诗。我学到了失恋、反抗,还有死亡的甜美。我觉得这些思想给人安慰。我的母亲会给我送土豆和面包,还有属于我的一杯血,然后带走夜壶。过去她常常会帮我梳头发,在它们一把一把地疯长出来之前。她还总会抱着我哭泣,但现在她已经不再这么做了。她用最快的速度进出。尽管她试着掩饰,但她憎恨我。当然如此。当你发现别人的痛苦不过是出于对你的恨意,过不了多久,你就不会再为他们感到抱歉了。

夜里我会在房子里奔跑,后来在田野里奔跑,再后来在森林里奔跑。我不用再担心会碍着别人的路,影响别人的前程。对我来说,我没有前程。我有的只是现在。一个——在我看来——随着月亮而变化的现在。如果不是因为会痉挛,会好几个小时疼痛难耐,还会听到我听不懂的呢喃之声,我可能会说我很开心。

我的奶奶死了,然后是我的父亲。那只猫也老了。我的母亲陷入了更深的绝望之中。"我可怜的姑娘。"她会说,尽管准确地说我已经不是一个姑娘了。"我走了之后谁能照顾你呢?"

这个问题只有一个答案:只有我能照顾我自己。我开始探索自己的能力。我发现在别人看不见我的时候,我的力量会更强大。而在别人只能看见我的一部分时,这种力量最为强大。我在森林里故意吓了两个孩子——我向他们露了露粉色的牙齿、长满毛的脸和红色的指甲,又对他们叫了几声,他们就尖叫着跑开了。不久之后人们对我们家附近的森林敬而远之。晚上我跑到一户人家的屋外,透过窗户向里看,让一个年轻的女人吓得发疯。"一个东西!我看见了一个东西!"她抽泣着说。我是一个东西,好吧。我考虑了一下这个说法。为什么一个东西不能是一个人呢?

一个陌生人出钱想买下我们的农场。我的母亲想把它卖掉,然后搬去和我的姐姐还有她的士绅丈夫一起住。他们的家庭健康兴旺、日益庞大,还刚刚请画师画了全家福呢,我的姐姐已经忙不过来了。但她怎么能丢下我呢?

"去吧。"我对她说。现在我的声音已经变成了一种咆哮。"我会腾出我的房间。我有地方待。"她很感激，可怜人。她对我有种责任感，就好像我是一根倒刺，一个瘊子——但我是她的一部分。不过，能摆脱我她很高兴。她有生之年已经尽了足够的义务。

在打包和售卖我们的家具期间，我在一个干草堆里待了几天。那里挺不错，但到了冬天就不行了。新人搬了进来，把他们撵走很容易。我比他们更了解房子，它的各种入口、出口。我可以在黑暗中自由游走。我变成了一个幽灵，然后又变成了另一个幽灵。我是一只红指甲的鬼手，在月光下触碰你的脸颊；我是一只生锈的铰链，不由自主地发出嘎吱声。他们逃之夭夭，给我们的房子打上了"闹鬼"的烙印。于是房子又属于我了。

我靠着在月光下偷挖来的土豆，从鸡舍里偷捡来的鸡蛋维生。我也会时不时地偷一只鸡——我会先饮血。我会遇到看门狗，但它们只会对我吠叫，并不进攻——它们不知道我到底是什么。在我们的房子里我试着照过一次镜子。他们说死人看不到自己的映像，这是真的——我看不到我自己。我看见了什么东西，但那东西并不是我自己——它看起来并不像我内心深处所知的自己，那个善良可爱的姑娘。

但现在一切都要结束了。我变得太显眼了。

事情是这样发生的。

当时正是黄昏，我在牧场与树林交汇处的草地上摘黑莓。我看见两个人从反方向走了过来。其中一个是个年轻的小伙子，另一个是个姑娘。他的衣着打扮比她要好一些。他穿着鞋。

两个人看起来偷偷摸摸。我知道这种神情——越过肩膀的一瞥，突然停下又开始走动——我自己也一直是这样偷偷摸摸。我在黑莓灌木丛里蹲下，看着他们。他们紧紧攥着彼此，纠缠在一起，倒向了草地。他们发出猫一般的叫声，低吼声，轻微的尖叫声。也许他们也痉挛了，他们两个同时。也许他们——正和我一样。喔，终于有人和我一样了！我蹑手蹑脚地爬近了一些，想看得更清楚。他们看起来并不像我——比如说，他们并没有长毛，除了头上，我知道这一点，因为他们脱掉了大部分的衣服——不过，我也是花了一段时间才长成现在的样子。他们一定是还在初始阶段，我想。他们知道自己正在变化，他们找到了彼此相互陪伴，分享这种痉挛。

看起来他们从这种抽搐中得到了快感，尽管他们偶尔会相互撕咬。我知道这是怎么回事。如果我也能加入，该是多么大的安慰啊！这么多年来我一直逼自己套上坚硬的外壳，适应孤独，现在我发现这种坚硬溶解了。不过，我还是太胆怯，不敢靠近他们。

有天晚上那个年轻的小伙子睡着了。姑娘给他盖上了解开的衬衫,吻了吻他的前额。然后她小心地走开了。

我从灌木丛里爬了出来,轻柔地靠近了他。他就在那里,睡在被压成椭圆形的草地上,就像被摆在盘子上。我遗憾地说我失去了控制。我向他伸出了指甲鲜红的手。我咬了他的脖子。这是欲望还是饥饿?我如何能分辨它们的区别?他醒了过来,看到了我粉色的牙齿,我黄色的眼睛,他看到了我的黑裙子在风中飘扬。他看到我逃跑,而且他看到我逃向了何方。

他告诉了村子里的其他人,他们开始了推测。他们挖出了我的棺材,发现里面是空的,于是担心最糟糕的事情发生了。现在他们正向这座房子行进,在暮色中,拿着长木桩,举着火把。我的姐姐就在他们之中,还有她的丈夫,还有我吻过的那个年轻人。我的本意是一个吻。

我能对他们说什么呢?我该如何解释我自己呢?当人们需要恶魔时,总要有人来充当这个角色。到了最后,你是主动向前迈出一步,还是被别人推了出去,都是一样。"我是一个人类。"我可以这么说。但我如何能证明呢?"我是个 lusus naturae!把我带去城里!他们可以研究我!"这也没什么希望。恐怕对那只猫来说这也是个坏消息。不管他们会怎么对付我,他们肯定也会怎么对付他。

我禀性宽容,我知道他们的本意是好的。我穿上了葬礼时的白裙子,戴上了白纱,适合一位处女。人都应该注意场合。叽叽喳喳的声音越来越响——我应该逃跑了。我会像一颗彗星一般从着火的屋顶坠落,我会像篝火一般熊熊燃烧。他们会对我的灰烬念上许多咒语,确保这一次我真的死了。不久之后我就会变成一个倒吊的圣人,我的指骨会被当做黑暗遗髑兜售。那时,我会成为一个传说。

也许在天堂里我会看起来像一个天使。也许天使们看起来都像我一样。对其他所有人来说,那将是多么令人惊讶啊!真是值得期待。

冻干新郎

接下来，他的车无法发动了。都是这该死的突如其来的寒流的错，是极地涡旋引起的——这个词已经在网络笑话里火了起来，单口喜剧演员用它来形容他们妻子的阴道。

山姆对此感同身受。在和他完全断绝关系之前，格温妮丝就习惯于用换床单来示意，她终于打算在崭新的平面上施舍给他一些抿紧嘴唇、苍白无力、心不甘情不愿的性爱了。之后她会直接再换一次床单，强调这一讯息：他，山姆，是个充满细菌、制造污渍、被跳蚤咬过的废物，只会浪费她的洗衣机。她已经放弃假装了——不再有虚假的呻吟——所以这一切都在诡异的沉默中进行，周围笼罩着一股衣物柔顺剂甜得过头的粉红香味。这味道渗入了他的毛孔。在这种情况下，他很惊讶自己竟然还能继续运作，尽管非常勉强。不过他总是不断让自己惊讶。谁知道接下来还会遇上什么？反正他不知道。

这一天是这样开始的。早餐，本身就是一场灾难。格温妮丝对山姆说，他们的婚姻结束了。山姆手里的叉子掉了下来，他捡起叉子，把盘里剩下的炒蛋推到一边。格温妮丝曾经能做出最美味的炒蛋，他只能据此推断，今天早晨这硬得像靴子一般的炒蛋也是驱逐套餐的一部分。她不再愿意取悦他了，而且恰恰相反。她本可以等他喝完咖啡再告诉他这个消息——她知道在咖啡因上头之前，他根本无法集中精神。

"哇噢，等一下。"他说，但接着又住了嘴。这没用。这并不是一场争吵的序幕，不是为了寻求更多关注，也不是谈判中的报价——这三种情况山姆以前都经历过，熟悉与其搭配的面部表情。格温妮丝没有咆哮，没有噘嘴，没有皱眉，她的目光冷若冰霜，她的声音沉静平稳。这是一个公告。

山姆考虑要申辩：他到底做了什么，如此重大，如此糟糕，如此恶劣，如此癌症一般致命？弄丢了些现金，衣服上有不正当的口红印记，这样的事情他之前又不是没做过。他可以挑剔她的腔调——为什么她突然之间发起脾气了？他可以抨击她扭曲的价值观——她的幽默感、她对生活的爱、她的道德标准都去哪儿了？或者他可以说教——宽恕是一种美德！或者他可以甜言蜜语——像她这样一位善良、耐心又热忱的女人，怎么能对他这样一个脆弱受伤的男人狠下杀手，给他的灵魂如此粗重的当头一棒呢？或者他可以承诺洗心革面——我应该怎么做，你告诉我！他可以恳求第二次机会，但她一定会回答说他已经用尽了所有的第二次机会。他可以告诉她他爱她，但她会说——可以预见，正如她最近一直啰唆的那样——爱并不只是口头说说，爱需要行动。

她坐在餐桌对面，毫无疑问已经为这场期待已久的战斗做好了准备。她前额上的头发都正颜厉色地刮到了脑后，在脖子后面编成一条止血带的样子，她直线型的金色耳环和叮当作响的项链让她的这项裁决更添了一丝严厉。为了这一幕她还化了妆——唇上的口红是干枯的血色，眉毛如暴风雨前夕的乌云一般漆黑——她的双臂交叉在她曾经诱人的胸前，宣告着：此路不通了，伙计。最糟糕的是，她把自己武装在这层躯壳之下，对他已是漠不关心。现在他俩已经演尽了各种滥俗的剧情，他终于让她厌倦了。她正数着分秒倒计时，等着他离开。

他从桌边站了起来。她本可以有风度地迟一些扔下这纸令状，好歹等他穿戴整齐、刮完胡子——一个穿着五天没换的睡衣的男人显然身处劣势，相当可怜。

"你要去哪儿？"她说，"我们得谈谈细节。"他忍不住想脱口而出一些伤人又赌气的话："上街去。""好像你在乎一样！""现在还关你屁事，不是吗？"但那都是错误的战术。

"法律上的废话，"他说，"我们可以迟点再谈，我要去打包。"如果她只是为了吓唬他，现在正是收手的好时机。但并不是这样，她没有阻止他。她甚至没有说："别傻了，山姆！我不是说你现在立刻就得走！坐下来喝杯咖啡吧！我们还是朋友！"

但是显然，他们已经不是朋友了。"随便你。"她淡然地瞪着他说。于是，他只好狼狈地跟跟跄跄走出了厨房，穿着印着小羊跳栅栏的睡衣——这是两年前格温妮丝送的生日礼物，那时她还觉得他可爱又有趣——还有他已经破破烂烂的毛绒拖鞋。

他知道这一切会来临，只是没想到会这么快。他本应该更警觉一些，先抛弃她。占据制高点。或者说制低点更好？这样的话，受害方就是他了。他套上一条牛仔裤和一件长袖汗衫，把一堆东西扔进他买了好一阵的粗呢露营包里。这是他从没实施过的航海计划的一部分。其他乱七八糟的东西他可以以后再回来拿。他们的卧室，不久之后就会变成她一个人的卧室——这里曾经充满了激情的电流，后来却变成他们上演拉拉扯扯战争戏码的片场——现在看起来已经像他即将舍弃的酒店房间了。他曾经帮忙挑选他们难看的仿维多利亚风格大床吗？是的，或者至少他在案发时袖手旁观。不过，窗帘不是他选的，还有上面那些愚蠢的玫瑰花。不管怎么说，他在这件事上是无罪的。

剃须刀，袜子，三角裤，T恤，诸如此类。他走进用来办公的空房间，把他的笔记本电脑、电话、记事本和一堆充电器扫进了电脑包。还有一些零散的文件，其实他也没有特别信任纸质文件。钱包、信用卡、护照：他把这些东西都塞进了不同的口袋。

他该如何不在她的注视下离开屋子呢——他和他凄惨的撤退？拧一条床单，爬出窗户，顺着墙壁滑下去？他现在想不清楚，因为愤怒，他微微有些对眼。为了控制住自己，他重新开始尝试自己经常做的心理游戏：如果自己是一起谋杀案的受害人，他的牙膏会变成线索吗？我判断这支牙膏在二十四小时前最后一次被挤过。他的iPod如何呢？让我来看看在切肉刀插进他的耳朵之前他正在听什么。他的播放目录一定是个暗号！他难看的袖扣又会如何呢？这是格温妮丝两年前送他的圣诞礼物，上面刻着狮子头和他名字的首字母。这肯定不是他的东西，像他这样一个有品位的男人不会用这种东西。这一定是凶手的！

但这的确是他的东西。这是他们刚刚开始约会时格温妮丝对他的印象——万兽之王，强有力的捕食者，叼着她四下左甩右晃，在她身上留下几个牙印。一只爪子掐在她的脖子上，把她压在身下，充满欲望地翻滚扭动。

他想象着自己躺在停尸房的解剖台上，一位法医分析师——必然是一位火辣的金发女郎，实验室白大褂罩着她紧致又严肃的属于女医生的乳房——用纤柔却老练的手指探查他的尸体？这么年轻，这么雄壮！她心想。多可惜啊！接着，她这个八卦又冒失的小侦探试着重现他突然被掐灭的悲哀人生，追溯他不由自主的脚步，踏上这条令他混迹险恶并以悲剧告终的不归路。祝你好运，亲爱的。他冰冷、苍白的头颅向她发送着电波：我是一个谜，你永远不会得到我的电话号码，你永远无法弄清楚我的真相。不过戴着橡皮手套再摸我一次吧！哦，是的！

在一部分这样的幻想中，他坐了起来，因为他其实并没有死去。先是一阵惊叫！然后是亲吻。在其他的版本中，尽管他已经死了，但仍然坐了起来。他的眼球已经翻到了脑袋里面，但渴求的双手仍然摸索着她实验室大褂的纽扣。那是个完全不同的场景。

他又往露营包里塞了一件汗衫——好了，这样就行了。他合上了露营包，一只手提着，另一只手拎着电脑包，小跑着下了楼梯，像以前一样一次跨两级台阶。他已经不用再关心磨损的楼梯毯是不是该换了——无论如何，这对他来说是个好消息。

在门厅里他从衣柜里匆匆拿出了冬装**派克大衣**[1]，又检查了一下衣服口袋里的手套、暖和的围巾和羊皮帽。他能看见格温妮丝还在厨房里，胳膊肘支在高档的玻璃面餐桌上。这餐桌原本是他带来的东西，但现在要变成她的了，因为他

---

[1] 派克大衣（Parka）是一种长款、带帽的外套，具有防风、防水、保温和透气的功能，最初在军用领域得以广泛运用。

并不打算为了桌子和她发生口角。而且他最初也没有真正为这张桌子付过钱——这是他弄来的。

她在刻意无视他。她给自己倒了杯咖啡,闻起来美味极了。还烤了一块吐司,看起来她完全没有伤心到食不下咽。他憎恨这一点。在这样一个时刻,她怎么还能大嚼大咽?难道对她来说他没有任何意义吗?

"我们什么时候再碰面?"他准备出门时她喊道。

"我会给你发短信的,"他说,"生活愉快。"这话是不是太愤愤不平了?是的,仇恨是个错误。别像个蠢货,山姆。他对自己说,你太不冷静了。

正是此时车子决定不发动。他妈的奥迪。他根本不应该接手这台垃圾似的豪车,这是一个欠他钱的家伙抵给他的,尽管当时这买卖看起来很划算。

真是白白毁了一个绝佳的退场演出。他甚至无法轰鸣着驶过街角,又潮又爆,完美退场。就像水手即将向公海扬帆起航,谁还需要女人的拖累?她们就像水泥块,绑在你的脚踝上。挥挥手他走了,驶向永远新奇的冒险。

他又试着打了一次火。咔嗒,咔嗒,像十一月一样死寂。他呼出的气在冰冷的空气中变成了白雾,他的指尖发白,耳垂麻木。他打电话给常用的救援服务公司,想喊他们过来接电,但听到的只是一段录音:客服代表很快就会接他的电话，但因为不良的天气情况平均等待时间是两小时，请周知。我们真诚地重视您的业务，请不要挂机。接着是一段乐观的音乐。冻掉你的小鸡鸡吧，无声的歌词这样唱道，赞美极地涡旋，我们简直赚翻了。别傻了，弄个引擎加热器吧。去你的。

他只好没精打采地回到了屋里。幸好他还留着钥匙，不过"把锁换掉"一定是格温妮丝清单上的当务之急。她是个擅长列清单的女人。

"你又回来干什么？"她说。他摆出了愧疚又可怜的笑脸：也许她能行行好看看她的车能不能发动，然后也许她能帮他接个电？这只是种说法，他无声地暗自补充。他不介意尝试跟她亲热，看看能不能挽回她的心，至少能充分利用和解的激情占点便宜，但现在不是时候。

"不然的话我得在这里一直等到他们派拖车来，"他咧嘴笑着，希望看起来漫不经心，"可能要好几个小时，也可能……我可能得在这里待一整天。你可不希望那样。"

她的确不希望那样。她叹了一口气，悠长又痛苦——一辆发动不了的车在展示他无能的无尽画卷上又添一笔——然后开始穿戴她的冬装大衣、连指手套、围巾和靴子。他能听见她卷起了无形的袖子——我们来搞定这件事吧。把他拉出窘境，掸去他身上的灰尘，抛光打磨直到他闪亮如新——这样的事曾经是她珍视的业余爱好。所有人中，只有她能够拯救他。

但她失败了。

他们第一次结缘是因为她走进了他的小店,为她新近继承的一件难看的古董**斯塔福德郡**[1]瓷猎犬找配对。格温妮丝发现他几乎令人无法抗拒——新潮,激动人心,但又令人愉快,就像五十年代音乐剧中的配角。有些可爱的搞笑帮派成员,外表玩世不恭但内心深处值得信赖。也许从来没有男人像他这样关注过她——如此细致地触碰她、探究她,就好像她是一只贵重的茶杯。也许她过去从未留意过男性引诱者常用的台词,因为她花了太多功夫在生病的父母身上,没空注意男人,也没空让男人注意她。可以这么说,她并不是不漂亮——她很漂亮,有点像戏剧里客串演员的那种漂亮——但她似乎尚未意识到她可以用这种漂亮来做什么。她有过几个男朋友,但据他所知他们都是可悲的胆小鬼。

在寻找瓷猎犬的那天她已经准备好要行动了。她本不该对陌生男人如此毫无防备,特别是他。她本不该如此主动地泄露这么多个人信息。死去的父母,继承的遗产——足够多,所以她能够辞去学校里教书的工作,开始享受人生。但

---

[1] 斯塔福德郡(Staffordshire)是英格兰西部的郡,位于曼彻斯特和伯明翰之间,被称为英国瓷都。

是她该怎么做呢？

山姆出场了，恰在此时，对斯塔福德郡了如指掌，带着礼貌又欣赏的嗜欲对她微笑。他很擅长享受人生，拥有这项天赋的人并不多。他很乐意分享。

他对她相对坦诚，或者说他并不是完全在撒谎。他告诉她他的收入来自于古董商店，这话部分真实。他没有提其他的收入来自哪里。他告诉她他自己做生意——这话没错——不过他有一个合伙人，这话也没错。在她看来，他是个令人兴奋、极具行动力的男人，是个性感的魔术师。而在他看来，她是个值得尊敬的门面，让他可以在其后休憩一阵子。要是不用再住汽车旅馆，也不用再在店铺后面打地铺就好了，所以她已经有房子这一点对他来说很方便。房子里有他的房间，他在家时可以住。不过，他们的关系稳定之后，他在家的时间越来越少。他告诉她，他的工作需要经常出差，调查古董。

他不得不承认自己很享受和她结婚带来的便利，在一开始的时候。那种舒适和慰藉。

他并不是一个彻头彻尾的混蛋——他说服自己结了婚，而且甚至相信这婚姻能够维系。他不会再变年轻了，所以也许他应该安定下来。那么，从外表上看，如果她不是一个性感宝贝该怎么办呢？性感宝贝都很自恋，她们要求诸多，又反复无常。格温妮丝并没有那么迷人，所以她并不珍视自己拥有的东西。有一次他把赤裸的她放在床上，用百元大钞撒满她的全身——对她这样一个好姑娘来说这太刺激了，多好的催情药！但当她意识到百元大钞日益频繁和严重的匮乏之后——他的运气坏透了，不得不第一次向她借钱——这种方式起了反效果。她眯起了双眼，乳头缩成了葡萄干，身体如腌梅干一般干涸。正当他需要一丝同情和安慰的时候，砰！尽管他有一双湛蓝的大眼睛，还是被关进了虚拟的冰箱之中。

他毕生都依靠着它们，他那双湛蓝的大眼睛。浑圆、坦诚的眼睛。骗子的眼睛。"你看起来就像个洋娃娃。"有个女人这么说过他的眼睛。"我也像娃娃一样易碎。"他迷人地回应。凝视着这样一双眼睛，哪个女人还能不真心相信他摆在她面前的任何借口？即使这些借口就像街头小贩兜售的大牌丝巾？

尽管他湛蓝的大眼睛有些缩水——他已经接受了这个事实——还是他的脸变大了？不管是什么原因，他的眼睛和脸之间的比例改变了，正如他的肩膀和肚子之间的比例一样。不过他依然可以施展蓝眼睛这套路数，大多数时候依然管用。当然，在男人那里行不通。男人能更轻松地分辨出其他男人是不是在胡说八道。对待女人的窍门是盯着她们的嘴。这是窍门之一。

他和格温妮丝没有孩子，所以他们的离婚手续不会拖得太久。一旦履行完例行手续，山姆又会无拘无束一身轻松了。他会像蜗牛一般，身上背着房子在世间游荡，也许这样对他来说才最舒服。他会吹着欢乐的口哨，闲庭信步。他会闻起来又像他自己了。

格温妮丝的车没费什么劲就发动了。她关掉了引擎，母牛一般透过车窗盯着他，沾沾自喜地旁观他用冻僵的手指摆弄着跨接电线，希望也许他会触电。并没有这样的好运，他打手势让她启动，把她车里的电传送到他的车上，车终于能动了。两人交换了勉强的微笑。他轻松地驶上了结冰的路面，向她挥了挥手。但她已经转过身去了。

这一回大楼后面他的停车位没有被占用。他的店铺在皇后大道西边，正好在时髦诱人的浪潮前端撞上破败潦倒的荒芜海滩之处。店的一边是时兴的咖啡供应商和精品夜店，另一边是当铺和廉价服装店，店里泛黄的衣服套在有裂纹的模特身上。他的店铺上挂着**"迈特拉索"**[1]的标牌，橱窗里展示着一套五十年代的柚木餐厅家具套装，配着一组浅色的木质立体声音响。黑胶唱片又流行起来了——一些"富二代"小孩儿会觉得这个小柜子拥有不可抗拒的魅力。

迈特拉索还没有营业。山姆叮叮当当地打开一大堆锁，

---

[1]　迈特拉索（Metrazzle）是生造词，由"超级"（Metra）和"狂欢"（razzle）组成，可能意为狂欢盛宴。

走进了店里。他的合伙人已经到了,在后面,像往常一样坚守在伪造家具的岗位上。不,应该说是美化家具。他名字是奈德,或者他用的是这个名字。他擅长制造痛苦,这是他的技能之一。他是家具的肉毒杆菌整容医生,不过他不会让家具显得更年轻,而是让它们看起来更古旧。空气中飘散着锯末的粉尘,弥漫着染色剂的怪味。

山姆把露营包甩到一张复古的铁质**伊姆斯椅**[1]上。"他妈的出来了。"他说。奈德抬起头越过锤头和凿子看了他一眼,他正在给手上的家具加几道假裂缝。

"还有一些在来的路上,"他说,"现在都堆在芝加哥呢。他们把机场关闭了。"

"什么时候会到这边?"山姆说。

"迟一点儿吧。"奈德说。哒、哒,他又挥着凿子敲了起来。

"估计是天气的原因。"山姆说。人们都这么说,他们常常这么说,我们惹恼了上帝。而且既然如此,我们他妈的什么都做不了,那还提它干什么呢?抓紧时间玩乐吧,趁你还有能力玩乐。但他今天并没有心情玩乐。格温妮丝对他的所作所为正渗入骨髓,沉入心扉。在他身体中间的某个地方正一片冰冷。"他妈的雪,我真是受够了。"他说。

---

[1] 伊姆斯椅(Eames chair)是由二十世纪最有影响力的美国夫妻档先锋设计师查尔斯和蕾·伊姆斯设计的一种靠背转椅。

哒,哒,哒。一个停顿。"老婆把你赶出来了?"

"我自己走的,"山姆说,尽量表现得很淡然,"早就打算走了。"

"只是时间问题,"奈德说,"注定要发生的。"

奈德一定怀疑事实情况和山姆的说法大相径庭,但他还是不动声色地接受了。山姆感谢他的这一点。"是呀,"他说,"真遗憾。她很难接受呢。但她会好起来的。她又没有露宿街头,也不会挨饿。"

"没错,没错。"奈德说。他的小臂上有许多文身,让他看上去很有魅力。他从不多话,曾经蹲过监狱,并且正确地得出结论:不想惹麻烦的话最好闭上嘴。他喜欢这份工作,而且心怀感激之情,这对山姆来说很好,因为他不会问东问西,影响工作。另一方面,他像数据挖掘机一般储存着大量来自四面八方的信息,而且能根据需要准确地把它们吐露出来。

山姆从他口中得知一个顾客昨天晚些时候来过,奈德以前没见过他,是个穿着昂贵皮夹克的家伙。他仔细看了所有的书桌。真是好笑,他在暴风雪的天气还跑出来,不过有些家伙就是喜欢挑战。当时店里没有别人,这并不奇怪。那家伙关注的是一套**执政内阁式家具**[1]的完美复制品。他问了价

---

[1] 执政内阁式家具(Directoire)是法国路易十六被推翻后到拿破仑执政之前(1795—1799)这段过渡时期里流行的一种家具式样,摈弃了路易十六式家具的浪漫古典主义,转向以古希腊和古罗马为背景的传统古典主义。

格,然后说他要考虑考虑。他希望能帮他把家具保留两天,还留下了一百美元的押金。是现金,不是信用卡。在收银机旁边一张封好的信封里,里面还有他的名字。

奈德重新开始凿刻。山姆走到了柜台旁边,漫不经心地打开了信封。里面都是二十元一张的现金,他取出了随附的纸条,但上面只写着一个地址和一个电话。他并不是在防着奈德,但他们总是按照否认一切的宗旨行事——山姆的座右铭是"假设有人在监听一切"。他看了看用铅笔写的号码——是56,他把这号码存进了脑子里,然后把纸条揉成一团塞进了口袋。等会儿他只要碰到厕所,就会把这纸团冲进马桶里。

"估计我会去拍卖会试试,"他说,"看看能捡到些什么。"

"祝你好运。"奈德说。

他说的拍卖是一个储藏仓库拍卖会。和大多数古董行当的生意人一样,山姆每周会去参加两三个这样的拍卖会——来回奔波在本市和周边城镇附近的仓库聚集地之间。这些仓库通常都坐落在这个或那个废弃的路边商业街上。山姆的名字存在一个邮件服务列表里,会收到自动发送的所有省内拍卖信息,标注着邮编。他只参加力所能及范围内的拍卖,就是不远于两个小时车程的那些。更远的话,回报就抵不上支出了,或者收支无法平衡。有时候幸运的竞拍者会发笔横财,谁知道什么时候一副被灰尘和油漆遮蔽的大师真迹名画会出现？或是一盒某个死去名人写给秘密情人的情书，或是一堆人造首饰其实竟然是真的。最近这种真人秀很流行，抓拍人们打开某个空间，然后宾果！伴随着喔喔啊啊的惊叹声，他们发现了某些改变人生的超级巨变。

这种情况在山姆身上从未发生过。不过，赢得拍卖，获得一把锁着的仓库的钥匙，打开仓库门这一过程还是令人兴奋。他期待着宝藏，因为无论仓库里面有什么垃圾，曾经都一定是宝藏，不然人们不会费事来储藏它们。

"我大概四点回来。"山姆说。他总是告诉奈德他预计到达的时间。这是他禁不住要为自己设想的情节而留下的小线索。他说他会四点回来。不，他看起来并没有为什么事情不高兴。不过他也许是有些紧张。问了我之前来店里的一个奇怪的家伙的情况。那家伙穿皮衣，对书桌感兴趣。

"需要货车的话给我发短信。"奈德说。

"希望有值得需要货车去拉的东西。"山姆说。仓库必须在二十四小时内清空，你不能把不想要的废物留在那里：赢了拍卖，东西就归你了。仓库的人可不会费心费力把你新买的废物运到垃圾场去。

山姆和奈德不言自明的协议是，山姆负责搜寻像样的家具，奈德负责加工美化。山姆的确在搜寻，为什么不呢？山姆希望自己在家具行当里能发挥得比上次好些。上次他弄回来的是一堆各式各样的废物：一把坏吉他，一张只有三条腿的桥牌桌，一只游乐场打靶游戏奖品的巨大毛绒泰迪熊，还有一套**加拿大弹棋**[1]。这套弹棋是唯一有点价值的东西，因为有人收集古老的棋类游戏。

"小心开车。"奈德说。他发短信让我把货车开过去。那时是 2 点 36 分。我知道，因为我看了钟。就是那边那个装饰艺术钟，看到吗？时间可准了。然后，我就不知道了，他就这么消失了。

他有什么对头吗？

我只不过是在这儿工作的。

不过他的确说过……是的，告诉过我他和他老婆吵了一架。应该是叫格温妮丝的。我自己不怎么认识她。早餐时吵的，丢下她走了。这是迟早的事。让他束手束脚的，从来不给他足够的空间。是的，嫉妒，占有欲强，他跟我提过。她认为他的屁股散发着阳光，总是缠着他。她会不会，她有没有过……暴力？不，他从没那么说过。只有一次她向他扔过酒瓶，空酒瓶。不过有时候她们会失去控制，她们那样的女人。失去理智，发疯。

他用假想自己尸体被发现的方式来自娱自乐。赤裸的还是穿着衣服？在室内还是在室外？凶器是刀还是枪？独自一

---

[1] 加拿大弹棋（crokinole）是一款类似曲棍球的桌面游戏，玩家将他们的圆片弹入游戏板中心的洞中得分。

人吗？

这一次车子发动了，山姆觉得这是个好兆头。他歪歪扭扭地向或许还没有封闭的**加德纳高速公路**[1]开去——果然还没有，也许真的有上帝——然后又向西行进。信封里的地址是位于**密西沙加**[2]的一个大型商业仓库区，并不是太远。但交通状态烂透了。为什么到了冬天，人们开起车来就像是用脚在握方向盘？

他提早到达了指定地点，停下了车，走进办公室登记。每件事都和平常一样。现在他要在附近闲逛到拍卖开始。他讨厌这大片大片的死寂时空。他看了看手机短信。杂七杂八，还有格温妮丝，发短信问：明天见面？我们把这事儿敲定吧。他没有回复，但也没有删除。让她等着。他想出去抽根烟，但努力抵御着这种诱惑。他已经正式戒烟五个月了，而且已经是第四次戒了。

又有一些人鱼贯而入，但也并不是很多。人越少越好，竞争不会太激烈，出价也会比较合适。这里对游客来说太冷了——没有夏天古董拍卖会的气氛，没有热门华丽的电视真

---

[1] 加德纳高速公路（the Gardiner）是位于多伦多东部地区的一条高速公路，走线大致跟随安大略湖的湖岸线。
[2] 密西沙加（Mississauga）是安大略省的一座城市，位于多伦多以西的皮尔区，安大略湖的北岸，是大多伦多地区的一部分。

人秀风格。只有中等数量的一群人，不耐烦地站在附近，有的手插在兜里，有的看着手表或手机。

现在又来了一些其他古董商，有几个是他认识的。他向他们点了点头，他们也向他点头示意。他和他们都做过生意——他在拍卖里赢得的一些东西并不符合他的市场定位，但符合他们的。他没做过多少维多利亚时期风格的东西，它们对公寓房来说太大了。他也没做过多少战争时期的东西，那些大都圆胖难看，而且太褐红色了。他喜欢线条简洁的东西。更轻巧，不那么沉闷。

拍卖商迟了五分钟才匆匆忙忙地跑了进来，拿着一杯外卖咖啡和一袋甜甜圈，有些恼怒地看了一眼寥寥无几的到场人，然后打开了手持麦克风——其实他并不需要这玩意儿，这并不是一场足球比赛，但是拿着麦克风能让他觉得自己很重要。今天有七个仓库要拍卖，七个毫不关心也没有到场的仓库拥有者。山姆为五个出了价，赢得了四个。他让出了第五个，因为这样更可信一些。他真正想要的是第二个，第56号——正是信封里的号码，储藏着秘密货物的仓库——但他总是会为好几个仓库出价。

拍卖仪式结束之后他和拍卖商结清了款项，拍卖商递给他四把仓库的钥匙。"里面的东西要二十四小时内运走，"那男人说，"一扫而空，这是规矩。"山姆点了点头。他知道规矩，但是没必要回嘴。这家伙是个混账，曾经受训成为狱警或是政治家或是其他自命不凡发号施令的角色。不是混账的话，他可能会分给山姆一个甜甜圈——那家伙肯定不可能吃完一整袋，减减肥对他有好处——但这种乐善好施的行为并没有发生。

山姆走向了附近的商场，竖起衣领抵挡狂风，用围巾包住了下巴，给自己买了一杯加了双份奶油和糖的**蒂米家**[1]咖啡，又买了一包巧克力霜的甜甜圈，然后从容不迫地走回仓库检查自己买到的东西。他喜欢等到其他买家都离开，不希望有人在他身后张望。他会把第56号留到最后，那时所有人应该都已经走了。

第一个仓库里堆着满满的硬纸箱。山姆打开看了几个：妈的，里面大多是书。他完全不知道该怎样评估书的价值，所以他会把这些转卖给他认识的一个书籍专家。如果真有什么有价值的东西，山姆会收个提成。那家伙说如果书里有作者的签名，有时候是件好事，但如果这作者没人认识，就没什么用。如果作者已经死了，有时候也是好事，但这种情况并不常见，作者同样必须有名气。艺术书籍通常都不错，不过也要看情况。很多时候这类书都很少。

下一个仓库里只有一辆旧摩托车，是那种轻型的意大利

---

[1] 蒂米家（Timmy's）是指加拿大非常著名的连锁咖啡店蒂姆·霍顿（Tim Hortons），价格低廉，被称为加拿大本土的星巴克。

三轮摩托。对山姆来说没有用,但也许有人会需要。实在没别的用处,也可以拆成零件。他没有逗留。没必要把自己的蛋都冻掉。这些仓库里都没有暖气,而气温还在下降。

他找到了下一个仓库,把钥匙插进了锁里。第三次会有好运:万一这是个宝库呢?他依然会为了未知的可能而兴奋,尽管他知道这就像是相信牙仙。他拉起了卷帘门,打开了灯。

面前出现了一条白色的婚纱,裙摆像一只巨大的钟,还有大大的泡泡袖。裙子包在一只干净的塑料拉链袋里,就像刚刚从店里买来的样子,甚至看起来都没有穿过。袋子底部塞着一双看起来全新的白色缎面鞋,袖子上别着白色的带纽扣及肘长手套。它们看起来很邪门——突出了头部的缺席。不过还有一条白色的头纱,现在他看到了,环绕在裙子的肩部位置,就像一块披肩,上面串着白色的人造花环和芥子珠。

谁会把自己的婚纱放在储藏仓库里?山姆想。女人们不会这么做。也许她们会把婚纱放在衣橱里,或是大箱子之类的地方,但不会是仓库。让他想想,格温妮丝把她自己的婚纱放在哪儿了?他不知道。那条婚纱可不像这一条这样精美。他们没有大张旗鼓,没有办大型的教堂婚礼,格温妮丝说那样大操大办实际上是为了父母,而她的父母都已经死了,山姆的也是,反正他是这么告诉她的。没必要让他的母亲哇里哇啦地和格温妮丝东拉西扯，描述他人生中有趣的起起伏伏，还有他更年轻时不那么有趣的来龙去脉。这只会让她困惑。她不得不在他描绘的事实和他母亲描绘的事实中做出选择，这会毁了浪漫的氛围。

所以他们只是去市政厅办了手续，然后山姆就一阵风地把格温妮丝带到了开曼群岛，度了一个梦一般的蜜月。下海游泳，出海嬉戏，在沙滩上翻滚，看月亮。早餐桌上摆满鲜花。日落时分在酒吧手牵着手，为她斟满冰凉的**台克利酒**[1]——那是她的最爱——在清晨做爱，从脚趾开始吻遍她的全身，就像蛞蝓爬过卷心菜叶。

哦，山姆！这太……我从没想过……

放松。这就对了。把你的手放在这里。

这些花费并不是难以负担。当时他全都付得起，海滩、美酒，短期内他很有钱。现金流总是起起伏伏，这是自然规律，而他的信条是有钱就花。他就是在那时用百元大钞撒满格温妮丝全身的吗——在蜜月的时候？不，他稍后才用了这一招。

他把婚纱搬到了一边。裙子很硬，磨来磨去，噼啪作响。仓库里还有更多的婚礼用品：一个小床头柜，上面放着一大束手花，绑着粉红色的缎带。大多是玫瑰，但已经干得

---

[1] 台克利酒（daiquiri）是一种用朗姆酒、酸橙汁或柠檬汁调制的鸡尾酒。

像骨头一样了。另一边，在白裙子后面，还有一张配套的床头柜，上面放着一只巨大的蛋糕，盖着糕点店常用的球形罩。蛋糕上抹着白色的糖霜，还有翻糖做的粉玫瑰和白玫瑰，顶上放着小小的新娘和新郎。蛋糕没有切过。

他渐渐有了种奇怪的感觉。他从裙子边挤了过去。如果他想的没错，应该会有些香槟酒：婚礼上总是有香槟酒的。没错，就在这儿，有三个纸板箱，没开封。香槟酒竟然没有冻成冰胀破瓶子，真是个奇迹。香槟旁边还有几盒香槟杯，也没开封，都是玻璃的，不是塑料的，质量很好。还有几盒白瓷盘子，一大盒白色的餐巾——布的，不是纸巾。有人把他们的整个婚礼存放在了这里。一场奢侈的婚礼。

纸板箱后面还有一些行李箱——全新的行李箱，一整套，樱桃红色。

而行李箱之后，在最远、最暗的角落里，是新郎。

"我靠！"山姆大声说。因为冷，他呼出的气在面前化作一团白雾。也许正是因为冷，所以他没有闻到什么异味。现在他注意到，其实是有一股淡淡的味道，有点甜——也许是因为蛋糕——还有点像臭袜子，那种放了太久的狗粮的感觉。

山姆用围巾包住了鼻子。他觉得有些恶心。这真是疯了。无论是谁，把新郎扔在这里的家伙一定是个危险的疯子，变态的恋物癖。他现在就应该离开。他应该叫警察。不，他不能。他可不希望他们去检查他的最后一个仓库，第

56号——那个他还没有打开的仓库。

新郎穿着全套礼服：黑色正装西服，白衬衫，打着领带，纽扣上别着枯萎的康乃馨。他有礼帽吗？山姆没看到，但他猜测礼帽一定在什么地方——在行李里，他打赌——因为无论是谁做了这一切，一定是奔着做足全套去的。

除了新娘：这里没有任何新娘。

这男人的脸看起来脱水了，就好像木乃伊一样风干了。他被裹在好几层透明塑料里，也许是个衣物袋，就和装婚纱的那个袋子一样。是的，袋子上还有拉链；接缝处都小心地用包装胶带封住。透过透明塑料，新郎看起来似乎在波动，就像在水下一般。他的双眼紧闭着，这一点令山姆感激不尽。这是怎么做到的？尸体的眼睛不是应该一直睁着吗？是用万能胶？还是透明胶带？他有种奇怪的感觉，这男人他很熟悉，好像是他认识的某个人，但这肯定不可能。

山姆小心地退出了仓库，拉下卷帘门上了锁。然后他拿着钥匙站在仓库门前。他妈的现在他应该拿这个干尸新郎怎么办？他不能把他留在这儿，锁在仓库里。他买下了这场婚礼，这属于他，搬走这一切是他的责任。他不能让奈德派货车来搬，除非奈德自己开车——奈德值得信赖，绝不会吐露一个字。但是奈德从来不会自己开车，他们用的是一家叫车服务公司。

就算他让奈德从另一家公司租一辆货车自己开过来，就算他在这里一直站在仓库外等到奈德抵达（因为不希望有其他什么人来多管闲事），就算他待在这里，在即将降临的夜色中冻得瑟瑟发抖，然后他们把整个婚礼都装进了货车，带回了店里——就算这一切都成功了，接下来又应该怎么做？他们把这个缩成一团的可怜家伙带到野外的什么地方埋了？踏过岸边的冰层，把他扔进安大略湖？冰层很有可能会断裂，把他们淹死。就算他们把这些都搞定了，他也肯定会动摇不已。凶案仓库里神秘的木乃伊新郎。婚礼上可疑的反常怪客。惊天婚礼：她嫁给了僵尸。

没有上报发现尸体——这不是重罪吗？更糟糕的是，这家伙一定是被谋杀的。如果不是先被谋杀了，你肯定不会发现自己穿着时髦的正装婚礼服，被裹在好几层塑料里，塑料袋拉链上还封着胶带。

正当山姆考量着各种可行的选项时，一个高个子的女人从街角走了过来。她穿着那种内衬带羊毛的羊皮大衣，兜帽盖着金发。她几乎是跑过来的。现在她站在了他的面前，看起来很紧张，尽管她试着掩饰。

那么，他心想，这就是失踪的新娘。

她抓住了他的胳膊。"不好意思，"她说，"你是刚刚买下了这个仓库里的东西吗？在拍卖会上？"

他对她微笑，睁大了蓝色的大眼睛，把视线放在她的嘴上，又轻轻向上移了一点。她几乎和他一样高，而且足够强壮，自己就能把新郎拖进仓库，就算他还没风干也一样。

"正是我，"他说，"我认罪。"

"但你还没打开吧？"

这是做决定的时刻。他可以递给她钥匙，说："我看到你的烂摊子了，自己把它清理干净。"他可以说："不，我打开过了，我要叫警察。"他可以说："我匆匆扫了一眼，看起来是个婚礼，你的？"

"没有，"他说，"还没呢。我还买了几个别的仓库。这会儿我正要打开这个呢。"

"无论你付了多少钱，我给你双倍，"她说，"我不想卖它，但出了岔子，支票寄丢了，而我又正好在外面做生意，没有及时收到通知。我乘了能赶上的最早一班飞机，但又因为风暴在芝加哥被困了六个小时。漫天大雪啊！然后从机场过来的路又太堵了！"她说完，紧张地咯咯一笑。她一定已经预先排练过这套说辞，一股脑儿地用一个长句子说了出来，就像一长条电报纸。

"我听说了，"他说，"芝加哥的风暴。真是太糟糕了。我很遗憾你被耽搁了。"他没有回应她的报价。它悬在他们之间的空气中，就像他们呼出的气。

"接下来风暴要转到这儿了，"她说，"是场严重的暴风雪。它们总是向东转移。如果你不想被困在这儿，最好赶紧上路。我会帮你加快速度的——我付你现金。"

"谢谢,"他说,"我还在考虑。话说里面到底有什么啊?肯定是很贵重的东西,既然对你这么重要。"他很好奇她会怎么说。

"就是一些家族遗物,"她说,"我继承的东西。你知道,水晶、瓷器,是我奶奶的。一些搭衣服的首饰。对我有纪念意义。但你卖不了多少钱。"

"家族遗物?"他说,"有家具吗?"

"只有很少几件,"她说,"质量不怎么样。都是老家具。没人会要的。"

"但我就是做这个生意的,"他说,"老家具。我开了一家古董店。很多时候人们并不知道自己拥有的东西的价值。在接受你的出价之前,我最好还是先看一看。"他又把目光移到了她的嘴上。

"我出三倍的价钱。"她说。现在她在发抖。"现在太冷了,你没法翻看仓库。我们为什么不在暴风雪来袭之前离开这儿?我们可以去喝一杯,再去,我不知道,吃顿饭或者别的什么?我们可以好好谈一谈。"她对他微笑着,暗送秋波的微笑。她的一缕发丝垂了下来,在她的嘴唇前飘荡。她慢慢地把它拂到耳后,然后垂下眼帘盯着他皮带的方向。她在层层加码。

"好吧,"他说,"听起来不错。你可以给我再说说那些家具。但是如果我接受了你的出价，仓库得在二十四小时内清空。不然他们会自己来清空的，还会扣我的清理费押金。"

"喔，我保证会清空的，"她说。她把手滑进了他的胳膊。"不过我需要钥匙。"

"别急，"山姆说，"我们还没谈好价格呢。"

她看着他，不再微笑了。她知道他已经知道了。

他不应该兜圈子。他应该拿上钱赶紧跑路。但是他正在兴头上。一位真正的女凶手，正对着他献殷勤。太刺激，太冲动，太性感了。他已经很久没觉得这么生机勃勃了。她会试着在他的饮料里下毒吗？把他带到一个阴暗的角落，抽出一把小折刀，直取他的颈静脉？他能足够迅速地攥住她的手吗？他想去一个有其他人的安全的地方，向她展示他所知道的一切。可以这么说，他想要在她意识到自己已被他扼住了喉咙的时候看着她的脸。他想要听她诉说这个故事。或者这些故事——她肯定不会只有这一个故事。他会这么做的。

"离开这里，向右转，"他说，"走过下一个红绿灯口。那里有个汽车旅馆——叫白银骑士。"他熟悉自己参加拍卖的所有仓库附近的汽车旅馆酒吧。"我跟你在酒吧碰头。先去喝一杯。我得看看我的另一个仓库。"他差点就要说："到了之后开个房间，因为我们都知道这是要干什么。"但这样说就操之过急了。

"白银骑士，"她说，"旅馆外面挂着一个白银骑士吗？

骑着马准备拯救佳人?"她在尝试用轻柔的方式活跃气氛。又是一阵笑声,略微有些上气不接下气。山姆没有用相同的方式回应她,而是选择了苛责地皱了皱眉头。别以为你可以用这一套把我哄过去,女士。我是来收获的。

"你不会错过的。"他说。她会放他的鸽子吗?让他独自面对尴尬的失败?没人知道该如何找到她,除非她犯了错,用真名租了仓库。让她离开他的视线是个冒险,但他需要冒这个险。他百分之九十九地确定,当他抵达白银骑士的时候,她会坐在吧台等他。

他给奈德发了短信:路上太堵了。他妈的暴风雪。我们上午再提货。晚安。他有种强烈的冲动,想把手机的 SIM 卡拔下来,塞进干尸新郎胸前的口袋,但他抑制住了这种冲动。不过他的确离了线——不是黑色,而是深灰色。

我不知道,警官。奈德会说。他在仓库给我发了短信,大约四点左右。他那时很好。他本应该第二天早上来店里,我们一起开货车去清空仓库。但之后就没消息了。

什么穿着礼服的干尸?真的?他妈不是吧!我可真不知道。

一码归一码。首先,他得打开第 56 号仓库。所有的东西都在:几件家具,成色很不错,是那种他们在迈特拉索能再卖出去的东西。魁北克风格的松木摇椅。两个五十年代的茶几,看起来是红木的,茶几腿是细长的黑檀木。它们之间还有一张手工艺书桌。一众封好的白色小塑料袋就在右手边的三个抽屉里。

很完美，真的。完全可以否认一切。没有任何证据可以追踪到他。我一点都不知道它是怎么来的！我是在拍卖会上买的这个仓库。我赢了竞价，任何人都可能买到它的。我跟你一样惊讶不已！不，我把它带回店里之前并没有开过抽屉，我为什么要开？我卖的是古董，不是抽屉里的东西。

然后终端买家会来买走书桌，很可能是周一的时候，一切交易就完成了。他只是个投件箱，他只是个送货员。

奈德也不会打开抽屉。他对于哪些抽屉不应该打开有种高度发达的敏感。

山姆可以把这单货安全地留在原地——明天中午之前都没人会来管这个上锁的仓库。他和他的货车在那之前就会上路了。

他又看了一下手机：有一条新短信，是格温妮丝。我错了，请你回来吧。我们可以好好谈谈。他心中涌起一股怀旧之情：这种熟悉感，温暖、舒适又安全。安全已经足够了。知道这一切在等待着他真好。但是他没有回复。他需要体验他即将迎来的这段自由落体般的时间。期间什么都有可能发生。

当他走进白银骑士的酒吧时，她正等在那里。她甚至点了一杯酒。他为这迅速的默许而欢欣不已。现在她已经脱掉了大衣，穿着她这种女人应该穿的颜色：黑色，寡妇的黑色，蜘蛛的黑色。这和她灰金色的头发很相衬。她的眼睛是淡褐色的，睫毛长长的。

她微笑着看他在她对面坐下，但她的笑容很节制，带着淡淡的忧郁。在她面前是一杯白葡萄酒，几乎没动过。他也点了一杯一样的。一阵停顿。谁会先开口呢？山姆颈后的所有汗毛都警觉地竖着。在她脑后墙上的平板电视里，暴风雪正无声地席卷他们，就像一大波婚礼上的五彩纸屑。

"我想我们大概困在这儿了。"她说。

"让我们为这个干一杯，"山姆睁着大大的蓝眼睛说。他直接凝视着她，举起了玻璃杯。她除了也举起杯子之外还能做什么？

是的，就是他，毫无疑问。那晚上我在酒吧值班，暴风雪的那个晚上。和他在一起的是个穿黑裙子的金发辣妹，他们看起来可亲密了，如果你懂我的意思。没看到他们离开。你想不想打赌等雪化了之后他们会在一个雪堆里找到她？

"那么，你看了里面。"她说。

"是的，我看了，"山姆说，"他是谁？发生了什么？"他希望她不会哭起来——那会让他失望的。她没有，她只是下巴打了个颤，咬了咬嘴唇。

"那很糟糕，"她说，"那是个错误。他本不该死的。"

"但他还是死了，"山姆用一种友好的声音说，"这种事情会发生的。"

"哦是的，是会发生。我不知道该怎么说，听起来太……"

"你可以信任我。"山姆说。她并不相信，但她会假装。

"他喜欢被……克莱德喜欢被勒住。并不是说我也喜欢。但我爱他，我那时爱着他，所以他想做什么我都愿意。"

"当然。"山姆说。他希望她没有说出木乃伊新郎的名字——克莱德听起来很蠢。他更希望他是个无名氏。显然她是在骗他，但她撒了多少谎呢？就他自己撒过的谎而言，如果可能的话，他喜欢尽量不与事实偏离得太远——这就意味着不用编织太多东西，也不用记住太多东西——所以也许她说的有一部分是真的。

"然后，"她说，"接着他就这样了。"

"接着他就怎样了？"山姆说。

"接着他就死了。一阵痉挛，我以为他只是在，你知道的……跟他平常一样。但这次太过。然后我不知道该做什么。那是我们婚礼的前一天，我为整个仪式计划了好几个月！我跟所有人说他给我留了张纸条，然后就消失了，他临阵脱逃了，他抛弃我了。我太难过了！所有东西都送来了，婚纱、蛋糕，所有的东西，而我，好吧，这听起来很怪，但我给他穿戴妥当，纽扣孔上别了康乃馨，什么都弄好了，他看起来帅极了。然后我把所有东西都运到了这个仓库里。我当时脑子里一团乱麻。我对这场婚礼期待了这么久,好像把所有东西都放在一起,就能像我终于经历过婚礼了一样。"

"你自己把他搬进去的?还有蛋糕和其他所有东西?"

"是的,"她说,"并没有那么困难。我用了滑轮车。你知道,用来运重箱子,还有家具和其他东西。"

"真是擅用资源,"山姆说,"你是个聪明的姑娘。"

"谢谢。"她说。

"好一个故事,"他说,"没多少人会相信它的。"

她垂下眼帘看着桌子。"我知道,"她小声说。然后她抬起头来。"但是你是相信的,不是吗?"

"我不擅长相信故事,"山姆说,"不过姑且算我相信这一个吧,目前来说。"也许之后他会从她那里得知真相的,也许不会。

"谢谢。"她又说了一遍。"你不会说出去吧?"颤抖的微笑,紧咬的嘴唇。她真是会演。实际上她做了什么?用香槟酒瓶猛击他的脑袋把他砸倒?给他打了一针过量的毒品?这里面涉及了多少钱,是以什么形式?肯定是因为钱。她是不是偷走了这可怜的家伙银行账户里所有的钱,被他发现了?

"我们走吧,"山姆说,"电梯在左边。"

房间里很暗,只有街上微弱的光透进来。路上所剩无几的车辆低沉地开过。雪真的来了,轻柔地洒落在窗户上,就像一队小小的神风敢死队老鼠撞在玻璃上,想要试着冲进来。

把她抱在怀里——不,是把她压在双臂下——是他做过的最刺激的事。她周身散发着危险的轰鸣,就像高压电线。她就是原始接口,她就是他自身无知的总和,是他不明白也不会明白的一切事物的总和。一旦松开她的一只手,一旦转过身,他也许就会死。现在他是在逃命吗?她粗重的呼吸声正追逐着他?

"我们应该在一起,"她正在说,"我们应该一直在一起。"她对另外那个人也是这么说的吗?那个和他相似的男人,变成了可怜的木乃伊?他紧抓住她的头发,咬住了她的嘴唇。他还领先,他正在赶超她。再快点!

没人知道他现在身处何方。

我梦见泽尼亚和她的鲜红獠牙 [1]

---

[1] 本篇中的人物均出自作者的长篇小说《强盗新娘》(*The Robber Bride*)。

"昨晚我梦见了泽尼亚。"查丽丝说。

"谁?"托尼问。

"哦,该死!"洛兹说。查丽丝那只神秘的黑白相间的狗,韦达,刚刚用她满是污泥的爪子在洛兹的新大衣前襟上抓拉了几下。这是件橙色的大衣,也许并不是最好的选择。查丽丝声称韦达拥有特殊的洞察力,她的爪印是一种讯息。韦达在试着跟我说什么呢?洛兹心想。你看起来像个南瓜?

现在是秋天。她们三个正踏着山谷中干枯的落叶,进行每周的例行散步。这是她们定下的规矩——多运动,提高细胞的自噬水平。洛兹在牙医候诊室的一本健康杂志上读到过关于这方面的内容:你的一部分细胞会吃掉另一部分病态或老化的细胞。这种细胞之间的同性相残据说能帮助你活得更长久。

"你是什么意思,'该死'?"查丽丝说。她满是皱纹的脸又长又白,卷卷的头发也又长又白,看起来比从前还要像一只羊,或者说像一只安哥拉山羊,托尼心想——比起泛指她更喜欢精确的表达。那种陷入内心深处的沉思表情。

"我不是在说你的梦,"洛兹说,"我是说韦达。坐下,韦达!"

"她喜欢你。"查丽丝温情地说。

"坐下,韦达!"洛兹带着一丝不耐烦说。韦达跳着跑开了。

"她真是精力充沛!"查丽丝说。她刚刚做了三个月的狗主人,但已经觉得无论这只小杂种狗做什么烦人的事都是那么可爱。你简直要以为它是她亲生的。

"真不错!"托尼说,她有时也这样回应她的学生。她现在已经荣誉退休了,但还在教一门研究生研讨课——"早期军事工业技术"。他们刚刚讲完蝎子弹——这个主题总是很受欢迎——现在正在讲**匈奴大帝阿提拉**[1]的复合短弓,是用骨头来加固的。"泽尼亚!真他妈的不敢相信!她从坟墓里偷偷溜出来的吗?"

她透过圆圆的眼镜片瞥着查丽丝。二十多岁时,托尼看起来就像个小精灵。她现在仍然像,但已经是个压扁的干花小精灵了。更像纸片,又薄又干。

---

[1] 匈奴大帝阿提拉(Attila the Hun,406—453)是匈奴史上最伟大的领袖和皇帝,被史学家称之为"上帝之鞭"。匈奴帝国在阿提拉的带领下,版图到了盛极的地步:东起自咸海,西至大西洋海岸;南起自多瑙河,北至波罗的海。

"她是什么时候死的?"洛兹说,"我已经记不得了。这是不是很糟?"

"1989年初,"托尼说,"或者1990年。柏林墙倒下的那段时间。我还有一块柏林墙的碎片呢。"

"你觉得那是真的?"洛兹说。"那时候人们从什么东西上面都能切下水泥!就像**真十字架**[1],或是圣指骨,或是……或是假的劳力士手表。"

"那是个纪念品,"托尼说,"不需要是真的。"

"在梦里时间不一样,"查丽丝说,她喜欢在不清醒的时候解读自己脑中的讯息,不过罗斯觉得有时候很难说她清醒与否会有什么不同。"在梦里,没有人死,真的。这是那个男人……他说的,在梦里时间总是在现在。"

"那可不太让人放心。"托尼说。她喜欢所有东西都各归其位。钢笔在这个罐子里,铅笔在那个罐子里。蔬菜在盘子的右边,肉在左边。活人在这里,死人在那里。如果相互渗透太多,摇摆不定——很容易让人头昏。

"她穿什么衣服?"洛兹问。还活着的时候,泽尼亚总是打扮得令人惊艳。她喜欢性感的深褐色和绛紫色。她拥有那种魅力,而洛兹有的只是优雅。

---

[1] 真十字架(The True Cross)是基督教圣物之一,据信是钉死耶稣基督的十字架。

"皮衣,"托尼说,"还拿着一只银柄的鞭子。"

"只是裹尸布一样的东西,"查丽丝说,"白色的。"

"我很难想象她穿白色。"洛兹说。

"我们没用裹尸布,"托尼说,"火化的时候。我们选了一条她自己的裙子,记得吗?好像是件小礼服。黑色的。"泽尼亚反过来念是亚尼泽,听起来像个西班牙名字。泽尼亚身上一定有西班牙元素——就像如果她是个歌手,就一定是女低音。

"你们两个选的,"洛兹说,"要是我就把她装进麻袋。"她提出过麻袋的主意,但查丽丝争辩说需要合适的祭服——不然泽尼亚可能会充满忿恨,阴魂不散。

"好吧,也许不是裹尸布,"查丽丝说,"更像是一件睡袍。有点轻飘飘的。"

"发光吗?"托尼感兴趣地问。"像**灵魂虚质**[1]一样?"

"鞋子呢?"洛兹说。在洛兹的生活中鞋子曾经是非常重要的一个部分——昂贵的高跟鞋——但脚趾瘤和拇囊炎终结了这种生活。当然,休闲鞋也很不错。她也许会买一双那种每个脚趾都分开的新鞋。它们会让你看起来像一只青蛙,但据说非常舒服。

---

[1] 灵魂虚质(ectoplasm)据信为神鬼附体者身上渗出的物质,可能形成死者的外形。

"当然，那其实只是染色的纱布，"托尼说，"她们用它来垫鼻子。"

"你到底在说什么呀？"洛兹说。

"她的脚并不重要，"查丽丝说，"重要的是……"

"我猜她有着滴血的獠牙。"托尼说。那是泽尼亚喜欢尝试的夸张风格。红色的隐形眼镜，蛇一般的咝咝声，爪子，整套装备。

查丽丝晚上不应该再看吸血鬼电影了。这对她不好，她太容易受影响。托尼和洛兹都这么想，所以在吸血鬼之夜她们会去查丽丝家陪她，至少这样她就不用一个人看电影。查丽丝会泡好薄荷茶，炸好爆米花，然后她们就像青少年一样嘴里塞满爆米花（偶尔还会喂给韦达一把），眼睛紧盯着屏幕。音乐变得恐怖起来，眼睛变得鲜红或泛黄，牙齿伸长，披萨酱一般的血浆喷涌而出，洒在目之所及处的所有东西上。每当狼发出声音，韦达也跟着嚎叫起来。

为什么她们三人会沉溺于这种幼稚的追求？这是某种恐怖的替代品吗？来替代逐渐消失的性爱？她们似乎丢掉了在中年时期像积攒飞行里程积分一般努力积攒的所有成熟、经验和智慧，把它们统统抛在脑后，反而爱上了不负责任的暴饮暴食，把时间浪费在让肾上腺素爆棚的庸俗之物上。在这种奇怪的放纵狂欢之后，托尼要花上好些天来清理她羊毛开衫上的白毛——有些是韦达的，有些是查丽丝的。"晚上玩得开心吗？"韦斯特会这样问，而托尼会说她们不过是像往常一样闲扯了一大堆无聊的姐妹悄悄话。她不想让韦斯特觉得他错过了什么。

事情在渐渐失控——托尼发现这想法每天至少会在她脑中盘旋一次。疯狂的天气。残酷的充满仇恨的政治。无数的玻璃，就像三维镜子，或是攻城车一样高高升起。还有城市垃圾分类收集：谁能分清所有那些不同颜色的垃圾箱？应该把透明塑料餐盒放在哪儿？还有为什么瓶子底部的小数字无法提供值得信赖的指导？

还有吸血鬼。你曾经和他们站在一处就能认出他们——臭气熏天、邪恶无比还死不掉——但现在又有了品行端正的吸血鬼和声名狼藉的吸血鬼，还有性感迷人的吸血鬼和闪闪发光的吸血鬼，所有关于他们的老规矩都不管用了。曾经你可以依靠大蒜，升起的太阳，还有十字架。你可以一劳永逸地摆脱吸血鬼。但现在都不行了。

"实际上，没有那样的獠牙，"查丽丝说，"不过现在想来她的牙齿是有点尖尖的。还有点粉红色。韦达，住手！"

现在韦达正一边吠叫一边四处乱窜：脖子上没了束缚在山谷里游荡让她很兴奋。她喜欢把鼻子伸到落木之下，藏身在灌木丛后，躲开她们不被抓住，顺便藏起她的——该怎么说呢？查丽丝不赞同用"屎"这种粗俗的词。洛兹提议用"臭臭"，但查丽丝反对，说太孩子气了。那么用"消化道产物"？托尼建议。不，那听起来太学术太冷冰冰了，查丽丝说，应该是"她赠予大地的礼物"。

好吧，那就是藏起她赠予大地的礼物。而查丽丝会紧张地跟在她后面，攥着一只塑料垃圾袋（这些垃圾袋大多数时候派不上用场，因为查丽丝常常无法确定"礼物"的位置），像她现在正在做的那样不时无力地呼唤几声："韦达！韦达！到这儿来！好姑娘！"

"所以原来她在那儿，"托尼说，"泽尼亚。在你的梦里。那又如何？"

"你觉得这很傻，"查丽丝说，"但无论如何，她并没有来势汹汹或者什么的。实际上，她看起来还有点友善。她有个消息要告诉我。她说的是，比利要回来了。"

"死后的世界里消息一定传播得比较慢，"托尼说，"比利不是早就已经回来了吗？"

"不能确切地说是回来了，"查丽丝严肃地说，"我的意思是，我们并没有……他只是住在隔壁。"

"对于找安慰来说已经够近了，"洛兹说，"我真是搞不懂你到底为什么要把房子租给那个游手好闲的无赖。"

很久之前，在她们都要年轻得多的时候，泽尼亚从她们每个人那里偷走过一个男人。从托尼那里，她偷走了韦斯特，不过，往好的方面想，他曾经——至少托尼对自己灌输的官方版本是这样——并且仍然安全地扎根在托尼的房子里，摆弄着他那些电子乐设备，每分每秒都变得更聋一些。从洛兹那里，她偷走了米契，这并不太难，因为他从来就无法把裤子的拉链拉上。不过接着，在掏空了他的口袋，以及被查丽丝称为"他的完整灵性"之后，泽尼亚抛弃了他。于是他把自己溺死在了安大略湖里。他穿了救生衣，想让一切看起来像是一场翻船事故，但洛兹还是知道他是自杀。

她已经释怀了，或者说像个不再纠结于过去的女孩那样尽可能地释怀了，她也有了一个更好的丈夫叫山姆，在商业银行工作，更有幽默感，和她更相称。但是，伤疤依然存在，而且给孩子们带来了伤害，这是她无法原谅的部分，尽管她已经去看了心理医生，想尽力把往事一笔勾销。不原谅一个已经死去的人能有什么好处？

从查丽丝那里，泽尼亚偷走了比利。这也许是最残酷的盗窃，托尼和洛兹都这么想，因为查丽丝是如此信任泽尼亚，毫无防备地让她进入了自己的生活，因为泽尼亚遇到了麻烦，是个受到虐待的女人，得了癌症，需要有人来照顾她——这是她编造的故事——每一部分都是无耻的虚构。查丽丝和比利那时一起住在一座岛上的一所小房子，或者说更像一个小农舍里。他们养鸡。比利自己搭的鸡笼。他是个逃兵，并没有什么稳定的工作。

农舍里并没有太大的地方好给泽尼亚住，但查丽丝挤出了空间。她和那时住在岛上的避世公社里的人们一样，乐善好施、愿意分享。他们有一棵苹果树。查丽丝会做苹果蛋糕，还会用鸡蛋做其他烘焙点心。她是那么开心，而且还怀着孕。但接下来就发现，比利和泽尼亚一起远走高飞，所有的鸡都死了——全被用面包刀割了喉咙。那真是太卑劣了。

泽尼亚为什么要么做？所有那一切？洛兹的回答没什么大用：为什么猫要吃小鸟？托尼认为她是在练习自己的操控力。查丽丝坚信肯定有原因，潜藏于宇宙造物的某处，但她并不知道那到底是什么。

尽管泽尼亚费尽全力毁灭一切，洛兹和托尼还是分别找到了归宿，但是查丽丝没有。洛兹的理论是，因为她一直没能解开心结。托尼的理论是，因为她找不到足够蠢的人。但是不到一个月之前，谁出现不好，偏偏是那个许久不见踪影的白痴比利出现了，而查丽丝竟然把自己的复式公寓租了一半给他？这足以让你发狂，让你想顺着细小的灰色发根把自己的头发全都扯下来，洛兹心想。她自己每两周就会染一次发，染成好看的栗色，不会太鲜艳。如果你觉得染得太重了，这种染料还能洗掉。

查丽丝的复式公寓就是另一个故事了。远房表亲不应该死，托尼心想，或者就算真死了，也不该把钱留给查丽丝这样善良的傻瓜。

因为，现在查丽丝已经不再是前"**花童**"[1]，也不再是昔日的养鸡爱好者，天天只能靠剩面包、猫食和天知道岛上那座在夏天隔热性能极差的农舍里有的其他什么东西过活，日益贫瘠，最终体温过低，垂垂老矣，还要和她已经长大成人的女儿做斗争。她的女儿是渥太华的一名官员，总是想把她弄进某个养老机构里去。现在，因为查丽丝已经不再是培训中的街头棒球手，而是手头有了稳定的收入，比利就像被瞬间传送回来一般又出现在了她的生活之中。

这位远房表亲并没有留下什么巨额遗产，但她留给查丽丝的足够她搬离小岛了。本来，那里对她来说也越来越假斯文了，她说，翻新太多，搬进了不少自命不凡的家伙，那里已经不再能真正让她有认同感了。这笔遗产足够她摆脱进养老院的命运和剩面包，足够她买一栋房子。

查丽丝本可以选一间独立的房子，但有时候她也许是迷糊了——她是这么说的，让托尼忍不住私下在电话里对洛兹说"胡扯吧！"——她的想法是，她应该买一栋复式公寓，一半自己住，另一半租给某个，好吧，某个比她擅长摆弄工具的人，她可以降一些房租，只要这人能帮她做些保养和修理的活儿。和收市场价的房租比起来，技能交换要没那么唯

---

[1] 花童（flower child）是嬉皮士的别称，在六十年代的嬉皮士运动时，嬉皮士们喜欢在头上戴花，或者是向路人送花。在他们的眼中花是世界上最美好的事物，与他们所提倡的"爱与和平"十分吻合。

利是图，洛兹和托尼不觉得吗？

她们不觉得。但查丽丝把她们的建议抛到一边，在**克雷格分类信息网站**[1]上发了出租讯息，也许（托尼觉得）对她自己和她的品味描述得过分详尽了一些，简直就等于（洛兹觉得）是给比利这种道德沦丧的鸟人发了一张公开的邀请函。接着，变戏法似的，突然之间，他就来了。

韦达不喜欢比利，总是冲着他低声咆哮。这令人安慰，因为比起其他任何人来（包括她这两个认识最久的老朋友），查丽丝现在更关心韦达的意见。

正是托尼和洛兹把韦达送给了查丽丝。现在查丽丝住在**帕克戴尔**[2]——这一地区正迅速地变得高级起来，一直关注房价的洛兹说——从长远考虑这对查丽丝有好处，但是这种升级还远没有完成，你永远不知道会在街上遇到什么，更不用说毒品贩子了。而且，托尼说，查丽丝是如此天真，她对伏击毫无警觉。另外她也不喜欢开车，她更喜欢在城市里人烟稀少的地区步行闲晃，比如谷地、高地公园之类，和植物精灵谈心。天晓得她以为自己在干什么，洛兹说，只希望她

---

[1] 克雷格分类信息网站（Craigslist）是由创始人克雷格·纽马克（Craig Newmark）于1995年在美国加利福尼亚州的旧金山湾区地带创立的一个网上大型免费分类广告网站，涵盖的分类信息包括了婚介交友、求职招聘、房屋租赁买卖、二手产品交易、家政服务、地区活动指南等。

[2] 帕克戴尔（Parkdale）是位于加拿大多伦多西部的社区。

别把毒藤仙子当成自己最好的新朋友。

她们都不希望在报上读到查丽丝的消息:"老年妇女在桥下遭遇抢劫"、"善良的怪人遭到殴打"。一只狗可以起到威慑作用,而韦达是一只杂种猎犬,也许混了一些边境牧羊犬的血统,总而言之是一只聪明的狗。这是她们一边填着寻求搜救犬的清单一边做出的决定。只要稍加训练……

好吧,在她们安置好韦达一个月之后,托尼说,这个计划有个薄弱环节:查丽丝连只香蕉都无法训练。"但是韦达很忠诚,"洛兹说,"我打赌有韦达总比没有强。她叫得很响。"

"她冲着蚊子都会叫。"托尼郁闷地说。作为一个历史学者,她对所谓的预计结果并无信心。

韦达[1]的名字取自一位十九世纪的装腔作势的小说家,她一直全心全意地爱着狗,所以对查丽丝的新宠物来说,还能有什么更合适的名字呢?托尼说,是她取的名字。洛兹和托尼猜测有时候查丽丝会认为小狗韦达实际上就是装腔作势的小说家韦达,因为查丽丝相信循环,不仅仅是循环利用瓶子和塑料,还有灵魂实体。她曾经辩白说**麦肯齐·金总理**[2]

---

[1] 韦达(Ouida,1830—1908)是一位英国女作家的笔名,其真名为玛利亚·路易丝·拉梅(Maria Louise Ramé),生性喜爱动物,曾写过《弗兰德斯的狗》等多部与动物有关的小说。

[2] 威廉·莱昂·麦肯齐·金(William Lyon Mackenzie King,1874—1950)曾三度担任加拿大总理,在位时间长达二十一年,是英联邦历史上在位时间最长的一位总理。其肖像现在印于五十加元的纸币上。

相信他的母亲转世投胎到了他的爱尔兰猎犬身上，那时没人觉得这有什么奇怪的。托尼抑制住了冲动，没有回答：那时没人觉得这有什么奇怪的是因为那时根本没人知道这一点。他们知道了之后，就觉得这真是太奇怪了。

等洛兹散步结束一回家，就用手机给托尼打了电话。"我们要怎么做？"她问。

"关于泽尼亚？"托尼说。

"关于比利。那家伙是个变态。他谋杀了那些鸡！"

"谋杀鸡是一项公共事业，"托尼说，"不然就是我们被母鸡吞进肚里了。"

"托尼，严肃点。"

"我们能做什么？"托尼说，"她不是小孩子了，我们不是她的妈妈。她已经看起来恍恍惚惚神神道道了。"

"也许我该雇个侦探。查查比利有什么犯罪记录。在他把查丽丝埋在花园里之前。"

"那房子没花园，"托尼说，"只有个中庭。那他就不得不用地下室了。去五金店查查记录，看他有没有买过十字镐。"

"查丽丝是我们的朋友！"洛兹说。"别用这个开玩笑！"

"我知道，"托尼说，"我很抱歉。我只有在不知道该怎么办时才会开玩笑。"

"我也不知道该怎么办。"洛兹说。

"为韦达祈祷，"托尼说，"她是我们最后的防线。"

她们的例行散步是在周六,但现在是危急时刻,所以洛兹约了周三的午餐。

她们三个以前常常在一家叫做"毒药"的餐馆吃饭,在泽尼亚还在的时候。那时王后大道以西更新潮一些,有更多的绿头发,黑皮衣,更多的漫画书店。现在中端定位的服装连锁店搬了过来,尽管仍有一些残存的文身店和纽扣店,性用品商店也还屹立不倒,然而"毒药"早就关门了。洛兹预订了"王太后"咖啡馆。店面有些老旧和残破,但很舒服,和她们三人一样。

或者说和以前的她们三人一样。今天查丽丝一直局促不安。她摆弄着自己的泰式蔬菜炒河粉,一直看着窗外——韦达正被拴在门口的自行车栓上,不耐烦地等着。

"下一次吸血鬼之夜是什么时候?"洛兹说。她刚刚从牙医那里回来,因为敷着冰不方便吃东西。她的牙和她的高跟鞋一样都被抛弃了,原因也一样——肿胀和疼痛。还有花费!这就像是把钱铲进她张着的嘴里。从好的方面想,和以前的牙科比起来,现在去看牙已经令人愉快得多了。洛兹没有疼得打滚、汗流浃背,而是戴上了墨镜和耳机,听着有密林幽谷感觉的新世纪音乐,被一阵镇静剂和止痛药的波涛席卷。

"好吧,"查丽丝说,"实际上,吸血鬼之夜是昨晚。"她内疚地说。

"你没告诉我们?"托尼说,"我们本来可以过去陪你的。我打赌你一定做了关于泽尼亚的噩梦。"

"那是前天晚上了,"查丽丝说,"泽尼亚来到我的床边,坐在床尾告诉我要小心这个人……这个名字我不认识。听起来像个女人。一个火星人一样的名字,你知道的,Y字开头的。这一次她穿的是皮草。"

"哪种皮草?"托尼说。她猜是狼毛。

"我不知道,"查丽丝说,"黑白相间的。"

"天哪,"洛兹说,"然后你就一个人看了一部吸血鬼电影!真是胆大包天!"

"我不是,"查丽丝说,现在她的脸涨得粉红,"一个人看的。"

"哦,糟糕,"洛兹说,"别是和比利!"

"你们做爱了吗?"托尼问。这是个过于直接的问题,但她和洛兹需要探明敌情。

"没有!"查丽丝慌张地说,"我们只是友好地聊了聊!现在我已经觉得好多了,因为如果一个人不在眼前,你怎么才能真正原谅他呢?"

"他抱你了吗?"洛兹说,感觉自己就像自己的妈妈一样——不,像自己的奶奶。

查丽丝回避了这个问题。"比利觉得我们应该开一间家庭旅馆,"她说,"作为一项投资。它们接下来会很流行的。用公寓的一半。他可以做翻新的活儿,我可以做烘焙。"

"而且他会负责管钱,是不是?"洛兹说。

"泽尼亚告诉你的名字,有没有可能是**利比**[1]?"托尼说。泽尼亚一向擅长密码、谜语,还有影射。

"相信我这一次吧,别想了!"洛兹说,"比利就是个排水管。他会把你榨干的。"

"韦达对他怎么说?"托尼问。

"我得承认,韦达有点儿嫉妒,"查丽丝说,"我不得不……不得不隔离她。"她现在肯定是脸红了。

"把韦达锁在衣柜里,我猜。"托尼在电话里是这么对洛兹说的。

"形势太严峻了。"洛兹说。

她们设计了一个电话网:查丽丝每天会接到两个电话,她们分别打的,以便监控情况。但是查丽丝不再接电话了。

三天过去了。然后托尼收了到一条短信:**需要谈谈。请过来。对不起**。是查丽丝发的。

托尼捎上了洛兹,或者说其实是洛兹用她的**普锐斯**[2]捎

---

[1] 原文为Yllib,比利(Billy)的反写,正好是Y字开头。
[2] 普锐斯(Prius)是日本丰田汽车推出的一款混合动力汽车。

上了托尼。当她们赶到复式公寓时，查丽丝正坐在厨房桌前。她哭过了，但至少她还活着。

"发生了什么，亲爱的？"洛兹问。没有暴力的迹象，也许混蛋比利把查丽丝一生的积蓄都偷走了。

托尼看着韦达。她坐在查丽丝身边，耳朵竖着，舌头伸着。她胸前的毛上有什么东西，披萨酱？

"比利在医院，"查丽丝说，"韦达咬了他。"她的鼻子一抽。好狗，韦达。托尼心想。

"我来泡些薄荷茶，"洛兹说，"为什么韦达……？"

"嗯，我们正要……你懂的……在卧室。韦达一直在叫，所以我不得不把她关在楼上走廊的衣柜里。然后，就在那之前……我只是想知道。所以我说，'比利，谁杀了我的鸡？'因为那时候，泽尼亚告诉我是比利做的，但我一直不知道该不该相信，因为泽尼亚根本就是个骗子，而且我就是不能……和做过那种事的人……然后比利说，'是泽尼亚。她割了它们的喉咙，我试着阻止她的。'正在这时韦达就开始大声叫起来，就好像有人在打她，我不得不去看看到底是怎么回事，而我一打开柜门，她就飞奔出来跳到了床上咬了比利。他尖叫不止，床单上全是血，这真是……"

"这血用冷水可以洗掉的。"洛兹说。

"咬在腿上吗？"托尼问。

"不完全是，"查丽丝说，"他什么衣服都没穿，不然我相信她不会……但是他们做了手术。我觉得很糟糕。我在医院跟他们说，在他们把他推去急诊室之前……我说是我咬了他，是比利喜欢的性游戏，但做得太过了，他们很好，他们说这种事情会发生的。我讨厌撒谎，但是他们可能会，你知道，把韦达带走。我的压力太大了！不过至少现在我知道答案了。"

"什么答案？"洛兹说，"什么的答案？"

查丽丝清楚地描述了一切：泽尼亚来到她的梦里警告她小心比利，他正是杀鸡凶手。但是查丽丝太傻了，没有弄明白——她想要相信比利是好人，而且一开始她觉得他又回到她的生命中真是太好了，这就像是完成一个循环，或者类似的东西，所以泽尼亚不得不做出下一步举动，附到了韦达的身上——这就是为什么她在第二个梦里会穿着皮草——听到比利把她明明没有做过的事情怪罪到她身上时，她自然十分生气。

实际上，查丽丝说，也许泽尼亚的本意一直是好的。也许她偷走比利是为了保护查丽丝，不让这个坏家伙接近她。也许她偷走韦斯特是为了给托尼上一课，让她学会，好吧，关于音乐鉴赏之类的。也许她偷走米契是为了让洛兹找到更好的丈夫，山姆。也许泽尼亚是，就像是她们每个人神秘的另一重自我，帮她们实现她们自己没有勇气去实现的事。如果你这样来看……

最后托尼和洛兹同意了这种看法，至少在她们和查丽丝在一起的时候，因为这样会让查丽丝开心一些。要假装一只中等体型、黑白相间的狗是泽尼亚有些困难，特别是她还会用爪子蹭你的大衣，在木头后面拉屎。不过她们不用一直假装：泽尼亚时来时去，就像她过去那样难以预料，只有查丽丝能分辨泽尼亚什么时候在韦达身上，什么时候不在。

比利威胁要起诉查丽丝，但洛兹把这一企图扼杀了。本周内她随时都能让所有的律师对他敬而远之，她告诉他。多亏了她雇的侦探做了大范围的调查，让她掌握了他顺手牵羊、搞庞氏骗局、窃取他人身份的大量确凿证据。如果他认为他可以利用韦达来敲诈勒索，最好再仔细考虑考虑，因为到了法庭上，他说的话和查丽丝说的话，他觉得陪审团会相信谁？

于是比利去了别的地方，再也没有出现过。现在是一个友好的退休水管工住在查丽丝的另一半公寓里。他是个鳏夫，洛兹和托尼对他寄予厚望。他正在修整浴室，这是个开始。韦达认可他，在他待在水槽下面用扳手敲敲打打时总是试着钻到他身边，尽可能在他身上到处舔来舔去，恬不知耻地向他卖弄风情。

死手爱你

《死手爱你》始于一次玩笑。或者说更像一次"真心话与大冒险"的游戏。他本应该更小心一些，但实际上那段时间里他磕了相当多的大麻，还喝了不少劣等酒，所以无法承担全部责任。他也不应该承担责任。他就不应该履行那份他妈的合同里的条款。正是那玩意儿给他戴上了脚镣——那份合同。

他永远无法摆脱那份合同，因为上面没写该死的期限。他本应该加一条有效期条款，就像牛奶盒、酸奶瓶、蛋黄酱罐子上写的那样。但那时他对合同懂个什么啊？他那时只有二十二岁。

他那时需要钱。

只有很少的钱。真是个烂买卖。他妥妥被坑了。他们三个怎么能那样占他的便宜呢？尽管他们不肯承认这不公平。他们只会引用合同上的条款——他妈的合同，上面有不可否认的签名，包括他的——所以他只能认命，乖乖掏钱。一开始他拒绝支付，直到艾瑞娜找了个律师。现在他们三个都有了律师，就像狗身上缠着跳蚤。考虑到艾瑞娜曾经和他那么亲密，她本该放他一马，但没有，艾瑞娜的心就像沥青，炙烤在阳光下，年复一年愈加坚硬、干涸。金钱腐蚀了她。

他的金钱，正是因为他，艾瑞娜和其他两个人才有了足够的钱来请自己的律师。一流的律师，和他的一样好——倒不是说他想在这些律师之间掀起一场充斥着咆哮、谩骂和撕扯的混乱战争。顾客才是这群鬣狗一般的噬骨之徒永恒的早餐——他们轮番上来咬你一口，像雪貂、像老鼠、像食人鱼一般一点一点把你蚕食，直到你变成一块碎片、一丝肌腱、一片脚趾甲。

所以他不得不付钱，十年又十年。因为，正如他们理所当然地指出的那样，在法庭上他毫无机会。他已经在那份可恶的合同上签了字，用鲜红的热血签了字。

签合同的时候他们四个还是学生——并不是一贫如洗，不然他们也无法接受所谓的高等教育，而是会为着微薄的报酬修补被冻裂的道路，或是烤汉堡包，或是在充斥着呕吐物味道的廉价酒吧里出卖肉体——至少艾瑞娜会。但尽管不能算穷人，他们也没什么闲钱。他们靠着暑假打工和亲人不情愿的借款度日，而对艾瑞娜来说，是靠着微薄的奖学金。

他们最早是通过一个啤酒十加分一桶的空谈俱乐部认识的，常常聚在一起冷嘲热讽、埋天怨地、夸夸其谈——当然不包括艾瑞娜，她从不参与这种活动。她更像是个童子军女教官，当其他人烂醉如泥，想不起来零钱放在哪里或是滑头得根本就没带钱的时候，她会去付账。当然后来她把钱都要回去了。他们四人发现他们都想在住宿上省点钱，于是就在大学附近合租了一间房子。

那是六十年代初，那时学生也能在那个地区租到房子，房子大多是维多利亚风格的三层红砖联排小楼，狭小、尖顶，夏天闷热、冬天冰冷，破旧不堪、尿味弥漫、墙纸脱落、地板变形，暖气片嘎嘎作响，啮齿类动物泛滥成灾，蟑螂四处肆虐。那是在这些房子变成精心修复、价值连城的文化遗产建筑之前。还有人给房子订上了历史牌匾，这些蠢货无事可做，只会四处闲逛，给这些价格虚高、傲慢自大的房产订上牌匾。

他自己的这栋楼上也有一块牌匾——那失策的合同就是在这栋楼里签下的——上面令人惊讶地写着，他本人曾经在这里居住过。他知道他在这里住过，并不需要别人来提醒。他不需要看到自己的名字"杰克·达斯，1963—64"，就好像他只活了这他妈的一年，下面还用小小的印刷体标注着"享誉国际的恐怖经典《死手爱你》正是在这栋楼里写作而成。"

我又不是傻子！这些我都知道！他想对着这块蓝白相间的珐琅质椭圆牌匾咆哮。他应该忘记这一切，他应该尽可能忘记所有这些经历，但他不能，因为这一切都拴在了他的腿上。每当他进城参加某个电影展、文学展、动漫展、怪物展或者之类的什么活动时，都禁不住要来偷瞄一眼。一方面，这是对他签下合同这一愚蠢行为的提醒；另一方面，看到"国际、恐怖、经典"这三个词又令人可悲地让他感到满足。他对这牌匾太着迷了。无论如何，这是在对他人生最重要的成就致敬。不管这成就是个什么玩意。

也许在他的墓碑上也会这样写：《死手爱你》，享誉国际的恐怖经典。也许那些性感的十几岁小姑娘粉丝会拜访他的坟墓，她们画着哥特风的眼妆，脖子上文着弗兰肯斯坦一般针线缝补的痕迹，手腕上画着示意"割这里"的点和线，在他的墓碑前留下枯萎的玫瑰和漂白的鸡骨头作为献祭。她们已经给他寄过类似的东西了，他还没死呢。

有时候她们会潜伏在他参加的活动附近——在这些小组讨论上大家会期待他对所谓"类型小说"与生俱来的价值侃侃而谈，或是回顾由他的杰作催生而出的各种电影——她们穿着撕开的裹尸布，脸涂成恶心的绿色，把她们光着身子并且/或是脖子上绑着黑绳子吐着舌头的照片放在信封里，并且/或是把几缕阴毛放在透明小塑料袋里带来，表示希望能戴着吸血鬼的牙齿给他提供爽翻天的口交——这很前卫，但他一次也没有接受过。不过他无法拒绝其他的阿谀奉承。他怎么能拒绝呢?

这总是一场冒险,一场对自我的冒险。万一他在床上,或者在地板上、靠着墙、在一张绑着绳结的椅子上表现不佳——因为这些姑娘们喜欢适度的不适带来的刺激——该怎么办呢?万一她们一边调整皮内裤、重新穿上网袜、对着浴室镜子修补她们贴在身上的溃烂伤口,一边说"我还以为你会不一样"该怎么办?众所周知,这种事发生过,而且在岁月让他憔悴、传统早已过时之后愈加频繁。

"你把我的伤口弄坏了"——她们甚至这样说过。更糟的是,她们直抒胸臆,完全不是在说反话。噘着嘴,指责、鄙视。所以最好和这样的姑娘保持距离,让她们远远地崇拜他堕落的撒旦之力就好。反正这些姑娘越来越年轻,在她们指望他开口的时候,和她们交流越来越难了。就算她们说的不是方言,大多数时候他都搞不懂她们嘴里冒出的是什么话。她们用的是一种全新的词汇。有时候他以为自己已经被埋在地下一百年了。

谁会预料到他会以这种怪异的形式获得成功?从前每个认识他的人都认为他是个败家子,包括他自己。《死手爱你》一定是纯粹的灵感,来自某个品味低下、心灵低俗、长满跳蚤的缪斯,因为他写这本书的时候下笔如流,完全没有一般常有的停顿、脱节和磨蹭,没有揉烂纸团投向垃圾桶,没有懒散绝望的情绪——曾经这一切总是让他无法好好完成任何一件事。他会坐下来,用在典当行买的一台老式雷明顿打字机把书打出来,每天打八九十页。现在回想起来,这些打字机是多么奇怪啊,键盘经常卡住,色带缠在一起,副本的复写纸模糊不清。他花了大约三周时间就写完了。最多一个月。

当然他那时并不知道这本书会成为一部享誉世界的恐怖经典。他没有穿着内裤跑下两段楼梯,在厨房里大喊:"我刚刚完成了一部享誉世界的恐怖经典!"如果他这么做,其他三人只会一边大声嘲笑他,一边坐在**福米加**[1]塑料贴面餐桌前喝着速溶咖啡,吃着艾瑞娜常做的乏味的炖菜。菜里放了很多大米、面条、洋葱,还有罐头蘑菇汤和金枪鱼,因为这些食材既便宜又有营养。艾瑞娜非常在意营养。每一分钱都要花到点子上,这是她的理论。

他们四人会把每周的饭钱预存到餐费罐里,那是一个小猪形状的饼干筒。艾瑞娜出得少一些,因为她要做饭。做饭、购物、付房子的电费暖气费之类——艾瑞娜喜欢打理这些。女人们曾经喜欢扮演这样的角色,男人们也喜欢她们这么做。不可否认,他自己也很享受有人在耳边唠叨,告诉

---

[1] 福米加(fomica)是一种家具表面常用的具有抗热性的塑料贴面。

他应该多吃一点。本来按照约定,他们三个男人——包括他——应该清理碗碟,但他不能说他们按规矩清理过,至少他没有。

做饭时艾瑞娜会穿上围裙。围裙上缝着一只派的贴布图案。他不得不承认她穿围裙时很漂亮,一方面是因为围裙是收腰款,所以你能真切地看到她有腰。她的腰通常都藏在她为了保暖而穿的层层编织的厚衣服下面。暗灰的衣服,黑色的衣服,就像在修道院外修行的修女。

有腰就表示她也有了看得见的屁股和乳头。杰克总是忍不住假想如果她没穿那些坚实臃肿的衣服,甚至连围裙都没穿时是什么样子。还有她把头发放下来时是什么样子。她的那头金发,总是卷起来绑在脑袋后面。她一定会看起来美味可口又充满营养,丰满而柔软,顺从而友好,就像盖着粉色天鹅绒的人形热水袋。她本可能会骗过他,她也的确骗过了他——他以为她有一颗温柔的心,就像羽绒枕头一般柔软。他把她理想化了,真是个容易上当受骗的蠢货。

无论如何,如果他走进那间飘散着面条和金枪鱼香味的厨房,说他刚刚写完了一部享誉世界的恐怖经典,他们三人只会嘲笑他,因为那时他们从没把他当真过,现在也没有。

杰克住在顶楼,在阁楼里。这是最糟糕的位置,夏天炽热无比,冬天冰冷刺骨。各种气味都升腾至此:楼下烧饭的烟味、脏袜子的臭味、厕所的恶臭——全都飘荡上来。想要对这种闷热、这种严寒、这种臭味发起反击,他别无他法,只能在地板上重重地来回踱步。但这样做只会骚扰到艾瑞娜,因为她就住在他正下方。他并不想惹恼她,因为他还想做她的入幕之宾。

不久之后他就有机会发现,她的内衣是黑色的。那时他认为黑色的内衣非常性感,一种堕落的性感,就像卖十五加分一本的低劣的女警变装成人杂志。他对真实世界里的内裤颜色并不熟悉——除了高中时约会对象穿的白色和粉色款。即使在那时,在停着的车里那令人沮丧的黑暗中,他也没有机会好好看一眼那些内裤。现在,他事后诸葛亮地意识到艾瑞娜选择黑色并不是为了挑逗,而是为了实用——她的黑色是拮据的黑色,没有蕾丝花边,没有十字交叉,没有半遮半掩的性感亮点,她会选黑色并不是为了展示肉体,而仅仅是为了隐藏污垢,节省清洗费。

和艾瑞娜做爱就像是在和华夫饼铁板烤模做爱,他之后常常这样对自己开玩笑。不过那时后来发生的一系列事情已经扭曲了他的回忆,把艾瑞娜裹在了金属之中。

艾瑞娜并不是唯一一住在二楼的人,贾弗里也住在那里,杰克因此嫉妒又不安:贾弗里拖着那双穿着羊毛袜子的臭脚轻轻松松地滑过地板,怀揣着邪恶的欲望垂涎三尺地来到艾瑞娜的门前，无声无息、无人知晓，而杰克自己则在阁楼的斗室里呼呼沉睡。但是贾弗里的房间在钉满图钉、贴满防潮纸的厨房上面，隔热效果差，墙缝里藏污纳垢，凸在房子背面，所以贾弗里的头上没有天花板可以踩。

罗德也同样不在可以踩的区域里，而且杰克怀疑他对艾瑞娜也有所企图。他的房间在一楼，原来是餐厅。他们装了两扇磨砂玻璃面板的对开门，让本来是客厅的地方变得像个鸦片烟馆。不过里面没有鸦片，只有几个散发出霉味的褐红色靠垫，一条颜色像狗的呕吐物一般的棕色地毯，里面撒着薯条和坚果的碎屑，还有一张坏了的安乐椅，散发出"老水手港"甜得发腻的酒气。这是酒鬼最爱的含酒精饮料，前来拜访的哲学系学生常常会讽刺地畅饮，因为它非常便宜，几乎等于不花钱。

他们就是在这间客厅里闲晃、开派对，但是这里并不够大，所以派对常常被分散到狭长的门厅、楼梯和后面的厨房里。派对参加者自行分成了吸大麻小团体和喝酒小团体——吸大麻小团体的成员并没有多像嬉皮士，因为那时嬉皮士还没有出现，只有一丝即将诞生的迹象。他们是一群肮脏又自惭形秽，近乎"垮掉的一代"的家伙，喜欢和爵士乐手厮混，奉行他们游走在法律边缘的生活方式。在那时，他——杰克·达斯，如今这个名字上了牌匾的名人，一部享誉国际的恐怖经典小说令人尊敬的作者——在当时他很庆幸自己的房间在房子顶楼，远离混乱熙攘的人群，远离酒精、香烟和大麻的恶臭，有时还有呕吐物的恶臭，因为这些人完全不懂得节制。

有了自己的房间，一间顶楼的房间，他就能够给某位可爱、疲惫、厌世又老练的姑娘提供一个短暂的避难所，这姑娘也许穿着黑色高领套头衫、画着浓重的眼线，听信了他的承诺，以为这是谈论艺术，聊聊写作技法、创作的痛苦与折磨、诚信的需求、作品大卖的诱惑以及抵御这种的诱惑的高尚品质之类的话题，于是被引诱上了台阶，来到他铺满报纸的私房，上了那张盖着印第安风格床罩的床。这种承诺通常都带着一丝自嘲，以防姑娘觉得他言辞浮夸、傲睨自若、不可一世。但其实他就是这种人，因为在那个岁数，你只有这样自以为是才有动力早上爬起来，在接下来清醒的十二个小时里支撑起关于自身虚幻潜能的信仰。

但是他从未真正成功地引诱过任何一个姑娘，因为如果他这么做了，就可能会毁掉和艾瑞娜在一起的机会。艾瑞娜曾给过他微小的暗示。她自己从不喝酒或抽大麻，但是她会四处帮人收拾烂摊子，记下谁对谁做了什么，到了第二天早上仍然记得一清二楚。她从没有多嘴过，她很谨慎，但是你能从她刻意回避的言辞中听出一二。

在《死手爱你》出版并广受赞誉之后——不，不是赞誉，因为这种书在那时收获不到任何可以称之为赞誉的评价。只有在很久之后,当低俗小说和类型小说略有立足之地,又逐渐在正统作家的海岸上占据了滩头阵地——然后小说又被改编成了电影,接下来——他的这种引诱手段才变得容易起来。那时他已经声名在外,至少已经成了一位商业作者,一位平装书大卖、书封面上印着凸起的金色字体的商业作者。他无法再用"艺术"作为开场白蒙混过关了,但是,作为补偿,有不少女孩喜欢恐怖元素,或者自称喜欢。在哥特风流行之前她们就已经喜欢了。也许这让她们想到了自己的内在。或者,也许她们只是希望他能帮她们获得饰演电影角色的机会。

喔,杰克,杰克!他看着镜中自己松垮的眼袋,摸着后脑勺上稀薄的头发,一边吸气把肚子收起来(尽管撑不住太久),一边告诉自己:你真是个落魄鬼,你真是个蠢货,你如此孤独。喔,杰克真灵巧,杰克真迅速,你那曾经可靠的蜡烛台,还有即兴扯淡的好本事。你曾经如此精力旺盛。你曾经如此值得信赖。你曾经如此年轻。

合同这回事是以一种令人气愤的方式拉开序幕的。那是三月末的一天,草坪上堆积着水淋淋的灰色融雪,空气阴冷而潮湿,人人都脾气暴躁。午饭时间,杰克的三个室友坐在有着珍珠螺纹和镀铬桌腿的红色福米加面板餐桌前,嚼着艾瑞娜专门为午餐准备的剩菜——因为她不喜欢浪费食物。他自己睡了懒觉，不用说，昨晚又有一场派对，一场极其肮脏又极其无聊的派对。贾弗里喜欢振振有词地对那些令人费解的异国作家大发议论，正是因为他，昨晚的派对上讨论起了关于**尼采**[1]和**加缪**[2]的话题。对于他——杰克·达斯来说，这真是倒霉，因为他对于这两位中任何一人的了解都少到可以装进小盐罐里。不过关于**卡夫卡**[3]他倒是能说上相当不错的一段，他写了那个极其滑稽的故事，关于一个人变成了甲虫，他自己大多数早上都有相同的感觉。派对的前一天有个施虐狂从实验室里拿来一烧瓶的酒精，和葡萄汁、伏特加混合起来。因为受够了竞争对手喋喋不休地展示文学造诣，他，杰克·达斯，喝了太多的酒精混合物，吐了自己一膝盖。其中还混了他抽的不知道什么东西，里面很可能没加那种让人裤裆痒痒的粉末。

所以他完全没心情讨论艾瑞娜伴随着金枪鱼面条剩菜而炮制的话题。她毫无仁慈之心，直击要害。

"你已经三个月没交房租了，"她说。他甚至还来不及喝

---

[1] 弗里德里希·威廉·尼采（Friedrich Wilhelm Nietzsche，1844—1900）是德国著名哲学家，西方现代哲学的开创者，他的著作对于宗教、道德、现代文化、哲学以及科学等领域提出了广泛的批判和讨论。

[2] 阿尔贝·加缪（Albert Camus，1913—1960），法国著名的小说家、散文家和剧作家，存在主义文学大师，"荒诞哲学"的代表人物。

[3] 弗兰兹·卡夫卡（Franz Kafka，1883—1924），捷克著名小说家、表现主义作家，深受尼采的哲学影响。

一口速溶咖啡。

"天哪,"他说,"看看我,我的手还在发抖呢。我昨晚可真是醉得厉害。"看在他妈的份上,她为什么不能更善解人意、温柔体贴一些呢?就算是一句理解的评论也能给他一丝宽慰,比如,"你看起来糟透了。"

"别换话题,"艾瑞娜说,"你自己也知道,我们几个一直在帮你付房租,不然我们都会被赶出去。但不能一直这样下去了。要不你就想办法付钱,要不你就走。我们要把你的屋子租给真正能付钱的人。"

杰克重重地在桌前坐下。"我知道,我知道。"他说,"天哪,我很抱歉。我会解决的,我只是还需要一点点时间。"

"要时间用来干什么?"贾弗里带着不信任的假笑说,"绝对时间,还是相对时间?内在的还是可测的?**欧几里得**[1]**的还是康德的?**"在一天的这个时段就开始玩他吹毛求疵的哲学入门文字游戏真是太早了。他就是这么一个混蛋。

"谁有阿司匹林吗?"杰克说。这是个示弱的举动,但也是他唯一可以采取的回应方式。他的确头痛欲裂。艾瑞娜站起来给他拿止疼片。她抑制不住当保姆的冲动。

"到底要多少时间?"罗德说。他拿出了那本用来算数

---

[1] 欧几里得(公元前330—公元前275),古希腊数学家。

的棕绿色小笔记本——他是他们这个小合资企业的记账员。

"你已经需要时间好几个星期了，"艾瑞娜说，"实际上是好几个月了。"她放下了两片阿司匹林和一杯水。"我还有泡腾消食片。"她加了一句。

"我的小说，"杰克说，其实他以前已经用这个借口虚晃过了，"我需要时间，我真的……我就快要写完了。"这不是真的。他在第三章卡住了。他已经写出了角色大纲：四个主角——四个迷人性感的学生——住在大学附近一栋尖顶的三层砖结构维多利亚联排小楼里，常常对他们的灵魂做出些高深莫测的评论，而且常常私通。但他写到这一步就写不下去了，因为他不知道他们还能做些什么。"我会找个工作的。"他无力地说。

"比如说什么工作？"心黑如黑曜石一般的艾瑞娜说，"我还有姜汁酒，如果你需要的话。"

"也许你可以去卖百科全书。"罗德说。他们三人大笑起来。众所周知，卖百科全书是无能、笨拙、绝望的人破釜沉舟的出路。而且，光是想一想他——杰克·达斯——竟然会去向任何人兜售任何东西就让他们觉得好笑。他们认为他总会把事情搞得一团糟，是个连流浪狗都嫌弃的倒霉蛋，因为流浪狗都会闻到他身上猫屎一般弥漫的失败气味。最近他们三人都不让他擦碟子了，因为他已经摔坏了不少碟子。他是故意的，因为如果别人认为他无能，就不会分给他多少家务活。但现在这种"无能"对他不利。

"你为什么不卖你小说的股份呢?"罗德说。他念的是经济学,一直用零花钱炒股票,而且炒得还不错,所以有钱付他那份他妈的房租。这令他在关于钱的话题上自鸣得意,让人无法忍受。自此之后,他一直保持着这个特点。

"好啊,我奉陪。"杰克说。但这只是装装样子。他们三人是在逗他——暂时放他一马,假装承认他自封的才华,为他开辟一条正确的理财之道,即使只有理论上的机会。他们后来的说辞是这样的:他们商量好想给他一些激励,让他相信自己,正如他们一直坚信他一样,给他一个证明自己的机会。这样他才可能真正抬起屁股去做点什么,当然他们并没有预想到这一切真的会发生。小说竟然如此惊人地大获成功并不是他们的错。

正是罗德起草的合同。三加一个月的房租——杰克之前欠的三个月,加上接下来的一个月。作为回报,他即将完成的小说版权被分为四份,包括杰克在内的每人分得一份。如果不加入杰克自己的收益,对他可不会有积极的激励作用。因为如果什么都得不到,他可能根本打不起精神写完小说,罗德说。他是《经济学人》的信徒。他对这最后一点暗自窃笑,因为他根本没想到杰克真的会写完它。

如果杰克没有如此宿醉难受,他还会签下这样一份合同吗?很可能还是会的。他不想被赶出去。他不想流落街头,或者更糟，回到父母位于**唐米尔斯**[1]的家里，被坐立不安的绝望笼罩，困在母亲烧的炖菜和父亲喋喋不休的说教之中。所以他同意了每个条款，签了字，解脱地长出了一口气。接着，他在艾瑞娜的催促下吃了几叉炖菜面条，因为胃里最好要装些东西，然后就上楼去小睡了。

但是接下来他不得不开始写这操蛋的玩意了。

住在维多利亚联排小楼里的四个学生角色没什么希望。很显然，就算他放火去烧他们的脚，他们也根本不想把瘫痪的屁股从三手的厨房椅子上挪开，他们的肛门就像章鱼触手上的吸盘一般牢牢地粘在了椅子上。他得试试其他东西，一些不一样的东西，而且得快，因为完成一本小说——随便什么小说——已经变成了一件关乎自尊的事。他无法允许贾弗里和罗德再嘲笑他，他也无法再忍受艾瑞娜可爱的蓝眼睛里流露出的怜悯和鄙视。

求求你，求求你，他对着充满油烟味的冰冷空气祈祷。帮我摆脱困境吧！随便什么东西都好！随便什么能卖得出去的东西！

就这样，与恶魔的交易达成了。

接着，突然之间，那只手的形象在他面前微微闪烁起

---

[1] 唐米尔斯（Don Mills）是位于多伦多市郊北约克地区的居民社区。

来，像一只泛着磷光的毒蘑菇，已经完全成熟，他要做的差不多就是把它写下来即可，或者说在之后的脱口秀上他是这么说的。《死手爱你》的灵感是从哪里来的呢？谁知道呢？来自于绝望，来自于床底，来自于他童年的噩梦。更有可能，是来自于他十二岁时从街角的杂货店顺手牵羊来的恐怖黑白漫画——自行游走的干枯断肢是这种漫画里的常客。

故事情节很简单。维奥莱特，一位美丽又冷酷无情的姑娘，和艾瑞娜有几分相似，但是腰更纤细，胸更丰满。她抛弃了苦恋着自己的未婚夫威廉，一个英俊、体贴的年轻人，至少比杰克高六英尺，但头发的颜色和杰克一样。她这么做的动机愚蠢又毫无同情心：因为她的另一个追求者，阿尔夫（和贾弗里在外形上极其相似）富得流油。

维奥莱特用一种极其羞辱人的方式抛弃了他。老实巴交的威廉和维奥莱特有一个约会，到她相对富裕的家的楼下接她。但是阿尔夫在他之前到了，威廉撞见维奥莱特和阿尔夫正在门廊的秋千上纠缠拥抱，打得火热，毫无廉耻之心。更糟的是，阿尔夫的手还掀起了维奥莱特的裙子，这放肆的行径威廉从未尝试过，真是个傻瓜。

威廉愤怒又震惊，生气地与他俩对质，但这对他毫无帮助。维奥莱特嗤之以鼻地把威廉亲手采摘的雏菊和野玫瑰花束扔在了人行道上，还把威廉用两个月的工资（他在一家百科全书公司工作)买的平凡的金色订婚戒指一起扔掉了,然后就决然地踩着她张扬的红色高跟鞋,和阿尔夫一起坐上了阿尔夫那台银色的**阿尔法·罗密欧**[1]敞篷跑车扬长而去。这车是阿尔夫一时兴起买的,因为跟他的名字很相称——这样的炫富行径他承担得起。他们讥讽的大笑声在可怜的威廉耳中回荡。最后,那枚订婚戒指顺着街道滚到了地沟边,叮铃一声掉进了铁栅缝里。

威廉受到了致命的伤害。他的梦想破灭了,他心中完美女性的形象坍塌了。他郁郁寡欢地回到了自己简陋但整洁的出租屋里,写下了遗嘱:他希望把自己的右手砍下来,单独埋在公园的长凳边。在那里,他曾和维奥莱特度过了诗情画意的傍晚时光,耳鬓厮磨,温柔相拥。然后,他用一支左轮手枪对准自己的脑袋开枪自杀了。这把左轮手枪是他死去的父亲——威廉是一个孤儿——留下的佩枪,曾经伴随着他的父亲在二战中英勇战斗。杰克觉得这个细节能为男主人公的高贵品格添上一笔象征意义。

威廉的房东太太,一个有着欧洲口音和吉卜赛直觉的好心寡妇,帮助威廉完成了砍手的遗愿。实际上,她亲自在夜晚悄悄潜入殡仪馆,用亡夫木工台上的线锯切下了这只右

---

[1] 阿尔法·罗密欧(Alfa Romeo)是意大利著名的轿车和跑车制造商,创建于1910年。

手。在电影里——原版和翻拍版的两部电影里——这个场景都笼罩着不祥的阴影,手散发出诡异的微光。这微光让房东太太惊恐不已,但她还是坚持了下去。然后她把手埋在了公园的长椅旁边,埋得很深,不会被臭鼬挖出来。她把她的十字架压在了上面,因为她来自一个古老的国家,有些迷信。

和所有铁石心肠的贱人一样,维奥莱特没有出席葬礼,她并不知道断手的事情。除了房东太太没人知道,而房东太太不久之后就搬到了遥远的克罗地亚当了修女,想要抹去灵魂中可能犯下的邪恶罪行。

时光飞逝。维奥莱特和阿尔夫订了婚,他们计划了一场浮夸的婚礼。维奥莱特对威廉有一丝内疚和遗憾,但她也只不过是偶尔会想起他。她正忙着试穿蠢货阿尔夫送给她的各种昂贵的新衣服,炫耀各种钻石、蓝宝石做的小玩意儿。阿尔夫的座右铭是,想要赢得一个姑娘的心就得靠首饰。看看维奥莱特的表现,这话一点儿都没错。

杰克对故事接下来的情节走向有些摇摆不定。他是不是应该让那只手正好在婚礼时出场?他是不是应该让它藏在绸缎婚纱长长的尾拖下面,跟着维奥莱特走过教堂通道,就在她说"我愿意"之前突然蹦出来,引起一片哗然?不行,目击者太多了。那只手会像逃跑的猴子一般被他们追得在教堂里乱窜,这效果可一点都不恐怖,反而很滑稽。最好是让它出现在维奥莱特落单的时候,而且可能的话,最好是她赤身裸体的时候。

在婚礼举行的几周前,一个孩子在公园里看见房东太太的十字架在阳光下闪着光芒,于是捡了起来带回了家,如此一来,十字架的封印就被解除了。(在电影里——第一部电影,不是翻拍版——这个场景伴随着象征不祥之兆的复古配乐。在翻拍版里孩子的角色被换成了一只狗,把这件宗教饰品叼给了它的主人。这位主人对有用的传统知识毫不精通,随手把十字架扔进了灌木丛。)

接着,在下一个满月的夜晚,威廉的手从公园长椅边破土而出,像一只沙蟹,或是变种的水仙花苗。它已经残破不堪:干枯的深棕色,长长的指甲。它爬出了公园,爬进了下水道,然后又出现了——小拇指上戴着那枚被无情丢弃的订婚金戒指。

它摸索着,飞快地向维奥莱特家游走,顺着常春藤爬进了维奥莱特的卧室窗户,藏在她梳妆台上放着的小巧的碎花短裙下面,在她脱衣服的时候不怀好意地偷窥着她。它能看见东西吗?不能,因为它没有眼睛。但它有某种看不见的视觉,因为它被威廉的灵魂附身了。或者说是威廉的部分灵魂——并非善良的那部分。

(在十三年前,还是十五年前?在现代语言协会举办的纪念《死手》的特别研讨会上,年迈的弗洛伊德派评论家说这只手意味着压抑人性的回归。**荣格**[1]派评论家对此有不同意见,她引用了神话和魔法中出现的诸多断手的例子,表示这只手,她说,是对"荣誉之手"的一种呼应。"荣誉之手"是从被吊死的罪犯尸体上砍下来的,腌制过后在内部嵌上蜡烛点燃,长久以来一直被用于破门而入的咒语。在法语里它叫做 main de gloire,曼德拉草——也叫作毒参茄——就是以它命名的。弗洛伊德专家说这种民俗解读既过时又文不对题。反对声此起彼伏。作为荣誉嘉宾,杰克借故离席出去抽烟。那是在他依然吸烟的时候,他的心脏医生还没有给他下最后通牒:再不戒烟就会死。)

那只手从梳妆台下偷窥着维奥莱特一件件脱掉所有的衣服,走进了淋浴间。她房间里的浴室门半开着,留给了那只手和读者一番撩人的景致。杰克描绘了奢华的成人电影场景,凹凸有致,香艳无比。这一段他后来重写过了,现在他知道分寸了,但二十二岁的小伙子在这些细节方面还需要放手一搏。(第一部电影的导演拍这一段时选择了向阿尔弗雷德·希区柯克的电影**《惊魂记》**[2]致敬,更合适的是,第

---

[1] 卡尔·荣格(Carl Gustav Jung,1875—1961),瑞士心理学家。曾与弗洛伊德合作发展及推广精神分析学说,之后与弗洛伊德理念不和,分道扬镳,创立了荣格人格分析心理学理论。
[2] 《惊魂记》(*Psycho*)是著名惊悚悬疑片导演、电影悬念大师希区柯克最成功的电影之一,其中有一段非常经典的浴室杀人场景。

一位维奥莱特是苏艾伦·布莱克扮演的。她是一位女神般的金发女郎,长得就像**珍妮特·李和蒂比·海德莉**[1]的混合体。杰克曾经疯狂地追求过她,但结果却令人失望:苏艾伦很自恋,享受前戏的各种礼物和爱慕之举,但对性爱本身却毫无兴趣,而且讨厌把妆弄花。)

艾瑞娜在学生时代并不化妆,大概因为这很费钱,但这让她看起来清新自然,细腻娇嫩,不加修饰,诚实本真,就像一枚剥了壳的牡蛎。而且她不会在枕头上留下米色和红色的污渍。(回想起来,杰克越来越欣赏这一点。)

那只手,看着维奥莱特在周身各个部位涂抹着肥皂,只能勉强控制住自己。但是,可以这么说,它并没有选择在这一时刻摊牌,而是在杰克一个接一个地往维奥莱特身上加形容词时耐心地等待着。手、读者和维奥莱特都在欣赏着维奥莱特的身体,看着她擦干全身,在完美无瑕的丝滑肌肤上挑逗般地抹着芬芳的乳液。然后她滑进了一件紧身的金色亮片礼服,在丰润的嘴唇上涂上深红色的口红,在蜿蜒有致、让人产生紧扼住它的冲动的脖子上系上一根亮晶晶的项链,在柔软诱人的肩膀上披上一件价值连城的白色皮草,然后轻快地扭着屁股走出了房间,婀娜的身姿让人垂涎得下巴都要掉

---

[1] 两人都是主演过希区柯克电影的著名女演员,分别主演了《惊魂记》和《群鸟》。

下来。当然，那只手并没有下巴，但是它也用自己的方式感受着情欲的沮丧和痛苦。在两部电影里，这一段都是用一种相当令人反感的蠕动颤抖来象征的。

维奥莱特一离开房间，手就在她的书桌里翻箱倒柜，找到了她特有的粉红色便笺纸，上面还用浮雕效果压印着她名字的首字母。然后，手用维奥莱特银色的自来水笔写了一张纸条，字迹是死去的威廉的——不用说它当然记得威廉的字迹。

"我会永远爱你，我亲爱的维奥莱特。即便死去亦是如此。你永远的，威廉。"

它把纸条放在了维奥莱特的枕头上，还从她梳妆台上的花束里抽了一枝玫瑰放在旁边。这束花很新鲜，因为开阿尔法·罗密欧的阿尔夫每天都会给维奥莱特送很多红玫瑰。

然后手窜进了维奥莱特的衣橱，藏进了一只鞋盒里等待后续发展。盒子里的鞋正是维奥莱特无情地抛弃威廉时穿的那双张扬的红色高跟鞋。手没有忘记它的象征意义。长指甲的干枯手指用一种洋洋自得又迷恋不已的方式在红色的鞋身上游走。（在学术文章中这个场景被大加分析——多是法语或西班牙语的学术文章。文章认为电影中的这个场景——原版电影，不是翻拍版，欧洲影迷对翻拍版嗤之以鼻——正是清教徒式的美国新超现实主义的例证。杰克觉得这些都是在胡说八道，他不过就是想让一只死手操一双惹火的鞋。不过他乐意承认这大概指的是同一件事。)

手在鞋盒里等了好几个小时。它并不介意等待——它没有别的事情要做。在电影里（原版电影，不是翻拍版），它会偶尔敲敲手指表示不耐烦，但这是之后根据导演要求补拍的片段。电影导演是斯坦尼斯洛斯·鲁兹，一个认为自己是恐怖片界的莫扎特的怪人，后来跳下一艘拖船自杀了。他认为看着一只手在鞋盒里什么都不做无法制造悬念。

在两部电影里，镜头都在鞋盒里的手和夜店里的维奥莱特及阿尔夫这两个场景间来回切换。维奥莱特和阿尔夫紧紧相拥跳着舞，阿尔夫用手指在维奥莱特戴满首饰的脖子上摩挲，充满占有欲地说："再过不久你就是我的人了。"杰克在书里并没有写夜店的场景，但如果他当时想到了肯定会写的。在写剧本时——两部电影的剧本——他想到了这一点，所以基本上差不多。

在足够多的舞蹈、摩挲和鞋盒里的等待之后，维奥莱特回到了自己的房间，喝了好几杯香槟（都是吞咽时她脖子的特写），然后倒在了床上，完全没看一眼那只手仔细撰写的爱情留言和枕头上的玫瑰。她有两只枕头，留言和玫瑰都是放在另一只枕头上的，所以她既没看见留言，也没被玫瑰刺扎伤。

竟然再一次被无视了，那只手会是什么情绪呢？悲伤，还是愤怒，或是两者兼有？很难从一只手上看出来。

它偷偷摸摸地从衣橱里溜了出来,顺着被随意掀开的床罩爬到了穿着蕾丝睡裙、衣衫凌乱的维奥莱特身边。它会掐死她吗?它令人毛骨悚然的手指在她的脖子上犹豫着——电影观众会在此时尖叫——但是没有,它依然爱着她。它开始轻抚她的头发,温柔不已,充满渴望,缠绵悱恻。然后,它情不自禁地轻触了她的脸颊。

维奥莱特醒了。在幽暗但笼罩着月光的房间里,她看见了一个好像巨大的五脚蜘蛛一样的东西在她的枕头上。这一次维奥莱特尖叫了起来,害怕得语无伦次,试着打开了床边的台灯。但此时手已经蜷缩到了床下,不见踪影。

维奥莱特哭着给阿尔夫打了电话,就像一个姑娘家在这种情况下通常会反应的那样,断断续续、语无伦次。阿尔夫男子汉一般地安慰她,说她一定是做了噩梦。平静下来之后,她挂掉了电话准备关灯,这时,玫瑰突然映入了她的眼帘,还有那张留言条,错不了,那不正是她曾经钟爱的威廉的字迹吗?

满眼的惊恐,慌乱的喘息。这不可能发生!维奥莱特再也不敢待在房间里,也来不及再给阿尔夫打电话,就把自己锁进了卫生间,衣衫不整地披着几块毛巾,蜷缩在浴缸里度过了一个不眠之夜。(在书里她充满煎熬地回忆着威廉,但在两部电影里导演决定不展示这些,而是用痛苦地咬指甲和压抑的啜泣情节代替。)

到了早上,维奥莱特小心地回到了溢满爽朗阳光的房间里。粉红色的留言条不见了,那只手把它拿走了。玫瑰也被重新放回了它该在的花瓶里。

深吸一口气,解脱的叹息。原来只是一场噩梦。但无论如何,维奥莱特还是受了惊吓。当她腰上穿着昂贵的紧身直筒裙准备去和阿尔夫吃午饭时,一直时不时紧张地回头看看身后。

现在那只手又忙起别的事情来。它翻阅维奥莱特的日记,练习模仿她的笔迹。它又偷了几张她的粉红色便笺纸,给另一个男人写了封狂热又淫荡的情书,希望跟他再来一次婚前幽会,就在他们一直见面的老地方——市郊一家大型地毯批发市场旁边的汽车旅馆,那里常常充斥着乌七八糟的妓女。"亲爱的,我知道这是在冒险,但我无法不见你。"信里说。信里对阿尔夫言辞轻蔑,说他在做爱时非常无能,还特别提到了他鸡巴的大小。信的结尾还对即将来临的喜悦充满期待:一旦富有的阿尔夫和维奥莱特结了婚,她就会把他解决掉。在他的马天尼酒里加一点点锑就行了,信里说。最后是一段令人脸红心跳、血脉贲张之词,渴望这个虚构的情人那条电力十足的鳗鱼再一次滑进维奥莱特潮湿颤动的海藻之巢。

(现在你可不会用这样的委婉说法了,你必须一一指明。但在那时,哪些词不能用、哪些词可以用是有限制的。现在这些老戒律都被撤销了，这让杰克觉得很遗憾——这些戒律曾经激发出了多少极具新意的隐喻啊。现在的年轻作家整天都只会用 F 开头的词，杰克个人认为很乏味。是他变得守旧了吗？不，客观地说，的确很乏味。）

这个虚构的情人叫罗兰。罗兰确有其人，是维奥莱特过去的一个追求者，不过并未成功。维奥莱特更喜欢英俊的威廉，这并不奇怪，因为罗兰是个无聊的经济学家，而且是个小肚鸡肠、灵魂枯竭、心灵扭曲的鸟人。有点像拿着棕绿色笔记本的罗德。他就是个屌货，是个丁丁，是个鸡鸡……

这听起来太像音乐剧了，所以杰克划去了这一段。然后他陷入了一场由咖啡因引起的遐想：为什么男性特征器官会被用来骂人呢？没有男人会讨厌他自己的屌货、丁丁、鸡鸡，正相反，他们爱得很呢。但是也许对他们来说，别的男人竟然也有这样一个器官是一种侮辱。肯定是这样。下一次家里开派对，知识分子们的辩论太烦人时他可以把这个主题润色一下，拉出来秀秀。

他就这样拖拖拉拉了一番。睡觉前他还要敲好多页。他还有一场恶仗要打。

"我给你带了些汤。"艾瑞娜悄声无息地爬上楼梯，来到了杰克的乌鸦窝里。她把一个盘子和一只碗滑到了杰克当作书桌用的桥牌桌上。蘑菇汤，配了一些薄脆饼干。

"谢谢。"杰克说。她更像是在念营养系。他想过要抓住艾瑞娜穿着围裙的身躯,用猛烈又急促的生命力征服她,把她压在地板上,看着她神魂颠倒,臣服于他。但现在不是时候:还有罗兰要屠杀,阿尔夫要摧毁,维奥莱特要被吓得惊慌失措。事有轻重缓急。

接下来几周,因为情节需要,杰克不得不重新回顾手稿,把罗兰加入到开头部分。他提出需要剪刀和胶带时,艾瑞娜立刻就拿给了他。这项小说工程表现出的任何进展都会激起她新的助人之情。

那只手把它伪造的这封给罗兰的信塞进了维奥莱特轻薄精巧的内衣堆里。然后在另一张粉红色的便签纸上打印了一封匿名信——"阿尔夫,你这个傻瓜。她在脚踩两条船,看看她的褶边内衣吧,衣柜第二个抽屉。"然后它欢快地溜下爬满常春藤的墙壁,来到了阿尔夫奢华的公寓大楼,小拇指和无名指之间夹着这封匿名信从电梯井爬到了顶楼,把信从门缝里塞了进去,然后又雀跃地回到了维奥莱特的家,藏到了一盆蔓绿绒盆栽里。

维奥莱特吃完午饭回了家,一个阿谀奉承、矮胖搞笑的裁缝正在帮她试婚纱——杰克觉得这里的笔触相当娴熟——这时满面通红的阿尔夫怒气冲冲地闯了进来,凶狠地大声斥责着,把维奥莱特衣柜抽屉里的内裤扔得到处都是。他疯了吗? 不! 看——这就是那封情书,写在维奥莱特自己的便签纸上，是维奥莱特自己的字迹！

维奥莱特令人心碎地抽泣着——让电影观众都感到无比同情——申辩说她从来、从来都没有写过这种东西，而且她也——好吧，很长很长时间都没有见过罗兰了。然后她提起了前一晚发生的事，她自己在枕头上发现的恐怖的情书。

很显然他们两人都是一场邪恶骗局的受害者，毫无疑问一定是罗兰这个卑鄙又嫉妒的小人做的。他想拆散他们，这样他自己就能得到维奥莱特了。阿尔夫发誓他一定要查清楚这件事：他要和罗兰当面对质，让他认罪，而且越快越好。

维奥莱特恳求他别太冲动，这反而让阿尔夫怀疑起来。他的愤怒难道不是情有可原吗？她为什么要护着罗兰？如果她没说实话，他一定会把她漂亮的脖子扭断，他咆哮着，而且，她说在她枕头上出现的那张便签纸在哪儿？她在撒谎吗？他扼住了满眼泪水的维奥莱特的喉咙，恶狠狠地吻了她，然后把她粗暴地扔在了床上。到了这个时候，读者和维奥莱特都开始害怕阿尔夫是心态变态。猩红翅膀的强暴天使在半空中盘旋着，但阿尔夫只是骂了几句脏话，把他刚刚带来的一束玫瑰扔在地上就住手了。地上撒满了花瓶的碎片，碎片的形状之后给荣格派学者和弗洛伊德派学者都提供了不少素材。

阿尔夫怒气冲冲地离开之后不久，维奥莱特在刚刚还空无一物的梳妆台上又发现了一张纸条：你只能属于我。死亡也不能让我们分离。小心你的脖子。永远属于你的,威廉。

维奥莱特的嘴像一条搁浅在沙滩上的石斑鱼一般张张合合。她已经无力尖叫。无论是谁写了这张纸条,现在都正和她一起待在房间里!而她一直是一个人,裁缝已经走了。这太恐怖了!

越到恐怖的部分,杰克写得越快。他喝了一大堆速溶咖啡,吞了好几包袋装花生,每天晚上只争分夺秒地睡几个小时。艾瑞娜被他这种狂热的精力迷住了,给他送来一盘盘的面条炖菜帮助他保持创造力。她甚至还帮他洗衣服,打扫房间,换床单。

换床单不久之后杰克就成功地把她搞上了床。或者是不是她成功地把杰克搞上了床?他一直没弄明白。无论如何他们终于上了他的床,至于到底是如何上的他并不在意。

他对此期待已久,也曾经幻想过,计划过。但现在机会来了,他执行起来却异常快速,对后果也并不上心。他没有在耳边呢喃爱恋之语,而且结束之后立刻就疲惫地倒头大睡了。他承认自己的举止不太文雅,但这是有原因的:他年纪尚浅,他劳累过度,他脑子里有太多事情需要考虑。他的精力要放在别的地方,因为《死手爱你》就快写到结局部分了。

阿尔夫将会在盛怒之下疯狂地把罗兰打成肉酱。然后他会浑身是血、摇摇晃晃地坐上他的阿尔法·罗密欧。此时那只手正潜伏在车上的定制皮革座椅套之中，准备从后面把他掐死。这会让车失去控制，撞毁在高架桥上，把阿尔夫烧得尸骨无存。手也会重度烧伤，但还是会从废墟中爬出来，一瘸一拐地回到维奥莱特的家里。

这个不幸的姑娘会从警察那里得知罗兰被谋杀，阿尔夫死于致命的车祸。她会精神崩溃。医生会给她开镇静剂，如此一来，当那只遍布水疱、满是伤痕、焦炭一般的手痛苦却又无情地拖着步子，一点一点、不可阻挡地从枕头上向维奥莱特爬去时，她只能毫无抵抗能力地眼睁睁看着自己陷入沉睡。

"你在写的是什么呀？"艾瑞娜躺在杰克的枕头上说，或者是其中的一只枕头上。他现在有两只枕头了，第二只是艾瑞娜自己带来的。她已经习惯来他阁楼上的斗室了。有时候她会带来热可可，而且越来越经常留下过夜，尽管她的臀部并不消瘦，让杰克的那张老式双人床睡起来很挤。至今为止，她一直乐于扮演杰出的女佣角色——她甚至提议要帮杰克重新打印文稿，因为不像杰克，她打起字来迅速又高效——但是杰克回绝了她。这是她第一次对他这个写作项目的性质表现出兴趣，她一直认为他写的是严肃文学，一点儿都不知道他是在杜撰一部关于一只干枯死手的恐怖奇谈，廉价又粗俗。

"从存在主义角度解读现代社会的物质主义，"杰克说，"灵感来自于**《荒原狼》**[1]。"（《荒原狼》！他怎么能这么说？杰克现在反思着。不过这一点可以体谅，《荒原狼》当时还没有像后来那样通俗又流行。）这个回答并不完全是谎言，但是，尽管在某方面可以称之为事实，也扯得远了些。

艾瑞娜对这个答案很满意。她轻轻地吻了吻他，穿上了经济实惠的黑色内裤，套上了厚厚的套头粗花呢裙子，匆匆忙忙跑下楼梯去热剩下的肉丸，当作大家的午餐。

在适当的时候，杰克写完了最后一章，然后连着睡了十二个小时，什么梦都没有做。然后他把注意力转移到了兜售稿件上，因为如果他不表现出正为了欠下的过去和将来的房租积极努力，他很可能还是会被不留情面地赶出去。但是没人可以说他不勤奋。打字时他已经全力以赴了——艾瑞娜就是他的见证人，他已经打好了封面——所以也许他应该因为自己的努力从室友那里赢得一些印象分。

纽约有不少专攻恐怖惊奇小说的出版社，所以杰克买了一些棕色的信封，给其中三家出版社寄去了稿件。比他期待

---

[1]《荒原狼》(*Der Steppenwolf*) 是1946年获得诺贝尔文学奖的瑞士籍作家赫尔曼·黑塞 (Hermann Hesse, 1877—1962) 所著的长篇小说，通过对个人精神疾病的讲述，展示出现代社会中人性遭到分裂的恶果。

得还要快——实际上他并没有期待任何事——他收到了一封简短的回复。稿件被录用了,而且发了预付稿酬。钱并不太多,但已经足够付欠下的房租,还剩了不少,足够付完租约到期时的全部房租。

他甚至还有足够的钱来开一场庆功派对,杰克主办,艾瑞娜协助。每个人都祝贺他,想知道他的大作何时面世,是哪个出版社出版的。杰克回避了这些问题,吸了些大麻,喝了不少"老水手港"和伏特加混合的**潘趣酒**[1],把艾瑞娜为了向他的才能致敬而专门烤的奶酪球全都吐了出来。他并不怎么期待自己的书出版,会有太多的真相一股脑地大白天下,他的室友肯定会认出他们自己扭曲的哈哈镜镜像,他不假思索地把他们全都影射在了故事里。说实话,他根本不相信这本书会面世。

从派对中恢复过来之后,杰克完成了自己的义务,勉强拿到了学位,可以自由地度过余生了——看起来他的余生与广告有关。据说他对形容词和动词有着惊人的天赋,一旦掌握了秘诀,这种能力相当派得上用场。尽管四个室友已经退了房子各奔东西,他还是在和艾瑞娜约会。她决定去念法学院。和她做爱总是让他不断有意外的发现。第一次对他来说是狂喜不已、欢欣鼓舞,接下来重复的几次也是一样,尽管

---

[1] 潘趣酒(punch)是一种含酒精度较低的果汁饮料酒。

艾瑞娜一直坚持传统的男性在上的姿势。她是个少言寡语的姑娘，这一点他很欣赏——他说得更多——但是他并不介意得到一两句关于他表现的评价，因为他没有任何参照物来比较。她难道不应该呻吟得多一些吗？他不得不满足于她蓝眼睛揣摩不透的凝视。是充满爱意的凝视吗？他当然希望是如此。

尽管从艾瑞娜的熟练程度来看，显然她有足够的样本进行比较，但她圆滑得体地没有提及，这是让杰克欣赏的另一件事。她不是他的初恋——他的初恋是琳达，二年级时一个梳着马尾辫的棕发姑娘——但她是第一个和他上床的姑娘。不管喜欢与否，艾瑞娜都是一块里程碑。所以无论如何，她都会被供奉在只属于她一人的心灵洞龛之中：神圣高潮的圣艾瑞娜。尽管只是一位黏土圣人，但仍然在他的脑海之中，摆出脱下经济实用的黑色内裤的姿势，耀眼的大白腿，眼睛狡黠地低垂着，半张的嘴露出谜一般的微笑。这一形象和后来那个冰冷贪婪、每年让他兑现两次支票的泼妇大不相同。他无法把两者组合到一起。

几个月之后，艾瑞娜给他带来一套碗碟和一只厨房垃圾桶，因为她说他需要这些——翻译过来就是说，她需要这些，好在他家里做饭——她还不止一次帮他打扫过卫生间。她不仅在身体上逼近他，还开始发号施令。她不赞同他的广告工作，觉得他应该开始撰写第二部艺术大作，顺便说一句，他的第一部艺术大作——她一直期待看到的那一部——不是就快要出版了吗？与此同时《死手爱你》正潜伏在一旁，杰克真希望出版商把稿件忘在出租车上了。

但是没有这么好的运气，正如标题中的那只断手一样，《死手爱你》爬到了光天化日之下，在全国杂货店的货架上首次登场。那时杰克已经买了一些家具，包括一个懒人沙发，一套不错的音响，还有三套西装，配好了领带。他后悔自己在书上没有用笔名而是用了真名——他的新老板会不会因为他写了这个玩意而认为他是个疯狂的变态？他唯一能做的是压低脑袋，期望没人会注意到。

但是，又一次，没有这么好的运气。当艾瑞娜发现他的大作实际上已经问世而他却没有告诉她时，冷冰冰地跟他吵了一架。当她读过书、意识到这到底是一部什么样的大作之后，更多的严厉之词随之而来——浪费他的才华，畅销书，垃圾的无耻之举，简直太掉价了——而且里面的角色几乎是不加掩饰地影射了他的三个前任室友，包括她自己。

"所以这才是你对我们所有人的真正看法！"她说。

"但是维奥莱特很美！"他申辩道，"主人公爱她！"这话对她不起作用。对艾瑞娜来说，来自于一只干枯的死手的爱——无论多么全心全意——都丝毫不会让人觉得荣幸。

趁他不在家的时候，艾瑞娜开始翻查他的信件——他就不应该把自己公寓的钥匙给她——接着压死骆驼的最后一根稻草出现了，她发现原来他没有把版税支票分给他的股东朋友们，而是自己存起来了。他没有履行他们的合同！她说，他是个糟糕的作家，糟糕的恋人，还是个骗人的欺诈犯。她会立刻联系贾弗里和罗德，她能想象他们对此会有什么说法。

"但是，"杰克说，"我都忘了合同这回事。那并不是一个真正的合同，那只是个玩笑，那只是一种……"

"那是一个真正的合同，"艾瑞娜冷冰冰地说。那时她对真正的合同已经颇有研究了。"它证明了主动意愿。"

"好吧。我会分钱的。我只是还没找到时间。"

"这都是屁话，你自己心里清楚。"

"你什么时候能知道我心里在想什么了？你自以为对我的一切了如指掌。就因为我在操你……"

"我可不想听这种脏话，"艾瑞娜说。在言辞方面她对性正经得过头，但也只是在言辞上。

"那你想我怎么说？我做的时候你倒是挺喜欢的。好吧，就因为我把我的胡萝卜插进了你久经沙场的……"

咚、咚、咚。她重重地踩着步子出了门。"砰"地甩上了门。他对此是开心还是难过呢？

接下来他就收到了三个愤怒的股东一同请的代理律师发来的律师函。有要求，有威胁。然后，杰克这边投降了。毫无疑问,他们抓住了他的把柄。正如艾瑞娜所说,合同的确是他的主动意愿。

杰克对艾瑞娜的离去很难过——比他自己承认的还要难过。他的确试着想要修复他们之间的关系。他问她:他做了什么?她为什么要抛弃他?

没用。她已经对他做出了评价。她已经看清了他,认为他并不令人满意。不,她不想再跟他谈谈了;不,并没有别人;不,她不会再给他另一次机会。杰克能做的只有一件事——她说,是他早就应该做的事——但实际上他根本不明白究竟她指的是什么事,正是这一点加重了她离开的决心。

她到底要什么?他无力地恳求着。她为什么不能告诉他呢?她不肯说。这真是让人迷惑不解。

他把悲伤沉入了心湖。但正如其他沉入湖底的东西一样,它们总是会在最出其不意的时候又浮现水面。

从好的一面来看,《死手爱你》在自己的领域里大放异彩,尽管这一领域对严肃文人来说不值一提。正如他的编辑所说:"是的,这的确是一坨屎,但也是一坨好屎。"更棒的是,接下来还会有一个电影合同,还有谁比杰克更适合来写剧本呢?然后还可以写《死手爱你》的续作,或者谁知道呢?另一坨好屎?杰克辞去了广告公司的工作,全心全意地投入了笔耕生涯。或者更应该说是雷明顿打字机生涯,之后变成了 IBM 电动打字机生涯，这种打字机还有弹球可以让你选择字体。这才是酷哪！

他的文字生涯起起伏伏。说实话，他再也没能重现第一部书的成功，这本书仍然是他最知名的作品，也是他收入的主要来源。多亏了那张年轻时的合同，这份收入只有本来的四分之一。真是让人耿耿于怀。而且随着时间的流逝，炮制这些冗词赘语对他来说越来越难了。于是这也更加令人耿耿于怀。《死手》是他的重大成就，现在他已经无法再复现这一场景了。更糟的是，他所处的时代有无数更年轻、更恶心、更暴力的作者，摆出高人一等的派头，把他挤出了局。《死手》，是的，它的确是意义深远，但按照当今的标准来看，还是太平淡温和了。比如说，维奥莱特没有被开肠破肚。折磨场景太少，没有人的肝脏被煎在平底锅上，也没有轮奸。这还有什么好玩的？

可能这些梳着刺猬头、戴着鼻环的粉丝对电影抱有的敬意比书更多——原版电影，不是翻拍版。诚然，翻拍版的完成度更好，如果你的关注点在此的话。它的技术价值更高，它的——天知道——特效做得更好，但它并不新鲜，没有那种原始、粗野的力量。它太精致了，太刻意了，缺乏……

接下来有请我们今晚的特邀嘉宾：恐怖界的老教父——杰克·达斯！达斯先生，您对这部电影怎么看？第二部，劣质品，失败之作。喔，是你写的剧本？哇，谁知道呢？那时

候在座的各位评论家都还没出生呢，是不是，小伙子们？哈哈，是的，玛莎，我知道你不是个小伙子，但我们都把你当成小伙子对待。观众里一半的男人都没有你的胆子大！我说的对不对？响起一阵愚蠢的咯咯笑声。

他自己也曾经如此自以为是，如此乳臭未干吗？是的，他的确是。

上周他又收到了一份迷你电视剧集的邀约，还附加了一个相关的电子游戏。不幸的是，据他的律师说，这两种形式也都受制于那份原始的四方合同。另外还会有一场研讨会——在超酷的宅男之乡，得克萨斯州的奥斯丁市——专门研究杰克·达斯和他的作品，他的全部作品，特别是《死手爱你》。这个新活动和随之而来的社交媒体曝光率会让书籍销量大涨，**上演税**[1]再度攀升，还有其他一切收益——他妈的！——这些都得被分成四份。这是他的最后一息，这是他的最后一搏，而他却不能好好享受，只能得到这一切的四分之一。这种四分法实在是太不公平了，他已经受够了。总有东西应该舍弃，总有人应该消失，好几个人。

怎么做才能让一切看起来天衣无缝？

---

[1] 上演税（residuals）是商业电影等相关影视作品每次重新上演付给作家及演员等有关人员的酬金。

他一直留意着其他三人的动向,他没有别的选择——他们的律师确保了这一点。

罗德和艾瑞娜有过一段短暂的婚姻,但那已经是很久之前的事了。他从一家国际经纪公司退休了,现在住在佛罗里达州的萨拉索塔市,常常作为志愿财务指导在芭蕾和戏剧社团帮忙。

贾弗里——也和艾瑞娜有过一段短暂的婚姻,是在罗德之后——现在在芝加哥,把他的哲学辩论天赋用在了地方政坛。十四年前他几乎被判行贿罪,但最终逃过一劫,随后一直作为著名的幕后策划人、舆情导向专家和竞选顾问继续职业生涯。

艾瑞娜依然在多伦多,在一家公司做主管,致力于为有意义的非营利项目筹款,比如肾病治疗之类。她现在是个寡妇,亡夫曾在钾肥公司做得很好。她常常会举办很多高端的晚宴派对。每年她都会给杰克寄一张圣诞卡,附上一封打印信件,记述她这些平淡乏味的社会活动。

杰克在表面上并没有跟他们三人扯破脸,好多年前他就宣称自己已经接受了现实。但是,多年来,应该说是数十年来,他从未见过他们中的任何一个。他为什么要见呢?他并不想体验过往的郁结之气。

直到现在。

他决定从罗德开始。他住得最远。他没有发电子邮件，而是留了一则语音留言：因为正在考虑——正在搜寻一部电影的拍摄地点——他会路过萨拉索塔，罗德是否愿意出来吃个午饭叙叙旧？他已经准备好被拒绝，但有些出乎他的意料，罗德同意了。

他们没有在某个餐馆见面，甚至也不是在罗德的家里。他们在罗德现在住的一家佛教姑息疗养中心那令人沮丧的自助餐厅里见的面。批着藏红色袍子的白人佬步履飘摇地来来去去，脸上挂着慈祥的笑容。钟声缭绕，远处还飘来吟诵之声。

过去粗壮敦实的罗德现在瘦得不成人形，他皮肤灰黄，看起来就像一只空手套。"胰腺癌，"他告诉杰克，"这就是判了死刑。"杰克说他事先并不知情，这是实话。他还说——他怎么会说出这些陈词滥调的？——他希望罗德在精神上得到了适当的慰藉。罗德说他并不信佛，但佛教对待死亡的方式不错，而且，因为他没有家人，所以除了这里他还能去哪儿呢。

杰克说他很遗憾。罗德说本来可能会更糟，他没什么可抱怨的。他这一生已经过得很不错了——部分是得益于杰克，他颇有雅量地补充道，因为《死手爱你》在他的职业生涯起步之时给了他急需的帮助。

他们坐在那里,看着盘子里佛教庙宇风格的素餐,一时无话。

杰克终究是并不需要谋杀罗德了,他如释重负。他真的打算做到那一步吗?他本来会已经得手了吗?很可能不会。他并没有那么讨厌罗德——这是说谎,他的确讨厌罗德,但还没有讨厌到要杀死他的地步,无论是在当时还是现在。

"你并不真的是罗兰。"他说。看着这个备受煎熬的老家伙,他觉得自己至少欠他这个谎言。

"我知道。"罗德说。他微笑着,一个虚弱的微笑。一个穿着橙色围裙的中年女人给他们端来了绿茶。"我们那时还是很开心的,不是吗?"他说,"在那栋老房子里。那是个更纯真的年代。"

"是的,"杰克说,"我们那时是很开心。"从遥远的现在看回去,那的确类似于开心。开心就是不知道那一切会怎样结束。

"我还有些事情要告诉你,"罗德最后说,"关于你的书,还有合同。"

"别担心那个了。"杰克说。

"不,听着,"罗德说,"还有一份附加协定。"

"一份附加协定?"杰克说,"你是什么意思?"

"我们三人之间的一份协定,"罗德说,"如果我们其中的一个死了,他/她的股权会均分给另外两个人。这是艾瑞娜的主意。"

当然是她的主意,杰克心想,她从不会放过任何一个机会。"我明白了。"他说。

"我知道这不公平,"罗德说,"应该还给你的。但艾瑞娜当时很生气,因为你在书里那样描写维奥莱特。她认为那是在挖苦她,而她那时,呃,对你那么好。"

"那并不是挖苦,"杰克说,又一个半真半假的谎言,"如果你们都死了会怎样呢?"

"那我们的股份就都归还给你了,"罗德说,"艾瑞娜希望所有的钱都留给她的肾病慈善机构,但我没同意。"

"谢谢。"杰克说。所以,必须斗到只剩最后一个人。至少现在他对情况有了整体的了解。"还有谢谢你告诉我。"他握了握罗德苍白无力的手。

"那只是钱,杰克,"罗德说,"从我这里拿走吧。到了最后时刻,钱什么意义都没有。放手吧。"

贾弗里很高兴听到杰克的消息,反正他是这样声称的。他们年轻的时光是多么美好啊!往事如烟!他似乎忘记了自己那时曾花了不少时间欺骗杰克,不过既然贾弗里现在把毕生精力都用来欺骗一大群人,他脑中肯定已经洗牌多次,早就忘记那些古早又微不足道的卑鄙行径了。不过他倒是一点也没忘记用杰克挣的钱来中饱私囊。

他们一起去打高尔夫球，贾弗里提议的。玩一局，喝几杯啤酒，还能有更好的选择吗？杰克讨厌高尔夫球，但很擅长输球，而且练习过不少次——输给电影制片人能让事情更好办。

贾弗里很聪明：高尔夫球是最好的掩护。可以私下谈话，但又不会离开别人的视线，所以杰克无法简单地给这个喋喋不休的老骗子的脑袋致命一击，会有目击证人看到的。贾弗里已经老了，真的很老：他剩下的头发全白了，他的脊柱弯了，他的啤酒肚松松垮垮。杰克自己也不是童子鸡，但跟他相比至少身体状态保持得好一些。

贾弗里歪曲事实地谈起了那栋邋遢的砖房子，他们曾在那里度过多么无忧无虑的时光啊。杰克知道那里挂了一副历史遗迹牌匾吗？偏偏就是纪念杰克和《死手爱你》的！多么奇妙啊，人们现在把他这本粗制滥造、陈词滥调的书当作了某项艺术成就！他相信法国人会这么做，他们还认为**杰瑞·刘易斯**[1]是天才呢，但其他人呢？贾弗里一直认为《死手》滑稽透顶，他只能认为杰克为了搞笑才写它的。但是它竟然变成了金矿，真是不错，不是吗？对他们所有人来说。眨眨眼，咯咯笑。

---

[1] 杰瑞·刘易斯（Jerry Lewis, 1926—）是美国著名喜剧演员、影视剧以及舞台剧演员、电影制作人、剧本家和导演，对美国喜剧事业影响深远。

"艾瑞娜可不觉得它好笑，"杰克说，"那本书。她对我生气极了。她认为我骗了她。她希望我写的是《战争与和平》，结果却只是……"

"她知道你写的是什么，"贾弗里带着他那种哲学系学生"我得了一分"的狡黠笑容说，"你写的时候她就知道了。"

"什么？"杰克说，"你是什么意思？我从来没说过……"

"艾瑞娜是世界上最爱管闲事的女人，"贾弗里说，"我本该知道的，我跟她结过婚。她有第六感。我只不过背地里偷情了七八次，最多十次吧，结果她次次都立刻抓我个正着。和她打起高尔夫来也见鬼透了，你一英尺都偷不到。"

"她那时不可能知道啊，"杰克说，"我都是藏起来保密的。"

"你以为她不会抓住每次机会偷看手稿吗？"贾弗里说，"你去扔个罐头，她就会翻几页。她都着魔了。她想知道你会不会杀死维奥莱特。而且她一看就知道什么东西会流行大卖。"

"但是后来她还对我摆臭脸，"杰克说，"我真是不明白。"他觉得有些晕头转向，也许是因为太阳，他并不习惯待在太阳下面。"因为那本书她才跟我分手的，背叛了我真正的才华之类的。"

"那不是真正的原因，"贾弗里说，"她那时爱上你了，你没注意到吗？她想要你跟她求婚，她想要结婚。她很传统的，艾瑞娜。但是你没有这么做。她觉得自己被拒绝了。"

杰克震惊了。"但是她还要上法学院啊。"他说。贾弗里大笑起来。

"这可不是借口。"他说。

"如果这才是她想要的,"杰克闷闷不乐地说,"她为什么不说出来呢?"

"说出来让你回绝她吗?"贾弗里说,"你知道她的。她从不会让自己处于劣势。"

"但我也许会同意啊。"杰克说。如果他当时猜出了她的心思,抓住了机会,也许他的一生都会大不相同。更好,还是更坏?他不知道。然而,肯定会不同。比如说,他现在也许不会这么孤独。

他没有跟那些姑娘中的任何一个结婚,那些粉丝姑娘,那些他通过电影认识的女演员。他怀疑她们所有人爱他的书,并且/或者爱他的钱比爱他本人更多。但是艾瑞娜,他如今回想起来,是在《死手爱你》上市之前,在他成功之前就和他在一起了。无论怎么说,他不能指控她动机不纯。

"我觉得她还暗恋着你呢。"贾弗里说。

"这些年来她可给了我不少罪受,"杰克说,"在版税上。如果她那么恨这本书,就应该拒绝接受它产生的任何收益。"

"这是她和你保持联系的方式,"贾弗里说,"你这样想过吗?"他和艾瑞娜的离婚协议——他告诉杰克——可怪异了:艾瑞娜坚持要把贾弗里拥有的《死手爱你》的股份加进去,一旦贾弗里收到款项,就必须立刻转付给她。"她认为是她给了你灵感,"他说,"所以她有权利。"

"也许她是给了我灵感。"杰克说。他曾经考虑过可能除掉贾弗里的各种方式。在洗手间里用碎冰锥?在啤酒里加放射性尘埃?这需要好好计划一番,因为贾夫里在担任幕僚的几十年间一定积累了不少有权有势的敌人,所以他肯定对危险非常警觉。不过看起来杰克并不需要实施这些方案了,因为贾夫里已经与《死手爱你》无关了,他已经不再从中受益了。

杰克给艾瑞娜寄了一封信。不是一封电子邮件,而是一封真正的信,有邮票和其他所有东西:他想制造一种浪漫的氛围,最好能给她营造一份安全感,这样就可以把她引诱到某个无人之地,然后——形象地说——把她推下悬崖。他们为什么不见面吃个饭呢?他建议。他有些关于他们共同的书的消息想与她分享。餐馆由她定,不计成本,多贵都可以。这么多年过去了,他真的很想见到她。对他来说,她一直是非常、非常特别的存在,现在仍是这样。

很长一段时间音信全无,然后他收到了回复:当然,这样很好。我们一定会很开心,回忆一同度过的漫长而复杂的旅程,曾经悲欢与共,之后又各奔东西,用不同却相似的方式踏上没有交集的平行道路。我们之间一直被无形的共鸣所牵引，你也一定意识到了。你诚挚的老朋友，艾瑞娜。又及：我们的星象预言了这次重逢。

这封回复该如何解读？爱意，憎恨，冷漠，还是伪装？或者是艾瑞娜精神不正常了吗？

他们在高档的**独木舟餐厅**[1]见面，这和金枪鱼面条炖菜真是差了十万八千里。是艾瑞娜选的地方。他们坐在景观最好的座位之一，灯火璀璨的城市景色让杰克头晕目眩。

他背朝窗户，把注意力集中到艾瑞娜身上。她有了一些皱纹，也瘦了很多，但总体来说状态保持得很好。她的颧骨突出，看起来高贵又奢侈。她令人惊叹的蓝眼睛仍然让人无法解读。她的穿着打扮比他们做室友时要讲究多了，不过他也是。

白葡萄酒端了上来，是赤霞珠。他们举杯。"我们又相聚了，"艾瑞娜带着颤抖的微笑说。她紧张吗？艾瑞娜过去从不紧张，或者他从没看出来过。

"见到你真好，"杰克说。奇怪的是，他的确是这样想的。

"这里的鹅肝酱棒极了，"艾瑞娜说，"我知道你一定会

---

[1] 独木舟餐厅（The Canoe）位于多伦多 TD 银行大厦顶楼，是加拿大备受好评的高档餐厅之一。

喜欢的。所以我才为你选了这个地方——我总是知道你喜欢什么。"她舔了舔嘴唇。

"你是我的灵感之源。"杰克意识到自己在说。杰克，你这个无耻的蠢货，他警告着自己，但似乎他想要让她开心。这是怎么回事？他需要切入正题，把她从阳台上扔下去，把她从楼梯上推下去。

"我知道，"艾瑞娜说，伤感地微笑着，"我是维奥莱特，不是吗？只不过她更漂亮，而我从没那么自私过。"

"对我来说你更漂亮。"杰克说。

那是泪水吗？她情绪激动了吗？现在他害怕了。他现在意识到，他一直指望艾瑞娜会控制住自己的情绪。他无法谋杀一个抽泣哽咽的艾瑞娜——要谋杀她，她必须冷酷无情才行。

"我买了这双鞋，这双红色的，"她说，"就像书里的那双。"

"那真是……"杰克说，"真是太疯狂了。"

"我一直收着，放在鞋盒子里。"

"喔。"杰克说。这一切变得太奇怪了。她就像是他的那些哥特粉丝一样疯疯癫癫，她迷恋他。也许他该忘了要杀她这回事，赶快逃跑，就说自己消化不良。

"它为我打开了新世界的大门，那本书，"她说，"它给了我信心。"

"被一只死手偷窥跟踪?"杰克说。他正在失去重点。他真的打算把艾瑞娜引入一条阴暗的小巷,然后用砖头砸死她吗?那只不过是一场白日梦,肯定如此。

"我想这么多年来你一定恨死我了,因为那些钱。"艾瑞娜说。

"不,我并没有真的恨你。"杰克言不由衷地说。他之前的确一直恨她,但现在不恨了。

"我并不是想要钱,"她说,"我并不想伤害你。我只是想和你保持联系。我不希望你忘了我,在你华丽的新生活里。"

"并没有多么华丽,"杰克说,"我不可能忘记你的。我永远也忘不了你。"这是胡说八道吗?或者他真的是这么想的?他已经在胡说八道的世界里待了太久,很难分辨真假了。

"我很喜欢你最后没有杀掉维奥莱特,"她说,"我的意思是,那只手没有。那真是太感人了,你小说结尾的方式。那真美。我哭了。"

杰克曾经打算让那只手勒死维奥莱特。那看起来才正确,看起来才合适。那只手会捂住她的鼻子,她的嘴,然后掐住她的脖子,捏紧枯萎干瘪的手指,她的眼睛会上翻,就像喜登极乐的圣人。

但在最后时刻维奥莱特勇敢地战胜了恐惧和嫌恶,主动出击。她伸出了自己的手,充满爱意地轻抚了那只手,因为她知道那其实是威廉,或者威廉的一部分。然后那只手就化作一团银色的雾气消失了。杰克从电影**《诺斯费拉图》**[1]里剽窃了这个结局:一位纯真少女的爱对黑暗事物有着难以解释的力量。也许1964年是能够用这样的内容对付过去的最后时代——现在如果你这样写,人们只会哈哈大笑。

"我一直觉得这个结局是你给出的一个讯息,"艾瑞娜说,"给我的讯息。"

"一个讯息?"杰克说。是她在发疯,还是的确如此?荣格派学者和弗洛伊德派学者都会同意她的观点。只不过如果这的确是个讯息,他妈的他也想知道这到底是什么意思。

"你害怕了,"艾瑞娜说,就好像是在回答他,"你担心如果我真的碰了你,如果我伸出手,触碰你的心——如果你让我太靠近藏在你内心深处的这个真诚善良、崇尚灵性的自我——你就会消失。这就是你为什么不能,为什么没有……为什么一切都分崩离析了。但是现在你可以做到了。"

"我想我们会知道的。"杰克说。他希望自己露出了男孩一般的笑容。他内心深处真的藏着一个真诚善良、崇尚灵性的自我吗?如果有的话,也只有艾瑞娜一直对他坚信不疑。

---

[1]《诺斯费拉图》(*Nosferatu*) 1922年上映,是电影史上第一部以吸血鬼为题材的恐怖片。

"我想我们会的。"艾瑞娜说。她又微笑起来,把手放在了他的手上。他能感觉到她手指里的骨头。他把另一只手盖在了他们相扣的手上,紧紧地握住。

"明天我会给你寄一束玫瑰,"他说,"红玫瑰。"他凝视着她的眼睛,"就当这是求婚吧。"

好了。他已经毅然纵身一跃,跃入了什么呢?杰克,机灵点吧。他对自己说:小心陷阱。你也许搞不定她,更不用说她还可能发疯了。别犯错。但是,他的生命中还能剩下多少时间来担心犯错呢?

石床垫

最初弗娜并没有打算杀任何人。她脑中想的只是一次度假，纯粹又简单。休个短假，想想心事，去去死皮。北极很适合她。那片冰天雪地、海冻石寒的广袤区域，没有散布在南边的那些城市、树木、高速公路和其他让人分心的杂乱事物打扰，有种与生俱来的平静氛围。

她所指的杂乱事物包括了其他人，而她所指的其他人就是男人。她已经受够男人好一阵子了。她在心中已经签署了备忘录，声明放弃调情和由此引发的任何后果。她并不需要钱，不再需要了。她从不挥霍，也不贪婪，她告诉自己：她一直以来需要的只是安全感，被一层又一层体贴柔软、阻隔万物的金钱保护起来，这样就没有人能够靠近她，伤害她。当然最终她实现了这个渺小的愿望。

但是旧习难改，没过多久，弗娜就向她身边这群套着羊毛衫的旅友们投去了品鉴的目光——第一晚在机场酒店，他们拖着滚轮旅行箱在大堂里游移不定。她略过了女人，暗自给人群中的男性成员贴上了耳标。有些人带着女伴，依照原则她剔除了他们——为什么要多费功夫呢？拆散一对夫妻太耗时耗力了，从第一任丈夫身上她明白了这一点——被抛弃的妻子就像黏衣的毛刺一般难以打发。

她感兴趣的是独行者，那些潜伏在人群边缘的人。他们中的一些太老了，不是她的目标，她避免和这些人目光接触。那些坚信自己雄风依旧的老家伙才是她的猎物。倒不是说她真会做些什么，她告诉自己，但来点热身小练习也没什么不妥吧，只不过是向自己证明，只要她愿意，仍然能轻松搞定某个家伙。

为了当晚的见面会，她选了米色的套衫，把左胸上的"磁性北方"名牌略微别得太向下了一些。得益于水中运动和核心力量训练，对于她这个年纪的女人来说，她的身材真是棒极了，实际上对于任何年纪的女人来说都很不错，只要她穿戴完整，戴上精心调适的钢托内衣。她可不会冒险穿着比基尼坐在甲板的躺椅上——尽管她已经尽力，皱纹还是爬上了她的皮肤——这也是她选择北极之旅而没有选择加勒比海之类线路的原因之一。她的脸还是那样，绝对是现阶段金钱能买到的最好效果了：只要一点点古铜色腮红，配上淡色眼影和睫毛膏，抹上闪粉，再加上暗一些的灯光，她就能巧妙地年轻十岁。

"岁月带走了很多，也留下了很多，"[1] 她对着镜中的自己喃喃低语。她的第三任丈夫是个十足的引用狂，对丁尼生有特别的嗜好。"**到花园里来，莫德 。**"[2] 上床前他都会说这么一句，那时真是要把她逼疯了。

她抹了些古龙香水——香味淡雅，花一般芬芳，充满怀旧情愫——然后又用纸巾吸掉了，只留下一丝若有若无的香氛。做得太过可不好，尽管老年人的鼻子没他们年轻时那么敏锐，但最好还是考虑一下过敏的可能。一个打着喷嚏的男人可不会很体贴。

她稍稍迟了一些到场，脸上挂着怡然又开朗的笑容——一位无人陪伴的女士不应该表现得过于急切——她接过一杯场内提供的还算过得去的白葡萄酒，游走在小口细品、浅斟慢酌的人群之中。男人们大多是退休人士：医生、律师、工程师、股票经纪人，他们的兴趣是北极探险、北极熊、考古学、鸟类、因纽特手工艺品，甚至可能是维京人、植物和地理。"磁性北极"吸引的都是正经客人，会有一群认真的专家指挥他们来来去去，给他们讲课。她考察了另外两个在这片区域经营线路的旅行社，但都提不起兴趣。其中一个主打强度较大的徒步线路，吸引的都是五十岁以下的客人——

---

[1]　此句改编自丁尼生的诗《尤利西斯》。
[2]　此句出自丁尼生的独白诗剧《莫德》。

不是她的目标市场——另一个主打歌舞会和傻兮兮的奇装异服,所以她还是坚定地选择了能给她舒适感和熟悉感的"磁性北极"。她以前就在这个公司参加过旅行团,是五年前,在她的第三任丈夫死去之后,所以可以说她很清楚哪些东西值得期待。

会场里不少人都穿着运动装,很多男人身着米色或是格子的衬衫,还有多口袋的马甲。她留意着名牌:一个弗雷德,一个丹,一个瑞克,一个诺姆,一个鲍勃。又一个鲍勃。再一个鲍勃——这趟旅程中真是有不少鲍勃。其中不少看起来都是独自一人。鲍勃,这个名字对她曾经有着沉重的意义,不过当然现在她已经卸下了包袱。她从较为消瘦但依然结实的鲍勃中挑了一个,轻巧地滑到他身边,抬起眼帘,又垂下眼帘。他向下凝视着她的胸部。

"弗娜,"他说,"真是个好听的名字。"

"老派的名字了,"她说,"取自拉丁语的'春天'。一切生命又回春的季节。"这句台词充满了对男性雄风再起的承诺之意,曾经有效地帮助她稳稳抓牢了第二任丈夫。对第三任丈夫,她说的是她母亲受到了十八世纪苏格兰诗人**詹姆斯·汤姆森**[1]和他那些春风诗篇的影响。这是个荒谬但令人

---

[1] 詹姆斯·汤姆森(James Thomson, 1700—1748),苏格兰诗人,浪漫主义运动的先驱,擅长对大自然之美的现实主义描写。

愉快的谎言，实际上她的名字取自一个已经死掉的臃肿的圆脸姑妈。至于她的母亲，是一个严肃的长老会教友，嘴总是抿得和老虎钳一样紧，而且鄙视诗歌，根本不可能为任何比花岗岩石壁柔软的东西所动。

在对第四任丈夫——在弗娜看来他是个喜欢妄想的怪人——撒网的初级阶段，弗娜走得更远：她告诉他自己的名字取自《**春之祭**》[1]，一部相当具有性隐喻的芭蕾舞剧，以痛苦折磨和活人献祭告终。他大笑起来，但也扭了扭身子——这是鱼儿上钩的明确信号。

现在她说，"而你是……鲍勃。"她花了好些年来让这个小小的吸气声更加完美，保证让人膝盖融化。

"是的"，鲍勃说，"鲍勃·戈勒姆。"他加了一句，略有些羞怯，他肯定是希望这样会显得更有魅力。弗娜露出一个大大的笑容，来掩饰自己的震惊。她发现自己因为一阵狂怒和几近狂喜的混合情感而面色绯红。她正视着他的那张脸：没错，在稀疏的头发、深深的皱纹和显然美白过、可能还重新植过的牙齿之下，还是同一个鲍勃——那个五十多年前的鲍勃。万人迷先生，高中橄榄球明星先生，让人心动不已的完美先生，来自镇子另一头的富人区，那里到处都是开着凯

---

[1]《春之祭》是著名俄罗斯裔作曲家斯特拉文斯基（Stravinsky, 1882—1971）创作的芭蕾舞剧，描写了俄罗斯原始部族庆祝春天的祭礼，有强烈的原始表现主义色彩。

迪拉克的采矿公司巨头。那个狗屎先生，有着逼人的恶霸姿态和愚蠢的歪嘴笑容。

在那时，所有人都多么惊讶啊——不仅仅是学校里的人，而是所有人，因为在那个胳肢窝大小的小镇上，谁喝了酒谁没喝，谁不见得好到哪儿去，谁屁股口袋里放了多少钱，人们全都会知道得分毫不差——让他们觉得不可思议的是，金童鲍勃竟然偏偏挑了毫不起眼的弗娜陪他一起参加冰雪女王宫殿的冬季舞会。漂亮的弗娜，比他小三岁，勤奋好学，还跳过级。天真的弗娜，可以接受但并不合群，为了奖学金摸爬滚打，把这当作离开小镇的车票。容易受骗的弗娜，竟然认为自己爱上了他。

或者说她的确爱上了他。爱情这回事，只要你相信，不就等于是事实吗？这种信念会消耗你的力量，模糊你的视野。她此后再也没有让自己落入到这个捕虎陷阱之中。

他们那晚跳了哪些曲子？《昼夜摇滚》《石头心》《大伪装者》。[1] 鲍勃引着弗娜在体育馆的边缘转圈，紧紧拥着她，把她压向他别着康乃馨的纽扣孔。那时的弗娜毫无经验、笨手笨脚，一场舞会都没有参加过，完全跟不上鲍勃那热烈又炫目的舞步。对于温顺的弗娜来说，生活就是教堂、学习、家务活和周末在杂货店打工，她面容严肃的母亲管束着她的

---

[1] 三首都是二十世纪五十年代的流行歌曲。

一举一动。没有约会,那是禁止的,当然也从没有人约过她。但是她的母亲允许她和鲍勃·戈勒姆一起去参加监管有序的高中舞会,他难道不是一束来自受人尊敬的家庭的耀眼光芒吗?她甚至允许自己有一丝沾沾自喜、洋洋得意,尽管是悄声无息的。在弗娜的父亲抛弃她们之后,努力抬头挺胸就成了她的全职工作,这让她的脖子非常僵硬。从遥远的现在回想起来,弗娜能够理解她的心情。

于是弗娜走出了门,带着偶像崇拜的星星眼,摇摇晃晃地踩着她的第一双高跟鞋。她被礼貌地塞进了鲍勃闪亮的红色敞篷车,全然不知混着麻药的危险黑麦酒已经在车子前排的储物箱里蠢蠢欲动。她坐得笔直,因为羞怯而紧张不已,身上散发出**飘然洗发露**和**珍柔润肤乳**[1]的香味,裹着她母亲那满是樟脑丸味儿的过时兔毛披肩,穿着看起来极其廉价的冰蓝色网纱裙。

廉价。廉价而且可以随意扔弃。用完就扔。这就是鲍勃对她的看法,一开始就是。

现在鲍勃微微咧嘴一笑。他看起来对自己很满意:也许他认为弗娜脸红是因为情欲。但是他并没有认出她来!他真的没有!他这辈子他妈的还能遇见多少个弗娜?

控制住情绪,她对自己说。看起来她终究并不是坚不可

---

[1] 飘然(Prell)和珍柔(Jergens)都是北美地区非常平价的洗护品牌。

摧。她因为愤怒而颤抖，还是因为耻辱？为了掩饰她吞下一口酒，立刻呛到了。鲍勃马上行动，迅速但爱抚地在她背上轻拍了几下。

"不好意思。"她努力喘了口气。康乃馨清新而寒冷的香味萦绕着她。她必须离他远一点。突然之间她觉得非常恶心。她急急忙忙地冲向了洗手间，很幸运那里空无一人。她把白葡萄酒和奶油芝士橄榄烤土司倒在了厕所的小隔间里。她考虑着现在取消旅行会不会太迟。但为什么她看见鲍勃就又要逃走呢？

过去她没有选择。到那个周末的时候，风言风语已经传遍了小镇。鲍勃自己散布的荒谬版本，和弗娜记忆中的完全不同。喝醉的弗娜放荡不已，心甘情愿，真是个笑话。那群笑得不怀好意的男生会从学校尾随她回家，吹着口哨，对她大放厥词。随便妹，我能搭个车吗？糖果挺有用，烈酒更灵通！这还只是些温和的口号。女生们都对她避之不及，担心会沾染到这份耻辱——这份荒唐可笑的污秽。

然后是她的母亲。没过多久丑闻就传到了教堂圈子。她母亲那紧绷的夹钳一般的嘴里只吐出了只字片语，却切中要害：弗娜自己铺下的温床，现在就得自食恶果。不，她不应该沉浸在自怨自艾中——她必须接受惩罚。但她已经没有机会改过自新了，一旦走错一步就会堕入深渊，生活就是如此。显然，最糟糕的情况发生了，于是她给弗娜买了一张大巴车票，把她送到了多伦多郊区一家教堂主办的未婚妈妈之家。

在那里弗娜和她的失足伙伴们一起，日复一日地剥着土豆，擦着地板，刷着厕所。她们穿着灰色的孕妇裙，灰色的羊毛袜，还有笨重的棕色鞋子。她们被告知，这些都是好心人捐献的。除了这些洗洗刷刷的例行工作，她们还要领受阵阵祈祷，和自以为正义的恐吓。她们都是罪有应得，训导员是这么说的，因为她们自甘堕落，不过一切还为时不晚，她们可以通过辛勤劳动和自我约束来获得救赎。她们被警告说不能喝酒，不能吸烟，也不能嚼口香糖。她们被告之，如果还有哪个正派的男人愿意和她们结婚，那一定是神的奇迹。

弗娜的生产过程漫长又艰难。孩子一出生就立刻被抱走，不让她对其产生感情。她感染了，有并发症，还留下了伤疤，不过这样最好，她听到一个麻利的护士对另一个护士说，她们这种姑娘本来就不适合做母亲。一旦她可以走路，弗娜就得到了五加元和一张大巴车票，让她回她母亲那里，因为她还是个未成年人。

但是她无法面对那一切——那一切，或者说那个小镇——所以她出发去了多伦多市中心。那时她在想什么呢？没什么具体的想法，只有情绪：悲痛、心酸，最后还有一丝挑衅的愤怒。如果她像所有人都认为的那样垃圾蹩脚、一无是处，那就破罐破摔吧。于是，在当酒吧女招待和酒店保洁员的间隙,她也的确这么做了。

结果真是撞了大运,她偶然遇到了一个对她很感兴趣的已婚老男人,给她提供了教育资金。作为交换,三年来她每天中午都和他上床。她觉得这买卖很公平——她对他并没有恨意。她从他那里学到了很多——如何穿着高跟鞋走路不过是其中最简单的一项——还有如何振作起来走出阴霾。一点一点,她摆脱了鲍勃那支离破碎的影像——难以置信,她竟然一直把他像干花一般戴在心旁。

她把脸上的粉重新扑好,又修补了一下睫毛膏。这睫毛膏号称防水,却还是在她的脸颊上糊成一团。勇敢点,她对自己说。她不会被赶走,这次不会。她会咬牙挺过去,她现在已经比五个鲍勃还要强大了。而且她有优势,因为鲍勃根本不知道她是谁。她看起来真的已经如此不同了吗?是的,的确是。她看起来更美。因为她白金色的头发,当然还有很多其他改变。但是真正的区别在于姿态——在于她一举一动中展现的自信。鲍勃很难看透这层表象,找到她十四岁时曾经的那个羞怯腼腆、哭哭啼啼的灰褐色头发小傻瓜。

补完了最后一点粉之后,她重新回到了人群中,排队拿自助餐台上的烤牛肉和三文鱼。她不会吃多少,因为在公众场合她基本不吃东西。一个猪一样狼吞虎咽的女人可不会具有谜一般的诱惑力。她克制着扫视人群找出鲍勃位置的念头——他可能会向她招手,而她需要时间思考——然后在大厅偏远的角落挑了一张桌子。但是,瞬间,鲍勃就滑到了她的身边,甚至连一句"我可以坐在这里吗"都没有问。她想,他一定以为自己已经在这个防火栓上撒过尿了。在墙上喷好了漆,斩获了这枚奖杯,脚踩着对手的尸体拍好了胜利的照片。正如他曾经的所作所为一样,虽然他并没有意识到。她微笑起来。

他关怀备至。弗娜还好吗?哦,是的。她回答道,只不过是吃错了什么东西。鲍勃直截了当地切入主题。弗娜是做什么的?已经退休了,她说,不过她曾经有份非常有意义的工作,作为理疗师专门为心脏病和中风患者提供康复护理。"那一定很有意思。"鲍勃说。哦,是的,弗娜说,能帮助别人让她觉得十分充实。

并不仅仅是有意思。刚刚从威胁生命的病症中逐渐恢复起来的有钱人会意识到一位迷人的年轻姑娘的价值,特别是她有着灵巧熟练的双手、鼓舞人心的态度和知道何时该保持安静的直觉。或者说,正如她的第三任丈夫用"济慈风格"表述的那样:**听得见的乐曲虽美好,听不见的却更美妙**。[1] 这种关系的亲密之处——肉体接触如此频繁——会引发其他的亲密之举,不过弗娜总会在性关系发生之前停下:这是宗

---

[1] 此句出自济慈的诗《希腊古瓮颂》(Ode on a Grecian Urn)。

教信仰的问题，她会这么说。如果对方近期不打算求婚，她便会抽身离去，把精力放到其他更需要她的病人身上。这样的施压成功了两次。

她会根据对方的身体情况来决定是否接受求婚，一旦结婚，她便会尽力提供最物有所值的关怀。每任丈夫离世时都既愉快又感激，只不过走得比预计略早了一点点。当然每个人都是自然死亡——一次致命的心脏病复发或是以前就得过的中风。她所做的不过是默许他们放纵每一个应该被禁止的欲望：吃堵塞血管的食物，肆意饮酒，太早重返高尔夫球场。实际上，严格说来，她一直忍着没说，他们用药用得太积极了。她之后会说，她曾经考虑过剂量问题，但她算什么人呢？怎么能质疑医生的观点？

如果有人正好忘记自己那天晚上已经吃过药，发现药片还好好地摆在原来的地方，于是就又吃了一次——这不是难免的事吗？血液稀释药物一旦服用过量，就会非常危险，血液可能会倒流进你自己的大脑。

还有性事——终结者，致命一击。弗娜自己对性事并没有太大兴趣，但她知道什么可能会管用。"你只能活一次。"她习惯这样说，在烛光晚餐上举起一杯香槟，然后准备好伟哥——这药的确是革命性的突破，但对血压来说却是个大麻烦。及时喊来医护人员至关重要，只是不需要太及时。"我醒来的时候他就是这样了。"这是个可以接受的说法。"我听到洗手间里有个奇怪的声音,当我跑去看的时候……"这样说也可以。

她从不后悔。她是帮了这些男人们的忙:轻快离去显然比痛苦弥留要好得多。

她和两任丈夫之前的成年子女在遗嘱上有过纠纷。弗娜大度地表示她能理解他们的感受,然后用钱把他们打发了。考虑到她付出的心血,这钱显然远远超出了严格意义上的公平。她的公平感依然受到长老教会的影响:不应得的不多拿,不该少的不少拿。她喜欢收支平衡。

鲍勃向她倾过身来,胳膊滑到了她的椅子后面。她的丈夫也和她一起旅行吗?他问,离她的耳朵太近,还吹了一口气。不,她说,她新近丧夫——说到这里她垂下眼帘看着餐桌,希望表达出无声的哀痛——这可以说是一次疗伤之旅。鲍勃说他很遗憾,不过真巧,他的妻子也在六个月前刚刚去世。真是天翻地覆——他们一直期待着共度黄金岁月呢。她和他是在大学里相识的———见钟情。弗娜相信一见钟情吗?是的,弗娜说,她相信。

鲍勃继续吐露心声:他们一直等到他法学院毕业才结婚,然后有了三个孩子,现在有了五个孙子孙女,每个都令他骄傲不已。如果他给我看任何孩子的照片,弗娜心想,我会揍他的。

"心里的确空落落的,是不是?"鲍勃说,"就像一片空白。"弗娜承认的确如此。弗娜愿意和鲍勃一起喝一杯吗?

你个狡猾的混账,弗娜心想,原来你就这么结了婚,有了小孩,生活一切正常,就好像什么都没发生过一样。而我……她感到一阵恶心。

"我很愿意,"她说,"不过让我们等到上了船再喝吧,那样更从容。"她又垂下了眼帘。"现在我要回去睡美容觉了。"她微笑着从桌边站了起来。

"噢,你可不需要那个。"鲍勃殷勤地说。这个混蛋竟然真的帮她拉开了椅子。过去他可没有这么举止优雅。污秽,野蛮,又短暂。正如她的第三任丈夫曾经说过的那样,引用了**霍布斯**[1]形容人类自然状态时的用词。现在的姑娘会知道要报警。现在鲍勃无论撒什么谎都会去蹲监狱,因为弗娜还未成年。但是在那个时候,对这种事并没有什么正经的说法:强奸指的是某个疯子从树丛里跳出来扑到你身上,不是在无足轻重的采矿小镇周边,在二次砍伐过的肮脏树林里,你的正式舞会男伴把你载到某条偏僻的小路上,叫你像个好姑娘一样乖乖喝光酒,然后一层一层地把你撕开。更糟的是,鲍勃最好的朋友——肯——也开着自己的车来帮忙。他们两个一直大笑着,还把她的紧身褡内裤留作纪念品。

---

[1] 托马斯·霍布斯(Thomas Hobbes, 1588—1679),英国政治家、哲学家,力图以机械运动原理解释人的情感、欲望,从中寻求社会动乱和安宁的根源,著有《论公民》、《利维坦》等代表作。

然后，鲍勃在回去的半路上把她推出了车子，当然是因为她在哭。"闭嘴，不然就走回家吧。"他说。她现在还记得自己一瘸一拐地走在结冰的路边，赤脚踩着她专门染成冰蓝色用来配衣服的高跟鞋，头晕目眩、红肿疼痛、浑身发抖，而且——一个更荒唐的耻辱——还打着嗝。在那个时候，她最关心的竟然是她的尼龙袜——她的尼龙袜在哪里？她是用自己在杂货店打工的钱买的袜子。她一定是吓蒙了。

她的记忆准确吗？鲍勃是不是把她的紧身褡内裤倒过来套在头上在雪中跳舞？裤带的搭扣上下跳动着，就像小丑帽子上的铃铛？

紧身褡内裤，她想。多么远古的玩意儿啊，这东西，还有其他和它一起消失的古迹。现在的姑娘会吃避孕药，或者流产，谁也不会回头多看一眼。会因为这样的事情而受到伤害的人简直是旧石器时代的遗老。

回过头来接她的人是肯，不是鲍勃。他粗鲁地喊她上车，把她送回家。至少他还知道羞愧。"什么都别说。"他嘀嘀咕咕地说。她的确什么都没说，但她的沉默并没有带来任何好处。

为什么只有她一个人因为那晚而遭受痛苦？的确，她是很愚蠢，但鲍勃才是真正的坏人。她的整个生活面目全非，他却逍遥法外，平安无事，不知悔改。那天之前的弗娜已经死了，一个完全不同的弗娜填补了她的位置：发展受阻、心灵扭曲、残破不堪。正是鲍勃教会了她只有强者才能赢，弱者只能被无情利用。正是鲍勃把她变成了——为什么不直说呢？——一个杀人凶手。

第二天早上，在飞向北边**波弗特海**[1]上漂浮着的那艘轮船的包机上，她考虑了一番自己的选择。她可以戏弄鲍勃到最后一刻，然后在他裤子脱到脚踝的时候淡然离去：算是个补偿，但太微不足道了。她也可以在整个旅程中避开他，让这个方程式继续无解，和它五十年来一直保持的状态一样。或者，她可以杀了他。她平静地从理论上思忖着第三个选择。只是说说，比如，如果她要在航程中杀掉鲍勃，该怎么做才不会被抓到？她那套药物和性事的方法太慢了，而且可能还不会成功，因为鲍勃看起来并没有任何疾病困扰。把他从船上推下去也不可行。鲍勃太壮实了，栏杆也太高，而且她从自己过去旅行的经验中得知，甲板上总是会有人，在欣赏激动人心的美景，或是拍照片。舱室里的一具死尸会把警察招来，检测DNA、毛发之类，正如电视上演的一样。不，她必须把死亡安排在某次岸上活动的时候。但要怎么做呢？在哪儿下手呢？她查阅了活动安排表和计划路线图。在因纽

---

[1] 波弗特海（Beaufort Sea）是北冰洋边缘海，位于美国阿拉斯加州北部和加拿大西北部沿岸以北至班克斯岛之间。

特人定居点肯定不行，狗会叫，小孩子会跟着你。至于他们会造访的其他停留点，几乎都没什么隐蔽之处。配枪的工作人员会随行在侧，保护他们免受北极熊的袭击。也许可以制造一次枪支走火的意外？那她需要把握非常精准的时机才行。

不管用什么办法，她都必须在航程的早期动手，在他有时间交到新朋友之前——不然也许会有人注意到他失踪了。而且，鲍勃突然认出她来的可能也一直存在，那样的话游戏就结束了。同时，最好也不要和他频繁见面。让他保持兴趣就够了，但不能引发什么流言蜚语——比如萌芽中的浪漫故事之类。在游轮上，闲话传播起来就像流感一样。

登船之后——果敢二号，因为上一次的航程，弗娜对这艘船很熟悉——旅客们排着队把护照存放在接待处。然后他们在前厅集合，听三个能干得让人丧气的工作人员介绍活动流程。第一个工作人员严肃地皱着维京海盗一般的眉头，说他们每次上岸时都必须把标记板上挂着的自己的名牌从绿色翻到红色。当他们回到船上时，必须再把名牌翻回绿色。坐充气皮划艇上岸时，他们必须一直穿着救生衣，救生衣都是新的，很轻，遇水就会充气。上岸之后他们必须把救生衣存放在工作人员提供的白色帆布袋里，离开时再穿上。如果有人的名牌没有翻回来，或是袋子里还有救生衣，工作人员就会知道有人还在岸上。他们可不想被落下，不是吗？现在还有一些新的客房服务细节。洗衣袋会放在他们的舱室里。吧台的账单会记在他们的账上，小费会在最后结清。船上的舱门原则上一直开着，以便清洁人员打扫，不过如果他们愿意，当然可以锁上自己的房门。失物招领处就在接待处。大家都明白了吗？很好。

第二个发言的是一位考古学家，在弗娜看来他大概只有十二岁。他们会参观许多遗迹，包括独立一期、多赛特和图勒遗址。但他们千万千万不要拿走任何东西。不能拿手工制品，更不能拿骨头。那些骨头可能是人类遗骨，他们应该非常注意，不要打扰到他们。即便是动物骨头，对于渡鸦、旅鼠和狐狸，还有，好吧，还有整个食物链来说都是稀缺又重要的钙资源。因为在北极圈，一切东西都能回收利用。大家都明白了吗？很好。

现在，第三个发言人，一个看起来像私人教练的时髦光头说，说两句关于枪的事情。枪尤为重要，因为北极熊无所畏惧。不过工作人员总会先向空中放枪，好把熊吓跑。万不得已时才会向熊开枪，但是熊很危险，而乘客的安全是首要的。没有必要害怕枪，上岸前和回船上之后枪里的子弹都会取出来保管，不可能有人挨枪子儿的。大家都明白了吗？很好。

显然枪支走火意外是行不通了。弗娜心想。没有乘客能靠近那些枪。

午餐之后，有一场关于海象的讲座。据说离群的海象会捕食海豹，长牙穿透它们的身体，然后用有力的嘴把油脂吸出来。坐在弗娜两边的女人都在编织。其中一个说，"吸脂术"。另一个大笑起来。

讲座结束之后，弗娜去了甲板。天空清澈，一团荚状云像太空飞船一般盘踞空中。空气温暖，海水碧蓝。船的左舷有一座很有代表性的冰山，冰山中心像染过色一般湛蓝无比。在他们前方是一片幻影———座海市蜃楼，如同地平线上的冰雪城堡一般高耸入云，看起来无比真实，只有边缘处闪着微光，略显模糊。水手们曾被它们引诱而亡，他们曾在地图上并没有山的地方标注上山峰。

"美极了，不是吗？"鲍勃边说边出现在她身边。"今晚来喝我们的那瓶酒怎么样？"

"动人心魄，"弗娜微笑着说，"也许今晚不行——我和几个姑娘约好了。"这的确是真的——她是和那几个编织的女人有约。

"那要不明天？"鲍勃咧嘴笑着，告诉她他的舱室是单人间："**房号222**[1]，就像那种止疼药。"他打趣地说。他的房间在船的中部，很舒适。"几乎一点儿颠簸都感觉不到。"他加了一句。弗娜说她自己的舱室也是单人间；多花的钱很值得，因为你能真正放松。她拉长了"放松"这个词，让它听

---

[1] 222 是北美一种常用止痛药的名字。

起来像是绸缎床单上一个撩人的翻滚。

晚餐后，弗娜绕着船散步时扫了一眼标记板，注意到鲍勃的名牌离她自己的很近。然后她在礼品店里买了一副便宜的手套。她读过不少罪案小说。

第二天的第一项活动是地质学座谈。一位活力四射的年轻科学家引起了乘客们的注意，特别是女性乘客的兴趣。真是鸿运当头，他告诉他们，因为浮冰群的原因，行程有所调整，他们会探访一个意料之外的景点，见识到地质世界的传奇，只有极少数人能见到这一奇观。他们将有幸看到世界上最早的叠层岩（stromatolites）化石，距今已有惊人的十九亿年——早于鱼类，早于恐龙，早于哺乳动物——是这个星球上保存下来的最早的生命形式。什么是叠层岩？他煞有介事地问道，眼睛闪闪发光。这个词源自希腊语（stroma），由"床垫"（mattress）和"石头"（stone）一词的词根相结合。石床垫（stone mattress）：一个化石层垫，由一层层的蓝绿海藻堆叠而成，形成一座小丘，或是一个穹状物。正是这些蓝绿海藻创造了他们现在正在呼吸的氧气。这难道不让人惊叹不已吗？

坐在弗娜午餐桌上的一个小矮妖一般的干瘦小老头嘟嘟囔囔地发着牢骚，说他还希望他们能看到比石头更激动人心的东西呢。他是另一个鲍勃——弗娜列着一张存货单呢。

多一个鲍勃也许会很有用。"我倒是很期待呢,"她说,"那些石床垫。"她在床垫这个词上加了一点小小的暗示,从鲍勃二号那里得到了一个赞同的眨眼。真的,他们再老也能调情。

喝完咖啡之后她去了甲板,用她的望远镜审视着渐渐靠近的陆地。这里是秋天,沿着地面蜿蜒排列的微型树木如藤蔓一般,叶子色彩斑斓:红色、橙色、黄色和紫色,其间的岩石层层叠叠,波涛一般堆砌着汹涌而出。有一座山脊,之后是第二座更高的山脊,然后是第三座再高一些的山脊。地质学家告诉他们,在第二座山脊上能找到最好的叠层岩。

如果有人溜到第三座山脊之后,第二座山上的人看得见他们吗?弗娜认为不会。

现在他们都把自己塞进了防水裤和橡胶靴里;现在他们都套上了救生衣,拉好拉链,系好带子,就像穿着特大号衣服的幼儿园小朋友;现在他们都把自己的名牌从绿色翻成了红色;现在他们都顺着舷梯缓缓而下,匆匆登上黑色的充气橡皮艇。鲍勃设法挤上了弗娜乘的那艘小艇。他举起他的相机,咔嚓给她拍了一张。

弗娜的心跳得更快了。如果他自己认出了我,我就不杀他了,她想。如果我告诉他我是谁,然后他认出了我并道歉,我也不杀他了。这可比他给她的逃跑机会要多两次。这意味着放弃奇袭的优势,可能是一步险棋——鲍勃可比她强壮多了——但她希望能做到十二万分的公平。

他们登上了陆地，脱下了救生衣和橡皮靴，穿上了登山鞋。弗娜漫步到鲍勃附近，注意到他没理会橡皮靴。他戴了一顶红色的棒球帽。她看着他把帽檐转到了脑后。

现在他们四散开来。有些人留在岸边，有些人向第一座山脊行进。地质学家拿着他的锤子站在那里，叽叽喳喳的人群已经围住了他。他讲课模式全开：请他们千万不要带走任何叠层岩，不过这艘船有一个标本许可证，所以如果有人发现某块特别的碎石标本，尤其是带剖面的，可以先给他看一看，他在船上设置了一张专门展示岩石标本的桌子，他们可以把它放在那儿，让每个人都看到。可能有些人不想翻越第二道山脊，这里就有一些标本……

人们都低下了头，拿出了相机。好极了，弗娜心想，分散注意力的事情越多越好。她不用看就能感觉到鲍勃就在附近。现在他们登上了第二座山脊，有些人爬得比其他人更轻松一些。这里有最好的叠层岩，一整片都是。有些已经碎了，就像气泡或是疖子，有些很小，有些有半个足球那么大。有些已经没了顶部，就像破壳的蛋。还有些已经被磨碎了，只剩下凸起的椭圆形同心圆，就像是肉桂面包，或是树的年轮。

有一块叠层岩碎成了四片，就像被切成了四个三角形的荷兰奶酪。弗娜捡起了其中一块，仔细看了看它的分层：一年黑色，一年灰色，一年黑色，一年灰色，又一年黑色，最下面是平淡无奇的内核。这块石头很重，边缘非常锋利。弗娜把它装进了自己的背包。

鲍勃恰好在这个时候走了过来，僵尸一般缓慢吃力地爬上山向她走来。他已经脱下了外套，扎在背包带上。他上气不接下气。一瞬间她有些内疚：他已经上了年纪，岁月侵蚀着他虚弱的身体。她难道不该让往事就此过去吗？男孩就是男孩。在那个年纪他们不也只是荷尔蒙的傀儡吗？为什么要用那么久之前的事来评判一个人呢？实在是太久了，就好像是几个世纪之前。

一只渡鸦在他们上空盘旋。它知道吗？它在等待吗？她通过它的眼睛向下俯瞰，只见一个老女人——好吧，面对现实吧，她现在的确已经是个老女人了——即将谋杀一个比她更老的男人，因为一份已经随着耗尽的时间而消失的愤怒。这愤怒微不足道，充满仇恨，非常普通。这就是生活。

"天气真好，"鲍勃说，"有机会伸伸腿真不错。"

"可不是吗？"弗娜说。她朝第二道山脊的背面移了两步。"也许那边会有些更好的东西。但我们是不是不应该走那么远？离开别人的视线？"

鲍勃露出了一个"乡巴佬才在乎规矩"的笑容。"我们可是花了钱的。"他说。实际上他领头向前走去，没有爬第三座山脊,而是绕到了它的后面。他正想去离开别人视线的地方。

配枪的人在第二座山脊上,正对着左边一些偏离路线的人嚷嚷。他背对着他们。弗娜又走了几步,越过肩头往回看去:她谁都看不见,这意味着也没有别人可以看见她。他们咯吱咯吱地走过一片松软潮湿的沼泽地。她从口袋里掏出了薄手套戴上。现在他们到了第三座山脊的背面,就在倾斜的山坡脚下。

"到这儿来。"鲍勃拍着一块岩石说。他的背包放在身边。"我给咱们带了些饮料。"他周围是一片褴褛纱网一般的黑色苔藓。

"好极了。"弗娜说。她坐了下来,拉开了背包拉链。"看,"她说,"我找到了一块完美的标本。"她转过身,两只手抓着那块叠层岩移到他们之间。她吸了一口气。"我想我们以前可能就相互认识,"她说,"我是弗娜·普利查德。和你同一所高中的。"

鲍勃面不改色心不跳。"我就觉得你有点熟悉。"他说。他竟然露出了自鸣得意的傻笑。

她记得这个笑容。她脑海中保存着这幅栩栩如生的画面:鲍勃在雪地里得意洋洋地欢呼雀跃,像个十岁孩子一般吃吃窃笑。而她自己却残破不堪,蜷作一团。

她知道不用大幅挥动。她把叠层岩向上重重一击,短促而尖锐的一捅，正中鲍勃的下巴。一个碎裂声，这是唯一的声音。他的头向后仰去，四肢摊开倒在了岩石上。她把叠层岩举到他的额头上方，松手让它砸下去。又一次，再一次。好了。看起来这样就完工了。

鲍勃看起来很滑稽，眼睛睁着，一动不动，前额粉碎，血从面颊两边流下来。"你真是一团糟。"她说。他看上去很可笑，所以她笑了起来。正如她怀疑的那样，他的门牙是种植的。

她花了点时间调整呼吸，然后捡回了叠层岩，注意不沾到任何血迹——连手套上也不行——把它滑进一滩沼泽水中左右晃动。鲍勃的棒球帽掉了，她把帽子和他的外套一起塞进了自己的背包。她清空了他的背包：里面只有照相机、一双羊毛露指手套、一条围巾还有六小瓶苏格兰威士忌。他还可悲地满怀希望呢。她把背包卷起来，和照相机一起塞进自己的背包。稍后她会把照相机扔进海里。接着她用围巾擦干了叠层岩，仔细检查了一遍，确定上面没有能看见的血迹，就收进了包里。她把鲍勃留给了渡鸦、旅鼠和食物链上的其他生物。

她绕着第三座山脊的山脚走了回去，整理着外套。任何人看到都会以为她不过是去小便了。人们上岸观光时是会偷偷溜去这么做。但并没有人在看她。

她找到了那位年轻的地质学家——他仍然和他的那群仰

慕者一起待在第二座山脊上——展示了那块叠层岩。

"我能把它带回船上去吗?"她甜甜地问。"放在岩石展示桌上?"

"这块标本棒极了!"他说。

旅客们向岸边走去,回到橡皮艇上。走到放救生衣的袋子边时,弗娜笨手笨脚地摸索起自己的鞋带来。趁着没人看她的时候,她多拿了一件救生衣塞进背包。她的背包比她离开船时要鼓了很多,但有人会注意到这点才怪呢。

登上舷梯之后,她又摆弄起背包来,等到所有人都走过了标记板,她把鲍勃的名牌从红色翻成了绿色,当然她的自己的名牌也是。

回舱室的路上,她等到走廊里没人了,就溜进了鲍勃没有上锁的房间。房门钥匙在梳妆台上,她没动。她把救生衣、鲍勃的防水棒球帽都挂好,在洗脸池里放了些水,弄乱了一条毛巾。然后她沿着依然空无一人的走廊回到了自己的舱室,脱下手套,洗干净晾起来。她弄断了一片指甲,运气不好,但可以修补。她检查了一下自己的脸:略有些晒伤,但没什么严重的。吃晚饭时,她穿上了粉色衣服,努力和鲍勃二号调情,他勇敢地给予回应,但他显然已经太老了,不可能有什么正经的进展。这也无妨——她的肾上腺素水平急剧下降。他们被告知,如果有北极光会通知他们,但弗娜不打算起来看了。

目前为止她一身清白。现在她要做的只是保持住鲍勃的幻象,忠实地把他的名牌从绿色翻到红色,再从红色翻回绿色。他会移动自己舱室里的东西,从米白和格子纹的衣物中拿不同的衣服来穿,睡在他的床上,洗澡,把毛巾留在地板上。他会收到邀请他前去工作人员餐桌用餐的邀请函,这份只写着他的名字但没有写姓氏的邀请函会悄悄地出现在另一个鲍勃的门缝里,没人会注意到换人了。他会刷牙,他会调闹钟。他会送衣服去洗,但没有填洗衣单——填洗衣单太冒险了。洗衣工不会在意的——很多老人都会忘记填洗衣单。

那块叠层岩会端坐在地质标本展示桌上,被人拿起来查看和讨论,留下许多指纹。到旅程结束的时候它会被扔掉。果敢二号会航行十四天,登岸游览十八次。它会穿越冰冠和峭壁,还有金黄色、青铜色、黑檀色和银灰色的斑斓山脉。它会滑过浮冰,停泊在难以平静的狭长海滩上,探索冰川历时百万年雕凿而出的峡湾。沉浸在如此严峻凛冽又耗时耗力的壮阔景象之中,谁还会想起鲍勃?

在航程结束之时,会出现真相大白的一刻。那时鲍勃不会出现,支付账单、领取护照,也不会整理行李。这会引起一小阵关切,接着召开员工会议——在紧闭的门扉之后,这样就不会引起乘客的注意。最终,会公布一条新闻:非常不幸,鲍勃一定是在航程的最后一晚,因为弯下身去想找个更好的角度拍摄北极光而坠入了大海。不可能有别的解释了。

同时,乘客们会随风四散而去,弗娜也在其中。如果,那是说,她圆满脱身的话。她会不会呢?她本应该对这件事更上心一些——她本应该觉得这是个令人兴奋的挑战——但此时此刻她只觉得疲惫不堪,还略有一些空虚。

尽管太平无事,尽管安然无恙,但正如她的第三任丈夫在伟哥功效退去之后总会喋喋不休地说的那样:平静心灵,耗尽激情。那些维多利亚时代的诗人总会把性事和死亡结合在一起。说起来到底是哪个诗人呢?济慈?丁尼生?她的记忆力已经大不如前了。但这些细节她稍后会想起来的。

焚尽余灰

小小的人们正在往床头柜上爬。今天他们穿的都是绿色：女人们穿着带裙撑的罩裙，戴着宽边的天鹅绒帽子，方领紧身胸衣上镶着的珠串闪闪发亮；男人们穿着绸缎灯笼裤和带扣的鞋子，三角帽上装饰着夸张的大鸟羽，肩膀上的一长串绶带翩翩飞舞。他们对历史的准确性毫无尊敬之情，这些小家伙。就好像是某个无聊的戏服设计师在幕后喝醉了，胡乱搜罗了一番储物箱：这里选一条都铎时代早期风格的开领裙，那里配一件贡多拉船夫外套，另外再搭上一套五彩斑斓的小丑装。威尔玛不得不对这乱七八糟的肆意妄为肃然起敬。

他们手脚并用爬了上来，和她的眼睛平齐之后，就手拉着手跳起舞来。考虑到那些碍事的东西，他们的动作还真是优雅。床头柜上有一盏夜灯，一枚宝石钟表商常用的放大镜，是她的女儿艾莉森送的——善意之举，但并不是太有用——还有一本可以放大字体的电子书。她目前正在奋战

《飘》。如果能够在十五分钟内摸索着看完一页纸，对她来说就算幸运的了，尽管她在第一次看这本书时就已经欣然记下了主要情节。也许这就是这些小家伙们身上绿色布料的来源：倔强任性的斯嘉丽用那块著名的天鹅绒窗帘缝制了一条礼服，假装自己很体面。

小小的人们轻快地旋转着，女人们的裙子翻转飞扬。他们今天心情不错：他们相互点着头微笑，他们的嘴开开合合，就好像在说话一般。

威尔玛很清楚这些幻象并不是真实的。它们只是疾病的症状：**夏尔·邦纳综合征**[1]，在她这个年纪很普遍，特别是在有眼疾的患者中。她很幸运，因为她看到的幽灵——她的小查克们，普拉萨德医生这样称呼他们——大多很善良。这些小家伙们很少面带怒色，或是膨胀得不成比例，或是化作碎片消散。就算在他们愤怒生气、闷闷不乐的时候，他们的坏脾气也肯定不会影响到她，因为这些小家伙们从来不知道她的存在。据医生说，这也是正常的情况。

大多数时候，她很喜欢这些微型的小查克们。她希望他们能和她说说话。当她告诉托拜厄斯她的这个愿望时，他说：许愿可要慎重。首先，一旦他们开始说话，可能就再也

---

[1] 夏尔·邦纳综合征（Charles Bonnet syndrome）是在心智正常的人身上发生的一种鲜明而复杂的幻觉，以瑞士自然博物学家夏尔·邦纳命名，有此症状的病人通常因为年老、眼球或视神经受伤而导致视力障碍。

停不下来了；其次，谁知道他们会说什么？他接着又开始絮叨起他过去的一桩情事来，毫无疑问，是很久之前的事了。那个女人极其迷人，有着印第安女神般的乳房和希腊雕像般的洁白大腿——托拜厄斯喜欢用古旧又夸张的比喻——但她每次一开口，说出的都是陈词滥调，让他几乎压抑不住烦躁之情。把她弄上床的过程漫长又疲惫：会需要巧克力，放在一个心形的金色盒子里，必须是品相最佳的，一点钱都省不得。还需要香槟酒，但这并不会让她更心甘情愿，只会让她更愚蠢。

据托拜厄斯说，引诱一个笨女人比引诱一个聪明女人还要难，因为笨女人不明白暗示，甚至不明白因果关系。她们搞不清楚实际上一顿昂贵的正餐结束之后，接下来的晚上她们就应该顺从地张开举世无双的双腿。威尔玛无法委婉地告诉他茫然的眼神和懵懂无知很可能只是这些美女们装出来的。如果仅仅需要无言地睁大画着浓妆的大眼睛，就可以换来一顿免费的晚餐，何乐而不为呢？她记得在女士补妆间里相互吐露的秘密，那时女厕所还被称作"补妆间"。她记得心照不宣的窃笑，她记得在涂抹口红、描眉画眼间交换的窍门，关于如何对付好骗的男人。但为什么要揭示这一切，让老于世故的托拜厄斯不开心呢？这些内部消息对他来说已经太迟了，不会有任何实际的用处，只会玷污他玫瑰色的回忆。

"那个时候我要是认识你就好了,"托拜厄斯一边重复着他的巧克力香槟故事,一边对威尔玛说,"我们会擦出怎样的火花啊!"威尔玛无言地分析着这句话的意思:他是说因为她很聪明,所以很快就会和他上床吗?或者是那个时候她肯定会和他上床?他意识到对一个更容易被激怒的女人来说,这话是一种侮辱吗?

不,他没有意识到。他只是想献殷勤。他控制不住,可怜的家伙,他自称有一部分匈牙利血统,所以威尔玛让他继续闲扯,天赐的乳房啦,大理石的大腿啊,没有在他一遍又一遍讲述同样的诱惑时脆声指出他的重复之处——正如她某次曾经做过的那样。在这里我们得相互善待,她告诉自己,我们只剩下彼此了。

最起码托拜厄斯还能看见。她可以忍受被过期尤物的肉体吸引力所扰,只要托拜厄斯能看向窗外,告诉她在安布罗希亚庄园壮观的大门之外,这片土地上正在发生什么。她喜欢留在时事圈里,只要还有这个圈子的话。

她眯起眼睛看了一眼数字很大的钟,又把钟移到眼前好看得更清楚一些。和往常一样,现在比她以为的时间还要晚。她在床头柜上摸索了一番,找到了她的假牙桥,塞进了嘴里。

那些小人们正在跳华尔兹,他们的舞步丝毫不乱;他们对她的假牙毫无兴趣。仔细想想,除了威尔玛自己,可能还有司迪特医生（无论现在他身处何方），没有任何人会对她的假牙感兴趣。正是司迪特医生说服她拔掉了不少即将碎裂的白齿，装上了种植牙——那一定是十四到十五年前了——这样万一以后她需要，就有地方装假牙桥了。他预计她一定会装的，因为她的牙齿由于早期的氟化反应，很快就会像潮湿的石膏一样粉碎了。

"以后你会感谢我的。"他当时说。

"如果我能活到那个时候的话。"她大笑着回答。在那个年纪时，她还会用死亡开些油嘴滑舌的玩笑，以示自己是个生气勃勃、游戏人间的老家伙。

"你会永生不死的。"他说。这听起来更像是一个警告，而不是一个安慰。不过也许他只是希望未来能继续跟她做生意。

现在已经是未来了，她的确感谢司迪特医生，每个早晨都无声地感谢。要是没有牙齿，真是不堪设想。

装好了平滑的白色微笑之后，她溜下了床，凭感觉把脚趾头塞进了毛巾布拖鞋里，然后拖着脚走进了盥洗室。她现在还能自行洗漱，她知道每样东西在什么位置，而且她也不是完全看不见。从眼角处她还能瞄到一些有用的图像，但她视野正中的空白正在扩张，正如医生告诉她的那样。不戴太阳镜打了太多的高尔夫球，还有航海——水面的反光会产生双倍的射线——但那时谁知道这些呢？太阳应该对你有好处，给你健康的棕色皮肤。他们会全身涂满婴儿油，像煎饼一样烤自己。那双油焖过后光滑的黑色大腿配上白色短裤看起来棒极了。

黄斑退化症[1]。"黄斑"这个词听起来如此邪恶，就像是"无暇"的反义词。"我退化了。"得到诊断结果时，她曾经说过这样的俏皮话。曾几何时，她开过多少勇敢的玩笑啊。

只要没有纽扣，她还是可以自己穿衣服的。两年前，还是更久之前？她把衣橱里有纽扣的衣物都清除了。现在她的衣服都是魔术贴的，还有拉链的，只要拉链是单头固定的。她已经无法把一个小插销插进另一个小插座里了。

她理了理头发，摸到了一小缕乱发。感谢上苍，安布罗希亚庄园有自己的美容沙龙，还有美发店。她一直依靠莎夏来保持头发齐整。在每天早上的准备工作中，最令她烦恼的项目就是她的脸。她在镜子里几乎看不清脸：就像是你的网络账户在添加照片之前显示的一个人脸形状的空白图案。所以眉笔和眼线是不能指望了，也很难抹一点口红，尽管在乐观的日子里她会假装自己看不见也可以化妆。今天她应该试一试吗？也许她会看起来像个小丑。但即使如此，又有谁会

---

[1] 黄斑退化症（Macular Degeneration）是一种损害视觉神经黄斑部的眼科疾病，主要是由年龄老化引起，是年龄在六十五岁或以上的人士视力减退和失明的主要原因。

在乎呢？

她会在乎。托拜厄斯也可能会在乎。还有工作人员，尽管是以不同的方式。如果你看起来失去了理智，他们很有可能就真的把你当成疯子来对待。所以最好还是不要画口红。

她找到了香水瓶，就在它本来的位置上——对清洁工有严格的规定，他们不会移动任何东西——她在耳后轻拍了一点香水。是玫瑰精油，还带了一丝另外的香味，柑橘的味道。她深深地吸了一口气：感谢上天，她依然有嗅觉，不像其他一些人。一旦你什么都闻不到，就会失去胃口，然后化为乌有。

转身时她捕捉到了一丝自己的影像，或是别人的影像：一个女人，像她自己的母亲年老时那样令人不安，头发雪白，皮肤像揉皱的纸巾，诸如此类。不过因为她的眼睛斜视着，看起来更狡猾一些，可能也更狰狞一些，就像一只变坏的精灵。这种斜视缺乏正视的完整和坦率，但她已经再也无法正视任何东西了。

托拜厄斯来了，像往常一样准时。他们总是一起吃早餐。

他先敲了敲门，正如他自我标榜的一样温文尔雅、绅士风度。据他说，你在一位女士闺房外等候的时间，应该正好足够另一个男人迅速钻到床底下。对妻子们来说，应该留点颜面。托拜厄斯有过好几任妻子，每个都偷过情。不过他已经不再怨恨她们了,如果一个女人不能让其他男人想入非非,就很难值得丈夫重视。他从没让妻子们发现他已经知道了,而总是用各种手段把她们引诱回来,让她们对他重生爱慕之情,然后不做解释,突然把她们踢出家门。为什么要指责她们,贬低自己呢?一扇紧闭的门扉更威严。这就是对付妻子们的办法。

不过,对情妇来说,自然迸发的情感更有可能会控制一切。一个被嫉妒激怒的起疑情人,觉得自己伤了面子,很可能会一气之下不敲门就闯进房间,舞刀弄枪或是赤手空拳地大打出手,血溅当场,也可能会在稍后引发某种形式的决斗。

"你曾经杀死过任何人吗?"有一次托拜厄斯讲述这样的事情时,威尔玛问道。

"我一向守口如瓶,"托拜厄斯严肃地回答,"不过一个红酒瓶——一个装满酒的红酒瓶——瞄准太阳穴的话,可以砸碎颅骨,我可是百发百中。"

威尔玛保持着嘴型。她看不见托拜厄斯,但他能看见她,一丝笑意可能会伤害他的感情。她觉得这些细节太浮夸了,就像消失的金色巧克力盒子。她怀疑这些都是托拜厄斯编的,虽然不是全无根据,但也有不少是来自于过时俗丽的轻歌剧,一度流行的欧陆小说和纨绔大叔的回忆录。他一定认为天真、乏味的北美人威尔玛觉得他颓废文艺、充满魅力,是个放荡的享乐主义者;他一定认为她把他说的一切照单全收。也许他自己真的相信这一切。

"请进。"她现在说。一个斑点出现在门口。她斜视着它,嗅了嗅空气。肯定是托拜厄斯,是他须后水的味道:百露牌的,如果她没弄错的话。视力逐渐丧失之后,她的嗅觉是不是变得更灵敏了?很可能并没有,但这样想令人安慰。"见到你太开心了,托拜厄斯。"她说。

"亲爱的女士,你真是容光焕发。"托拜厄斯说。他身子前倾,干薄的嘴唇在她的面颊上印下问候的一吻。他的胡须有些扎人,他还没有刮过胡子,只是喷了百露牌须后水。就像她一样,他一定也担心自己的味道:那种年老的身体上散发出的酸朽、陈旧的味道。当所有的安布罗希亚住客们集中在餐厅时,这种味道尤为明显。基调是缓慢的腐烂和无意识的渗漏,上面掩盖着其他附加的香味——女人们是柔和的花香,男人们是爽朗的香料,他们每个人仍然深情地珍视着心中盛开的玫瑰画面或是粗犷的海盗形象。

"希望你睡得好。"威尔玛说。

"我做了一个美梦!"托拜厄斯说,"绛紫色。褐红色。非常性感,还伴着音乐。"

他的梦经常非常性感,还伴着音乐。"最后皆大欢喜,我希望?"她说。今天她用了太多遍"希望"这个词。

"不太好,"托拜厄斯说,"我杀了人,这让我惊醒了。

我们今天吃什么？创意燕麦片，还是麦麸？"他从来不会说威尔玛库存的各种早餐谷物干果的真正商品名——他觉得它们都太平淡乏味。等一会儿他就会评论说这里没有好吃的羊角面包，实际上这里什么羊角面包都没有。

"你来选，"她说，"我吃混合的。"麦麸能促进肠道蠕动，燕麦能降低胆固醇，不过专家的说法总是不断变化。她听到他在翻箱倒柜：他很熟悉她的小厨房，知道袋子都放在哪里。在庄园里，午餐和晚餐都在餐厅里吃，但早餐是在他们自己的房间里吃——对于他们这种住在初级协助区域的人来说是这样的。在高级协助区域，情况就不同了。她不愿去想象到底是如何不同。

盘子铿锵作响，餐具叮叮当当：托拜厄斯正在窗边的小餐桌上摆放早餐。背着明亮耀眼的矩形日光，他就是一个黑色的剪影。

"我来拿牛奶。"威尔玛说。至少她还能做些事，打开迷你冰箱的门，摸到裹着塑料的冰凉的长方形牛奶盒，把它拿到餐桌上，不会洒出来。

"都好啦。"托拜厄斯说。现在他正在磨咖啡粉，微型的圆锯发出嗡嗡声。今天他没有提那个关于手动咖啡研磨机的故事。他总是说手动的要好得多。那是一只黄铜把手的红色研磨机，在他年轻时，或者可能是在他母亲年轻时经常用。反正是在某个人年轻的时候。威尔玛很熟悉那只黄铜把手的红色咖啡研磨机，就好像她自己曾经拥有过一样，但其实她从未用过这样的东西。可她依然能感受到失去的痛苦。它和其他所有她真正失去的东西一样，变成了她遗失物品清单上的一部分。

"我们应该来点鸡蛋。"托拜厄斯说。有时候他们会吃鸡蛋，不过上一次造成了一场小灾难。托拜厄斯煮的时间不够长，让威尔玛手忙脚乱地溅了一身。敲碎蛋壳需要操作精准，而她已经无法精确地用勺子瞄准了。下次她会建议煎蛋卷，但也许这超出了托拜厄斯的烹饪水平。也许她可以一步一步指导他？不行，太危险了：她可不想他烧伤。也许应该用微波炉做些什么，法式烤面包片之类。奶酪千层塔。她过去常做，在她还有家庭的时候。但怎么找到食谱呢？还有如何照着食谱做呢？也许会有音频有声食谱？

他们在桌边坐下，大口嚼着他们的麦片，麦片很脆，颗粒很多，需要好好咀嚼。她脑中的声音，威尔玛心想，听起来像脚下松脆的白雪，或者是泡沫塑料颗粒。也许她应该换一种软一些的谷物，比如速食粥。但即便她只是提一句，托拜厄斯也可能会鄙视她：他看不起任何速食的东西。香蕉，她以后可以试试香蕉。它们长在树上，或是苗木上，或是灌木上。他绝对不可能拒绝香蕉。

"他们为什么要把这个做成圆圈形状？"托拜厄斯说，这不是他第一次提了，"这些燕麦玩意儿。"

"这是 O 的形状,"威尔玛说,"**燕麦**[1]的 O。算是种双关。"托拜厄斯逆着光摇了摇他布满斑点的脑袋。

"羊角面包可好吃多了,"他说,"它们也是做成形状的,新月的形状,源自差点占领维也纳的摩尔人。我真不知道为什么……"但他突然掐断了话头。"门前发生了什么事。"

威尔玛有双筒望远镜,是她的艾莉森寄给她观鸟用的。但她曾经能看到的鸟基本上只有八哥,现在双筒望远镜对她来说也没什么用了。她的另一个女儿大多数时候只给她寄拖鞋。威尔玛有一大堆拖鞋。她的儿子给她寄明信片。他似乎并没有意识到她已经无法识别他的字迹了。

双筒望远镜就放在她的窗台上,托拜厄斯用它来观察地面上的情况:蜿蜒的车道,灌木修剪齐整的草坪——她还记得三年前第一次来这里时的样子——喷泉里有那座著名的比利时雕像的复制品,一个有着天使面孔、赤身裸体的小男孩,正对着一个石盆撒尿;高高的砖墙,壮观的拱门,还有两只看起来很浮夸却又面色沮丧的石狮子。庄园曾经是一座乡村豪宅,在人们还会建豪宅的时候,在还有乡村的时候,所以才有狮子,很可能是这样。

有时候托拜厄斯没什么可看的,只有寻常的来去访客。

---

[1] 燕麦(Oat)的首字母是 O。

每天都会有访客——托拜厄斯把他们叫做"公民"——迅速地从客用停车场走进大门,抱着一盆秋海棠或是天竺葵,拽着一个不情愿的年轻孙辈,装出雀跃的神情,希望尽快把这个有钱的老亲戚对付过去。也会有工作人员,医护人员、厨师和清洁工开着车驶进大门,停在旁边的工作人员停车场,从侧门进来。会有涂装时髦的厢式送货车运来杂货和洗过的亚麻布,有时候还有愧疚的家人订购的插花。还有一些不那么干净的车辆,比如垃圾车,会走比较不光鲜的专属后门。

每隔一段时间都会发生一些戏剧性的场面。尽管已经重重设防,还是会有高级协助区的住客逃出来,穿着睡衣或是衣不遮体,漫无目的地游荡,还随地小便——白胖可爱的喷泉装饰这么做大家都挺喜欢,但一个老态龙钟的人类这么做却不被认同——会有温和但有效的追捕行动,围住这个迷途的人,把他或她领回屋里。有时候会是女人,尽管似乎男人在逃跑方面更积极主动。

还有时候,会出现一辆救护车,一队急救人员会带着设备匆忙冲进来——"就像打仗",托拜厄斯如此评价过一次,不过他肯定是指电影里的战争场景,因为他没有参加过任何威尔玛知道的战争——一段时间之后他们会踩着较为轻松的步子离开,用轮床推着一个身形。从这里你无法得知床上的人到底是死是活,托拜厄斯一边透过双筒望远镜看着一边说。"可能就算你在下面也看不出来。"大家都知道他喜欢加一句阴森森的玩笑话。

"怎么了?"威尔玛现在问道:"是救护车吗?"并没有救护车的警笛声,这一点她很确定。她依然能听得很清楚。正是在这种时候,她的缺陷让她沮丧不已。她宁愿能自己看见,她不相信托拜厄斯的描述,她怀疑他有所保留。为了保护她,他这么说。但她并不想被这样保护。

也许是为了回应她的挫败感,一群小人在窗台上列起队来。这一次没有女人,看起来更像是一个分列式。这些小人的社会还相对保守,他们不让女人参加行军。他们的衣服还是绿色,但更深一些,没那么喜庆。前排的人戴着实用的金属头盔。他们身后队列的装束更有仪式感,金色卷边的披风和绿色的毛皮帽子。接下来的游行里会出现微型马匹吗?一般都会出现的。

托拜厄斯没有立刻回答。然后他说:"不是救护车。某种抗议行动。看起来是有组织的。"

"也许是罢工。"威尔玛说。但安布罗希亚庄园的工人们谁会罢工呢?清洁工可能更有罢工的理由,他们的工资太低,但他们也是最不可能罢工的人。最坏的情况,他们是非法劳工,最多不过是急需用钱。

"不,"托拜厄斯缓慢地说,"我不认为这是罢工。我们的三个保安正在和他们交涉。而且还有条子。两个条子。"

托拜厄斯竟然用了"条子"这样的俚语,这让威尔玛吃了一惊。这和他标准的词汇习惯不符,他说起话来一向都更拘谨慎重,深思熟虑。但他也许会允许自己使用"条子",因为这是一种古老的说法。他有次说过"好的啦",还有一次说过"滚蛋"。也许他是从书里学到这些词的,那些满是灰尘的二手神秘谋杀小说之类。不过威尔玛又有什么立场取笑他呢?现在她已经不能上网乱逛了,她早就不知道人们都是怎么说话的了。那些真正的人,年轻人。倒不是说她曾经经常上网乱逛。她很少参与互动,只是一个潜水者。她才刚刚开始摸到点门道,视力就衰退了。

有一次她告诉她的丈夫——在他还活着的时候,不是他死后的那一年她在美梦和噩梦里继续和他说话的时候——她应该在自己墓碑上刻下"潜水者"。因为她难道不是花了一生的时间仅仅袖手旁观吗?现在这种感觉更强烈,尽管在当时并不是这样,当时她一直在忙着做这做那。她念的是历史系——很安全的学位,边学边等着结婚——不过现在那些历史知识对她很有好处,因为她已经记不住多少了。有三个政治领袖死于房事,她就记得这个。成吉思汗,**克列孟梭**[1],

---

[1] 乔治·克列孟梭(Georges Clemenceau,1841—1929),法国政治家、新闻记者、法兰西第三共和国总理,法国近代史上少数几个最负盛名的政治家之一。

还有一个谁来着。她稍后会想起来的。

"他们在做什么？"她问。窗台上的队伍正在向右移动，但突然之间他们又调转方向，快步向左走去。他们的长矛上装着闪闪发亮的尖刃，有些人还打着鼓。她试着不要过多地把注意力放在他们身上，尽管她很开心能看到这么多错综复杂的具体细节。但是如果托拜厄斯感觉到她没有把注意力全放在他身上，就会不高兴。她把自己拉回了真实却看不见的现在。"他们要进来这里吗？"

"他们站在周围，"托拜厄斯说，"四处闲逛，"他不认同地加了一句，"年轻人。"他认为所有的年轻人都是懒惰的寄生虫，应该去找工作。他不认同现在几乎没有工作可供他们去做这个事实。如果没有工作，他说，他们应该去创造工作。

"他们有多少人？"威尔玛问。如果只有十几个人，情况就不太严重。

"我估计有五十多个，"托拜厄斯说，"他们举着标语。不是条子，是其他人。现在他们正试着堵住送亚麻床单的货车。你看，他们就站在货车前面。"

他忘记了她看不到。"标语上写的什么？"她问。堵住送亚麻床单的货车可真是缺乏同情心的表现：今天是他们换床单的日子，他们这些不需要额外亚麻床品和橡胶垫的人。高级协助区的床铺换得更频繁一些，她听说是两天换一次。

安布罗希亚庄园的收费可不便宜,家属们绝不会接受他们深爱的亲人身上有溃烂的褥疮。他们希望他们的钱花得值得,不然他们会索赔。其实,他们真正希望的是给这些老化石们一个快捷迅速、无可指摘的终结。然后他们就能整理清点收集剩下的净资产——遗产、遗物、遗体——告诉自己这是他们应得的。

"有些标语上画着婴儿,"托拜厄斯说,"胖嘟嘟、笑眯眯的婴儿。有些写着'是时候离开了'。"

"是时候离开了?"威尔玛说,"婴儿?那是什么意思?这里又不是产科医院。"正相反,她讥讽地心想:这里是生命退场之地,并不是登场之处。但是托拜厄斯没有回答。

"条子让货车进来了。"他说。

太好了。威尔玛心想。大家都能换床单了。我们不会臭烘烘的了。

托拜厄斯离开去睡回笼觉了——中午时分他会过来带她去餐厅吃午饭——接着,在一小阵慌乱、把干酪砧板弄翻在地之后,威尔玛摸到了她放在小厨房台面上的收音机,打开了开关。这是专为眼睛不好的人设计的收音机——上面只有开关键和频道调节旋钮,机器外面裹着方便抓握的淡绿色防水塑料护套。这是身处西海岸的艾莉森送给她的又一件礼物,她总是担心自己为威尔玛做得不够多。如果不是因为正处在青春期的双胞胎孩子那些不言自明的杂事，还有她自己在国际大型会计事务所里高强度的工作，她一定会更常来看她。今天晚些时候她必须给艾莉森打电话，向她报平安，双胞胎会被逼着和她打招呼。他们一定觉得这些电话烦死人了。为什么不呢？她自己也觉得这些电话烦死人了。

也许这次罢工，或者管它别的什么事件，会登上本地新闻。她可以一边洗早餐碟一边听新闻。只要她动作慢一点，还是能洗好的。万一弄碎了玻璃，她就不得不用对讲机联系服务中心，等候她的私人值班清洁工卡嘉过来打扫战场，听她用斯拉夫口音絮絮叨叨地惋惜个不停。玻璃碎片会很尖利危险，威尔玛万一割伤自己就太不明智了，特别是她常常会一时忘记自己到底把创可贴放在了卫生间的哪个抽屉里。

地上的血渍会给管理层错误的信号。他们并不真正相信她能够自理。他们只是在等着找个借口把她塞到高级协助区去，然后就能卖掉她仅剩的家具，她的上好瓷器和银器来换取利润。合同就是这么写的，她签了字。这就是准入的代价，安慰的代价，安全的代价。不成为累赘的代价。她保留了两件好古董，一张写字台，还有一张化妆桌——是她过去的老房子仅存的东西。其他东西都给了她的三个孩子，对他们来说这些东西其实根本没用——不是他们的风格——毫无疑问都被塞进了地下室，但他们都真诚地满心感激。

收音机里传来明快的音乐，男女主持人愉悦地闲聊，更多的音乐,然后是天气情况。北部酷热,西部洪水,更多的龙卷风。一个飓风正向新奥尔良侵袭,另一个正在东部海面上肆虐,六月里常有的事。但是在印度情况完全相反:雨季没有到来,大家都担心会造成饥荒。澳大利亚仍在遭遇旱灾,不过凯恩斯地区暴发洪水,鳄鱼都涌到了街上。亚利桑那、波兰和希腊都有森林大火。不过这里的情况一切正常:正是去海边的好时候,晒晒太阳,别忘了防晒霜,不过要注意稍后可能会突然出现的风暴。祝你今天愉快!

接下来是今日要闻。首先,乌兹别克斯坦的政权颠覆运动;接着,丹佛一家商场的大规模枪击事件,毫无疑问行凶者产生了幻觉,已被狙击手击毙;然后——威尔玛仔细听着——芝加哥郊外的一所老年公寓被一伙戴着婴儿面具的暴徒纵火,在佐治亚州的萨凡纳和俄亥俄州的阿克伦也发生了类似事件。其中一所老年公寓是州立的,另外两所是自带安保措施的私人机构,那里的住客并不贫穷,他们中的一些都被烤成了焦炭。

这并不是巧合,评论员说,这是协同纵火事件。一个自称"阿尔滕"的组织在一家网站上宣称对此负责,当局正在追踪账户所有人。死去老人的家属自然——新闻播音员说——遭受了巨大的打击。接下来开始播放对泣不成声的遗属的采访。威尔玛关掉了收音机。并没有提到安布罗希亚庄园外围的聚集事件,也许这事件太微小了,而且没有发生暴力。

阿尔滕。听起来像是这样写的——他们并没有拼读出来。她会让托拜厄斯去看看电视新闻——他声称不喜欢看电视,但却总是看电视——然后告诉她更多情况。她无视了在微波炉周围欢庆的小人们,这次的庆典主题是粉色和橙色,有多层的褶边,还有怪诞的镶满花的假发。她准备躺下睡上午的回笼觉。她过去很讨厌这些小睡,现在依然讨厌:她不想错过任何事情。但如果现在不小睡,她就无法撑过一整天。

托拜厄斯领着她走过长廊,来到餐厅。他们吃的是第二场午餐,托拜厄斯认为在一点之前吃午饭太粗鲁了。他走得比平时要快,她不得不让他走慢一些。"当然,亲爱的女士。"他说,捏了捏她的手肘,他一直牵着她的手肘领路。有一次他把胳膊环到了她的腰间——她还是有腰的,多多少少算是腰,不像其他有些人——但是这样他就失去了平衡,他们两人差点摔倒。他并不是太高,还做过髋关节置换手术。他需要很小心地保持平衡。

威尔玛不知道他看起来是什么样子,不再知道了。她可能美化了他的样子,让他年轻了一些,皱纹少了一些,更精神了一些,头顶的头发也更多了一些。

"我有太多事情要告诉你。"他说,离她的耳朵非常近。她想告诉他不用喊,她又不是聋了。"我知道他们不是罢工的，那些人。他们没有撤退，他们的数量还在增加。"这次的事件让他充满干劲，他几乎要哼起歌来。

在餐厅里，他帮她拉出了椅子，引导她走进去，又把椅子移到她下落的屁股正下方。这是一项几乎失传的艺术，她心想，这种为女士推椅子的优雅行为，就像钉马掌或是装箭羽。然后他坐到了她的对面，蛋壳色墙纸前的一个朦胧身影。她把头往侧面偏了偏，模糊地看到了他的脸，和他炯炯有神的黑眼睛。她记得它们炯炯有神。

"菜单上有什么？"她问。每顿饭时都会发给他们一张印好的菜单，一张压着虚假浮雕纹章的纸。光滑细腻的奶油色纸，像是上个世纪的剧院节目单——在这些节目单没有变得那么劣质、印满乱七八糟的广告之前。

"蘑菇汤。"他说。通常他都会把每天的菜单详尽叙述一番，一边温和地损一损上面的菜品，一边回忆他过去品尝过的美食佳肴，一边表示现在已经没人知道该如何烧出像样的菜了，特别是小牛肉。但是今天他跳过了所有这些步骤。"我对这件事深挖了一番，"他说，"在活动室里。我一直在搜索。"

他的意思是他一直在用电脑上网搜寻线索。安布罗希亚不允许自带个人电脑，官方解释是系统的速度不够。威尔玛怀疑真正的原因是他们担心女人们会成为网络诈骗的受害者，发展出不合时宜的恋情，把钱全浪费掉，而男人们会沉迷于网络色情，过于兴奋导致心脏病发作。这样的话安布罗希亚庄园就会被愤慨的家属起诉，声称工作人员本该更悉心地监督这些老男孩们。

所以没有个人电脑，但他们可以使用活动室里的电脑。那些电脑的访问端口上都装了控制器，和对付青春期孩子的设备一样。管理层还一直极力引导住客们远离容易上瘾的屏幕，他们宁愿住客们都在湿黏土堆里摸来摸去，或是用几何形状的纸板拼图，或是玩桥牌，据说这有助于延缓老年痴呆。不过，根据托拜厄斯的说法，对于玩桥牌的人，哪儿能看出他们痴不痴呆啊？威尔玛曾经玩过好一阵子桥牌，她对此不予置评。

职业治疗师绍莎娜会在午餐时间值班，用"所有人都需要通过艺术表达自己"这种说法来纠缠住客。绍莎娜逼着他们用手指作画，用意面做项链，或是她炮制出的其他好创意，让他们有理由留在这个星球上再看一次日出。威尔玛以视力问题为由逃过一劫。有一次绍莎娜变本加厉，说了些关于盲人陶艺家的故事，他们中不少人都做出了获得国际认可的美丽手工陶艺品，威尔玛想不想也试一试，开拓一片新天地？不过威尔玛对此很冷淡。"我是个老家伙了，"她咧着坚硬的假牙微笑着，"玩不出什么新花样。"

至于网络色情片，有些狡猾的好色之徒有手机，可以用来享受一整份畸形秀盛宴。这是托拜厄斯说的，在不和威尔玛八卦的时候，他会和目之所及的任何人八卦。他自称看不上这种粗俗不雅的手机色情片，因为屏幕上的女人都太小了。这事应该有限度，他说，一个女性躯体可以被缩小到多大，才不会变成一只长了乳腺的蚂蚁。威尔玛并不完全相信他这套节制禁欲的说辞，尽管也许他并没有撒谎：他可能只是认为他自己编的传奇故事比一只小小的电话能提供的更性感，而且这些故事有另一个优点——它们的主角都是他自己。

"你还了解到了些什么？"威尔玛问。他们四周是勺子撞击瓷器的叮当声，轻柔的低语声，还有昆虫的振翅声。

"他们说该轮到他们了，"托拜厄斯说，"所以他们在标语上写着'轮到我们'。"

"喔，"威尔玛说。她恍然大悟：**阿尔滕**[1]。轮到我们。是她听错了，"轮到他们干什么了？"

"生活，他们说。我在电视新闻上看到他们中的一个这么说。他们自然到处接受采访。他们说我们已经享受过了，我们这个年纪的人。他们说我们搞砸了一切。用我们的贪婪毁灭了地球之类。"

"他们说的也有道理，"威尔玛说，"我们是搞砸了。尽管不是故意的。"

---

[1] 阿尔滕（Artern）和组织的名称"轮到我们"（Our Turn）发音相近。

"他们只是社会主义者。"托拜厄斯说。他对社会主义者有偏见,所有他不喜欢的人都是伪装的社会主义者之类。"只是懒惰的社会主义者,总是想要夺取其他人的劳动果实。"

威尔玛一直不太清楚托拜厄斯是怎么赚到钱的,不仅足够供养所有的前妻,还能负担得起安布罗希亚庄园里的大套房。她怀疑他在一些说不清道不明的国家参与了一些说不清道不明的生意。他对自己早期的金融生涯一直讳莫如深,只是说他拥有一些国际贸易公司,做了几笔不错的投资生意。他从来不说自己有钱。不过有钱人都从不会说自己有钱,他们只说自己过得挺安逸。

威尔玛自己也挺安逸,在她丈夫还活着的时候。也许她依然很安逸。她已经不再关注自己的存款了:有一家私人理财公司代为管理。艾莉森也会帮她留心,在西海岸尽可能帮她留心。安布罗希亚庄园没有把威尔玛赶到街上去,所以一定还有钱帮她付账。

"他们想从我们这里得到什么?"她问,语气尽量保持不暴躁。"那些举标语的人。看在老天的份上。又不是说我们能对此做些什么。"

"他们说我们应该腾出地方来。他们希望我们让位。有些标语上写着:让位。"

"那就是死的意思,我猜。"威尔玛说:"今天有什么肉卷吗?"有时候餐厅会提供非常美味的柏克庄园肉卷,刚出炉的。为了让客人感到宾至如归,安布罗希亚庄园的营养师一直有意识地重现他们想象中七八十年之前的菜单。通心粉和奶酪,蛋奶酥,蛋奶沙司,大米布丁,奶油果冻。这些菜的优点是非常软,对颤颤巍巍的牙齿不构成威胁。

"没有,"托拜厄斯说,"没有肉卷。现在他们上了鸡肉派。"

"你觉得他们危险吗?"威尔玛问。

"在这里的还不危险,"托拜厄斯说,"但在其他国家他们把东西都烧光了。这个组织。他们说他们是国际组织。他们说几百万人都参与了起义。"

"喔,在其他国家他们总是把东西烧光。"威尔玛轻描淡写地说。如果我能活到那个时候的话,她听见自己对从前的牙医说。一样脱口而出的玩笑话:这些都不可能会发生在我身上。

白痴,她对自己说。一厢情愿的想法。但她就是无法让自己感受到威胁,至少无法因为门外的那些愚蠢之徒而感受到威胁。

下午托拜厄斯不请自来她这里喝茶。他自己的房间在楼的另一侧。那里对着后院,视野很好,能看见他们铺着碎石的小路,三五步一个的长椅(为容易喘不上气的住客准备的),品味雅致的遮阳凉亭,还有举办悠闲比赛的槌球场。这些托拜厄斯都能看见,他也都得意洋洋地向威尔玛细细描述过。但他看不见前门，他也没有双筒望远镜。他来她的房间是为了前门的情况。

"现在他们的人更多了，"他说，"也许有一百人。有些人戴着面具。"

"面具？"威尔玛迷惑地问，"你是说，像万圣节那种吗？"她想象着地精、吸血鬼、精灵公主、巫师和猫王。"我以为戴面具是违法的。在公开集会场合。"

"不是像万圣节那种，"托拜厄斯说，"是婴儿的面具。"

"粉色的吗？"威尔玛问。她感受到了一丝恐惧的颤栗。暴徒戴着婴儿面具——这真是令人不安。一大群真人大小、有潜在暴力威胁的婴儿，失去了控制。

有二三十个小人正手拉着手围在很可能是糖罐的东西周围：托拜厄斯喜欢在茶里加糖。女人们穿着层层重叠的玫瑰花瓣做的短裙，男人们身上蓝色的孔雀羽毛泛着斑斓的微光。他们的衣着多么精致，装饰多么华美！很难想象他们竟然不真实。他们是如此有存在感，如此细节生动。

"有些是，"托拜厄斯说，"还有一些是黄色和棕色的。"

"他们一定是想营造跨种族的主题。"威尔玛说。她偷偷地把手向桌上的舞者们伸了过去：她要是能抓住一个小人，像捏甲壳虫一般用大拇指和食指把它捏住就好了。也许这样他们就会注意到她，就算是踢她咬她也好。"他们也穿着婴儿的装束吗？"也许穿着尿布，或是贴着标语的连体衣，或是印着不协调的邪恶图案的围嘴,比如海盗和僵尸。那些曾经很是流行。

"不,只有面具。"托拜厄斯说。那些小舞者们没有让威尔玛的手指穿过他们,这彻底证明了它们的不真实。它们弯折了舞蹈队形避开她,也许它们还是注意到她了的。也许它们是在逗她,这些小淘气。

别傻了,她告诉自己,这是一种症状。夏尔·勃纳尔综合征。记录在册,别人也得过。不,是邦纳综合征。勃纳尔是个画家,她几乎可以确定。或者是叫勃尼维特?

"现在他们又堵住了另一辆货车,"托拜厄斯说,"送鸡肉的货车。"鸡肉是来自本地一家有机农场自由放养的鸡,鸡蛋也是。"巴尼和戴夫的幸运咯咯鸡。"他们总是在周四送货。没有鸡肉和鸡蛋——到最后也许会很严重,威尔玛心想,墙内会怨声载道。人们会提高嗓门:这我可是付了钱的。

"有警察吗?"她说。

"我没看到。"托拜厄斯说。

"我们得问问前台,"威尔玛说,"我们得投诉!他们应该被清走,或者做些什么——那些人。"

"我已经问过了,"托拜厄斯说,"他们知道的也不比我们多。"

今天的晚餐比平日里更有生气:更多的窃窃私语,更多的叽叽喳喳,更多突然发出的刺耳笑声。餐厅看起来人手短缺,在普通的晚上这会导致更多的愤怒情绪,但现在却有一种低调的狂欢节氛围。有人弄掉了烟灰缸,有人打碎了玻璃杯,还有人欢呼起来。工作人员提醒住客们小心撒落的冰块,它们几乎看不见,还很滑。我们可不希望有人把屁股摔坏,在现在这个时候,对不对?绍莎娜的声音通过话筒传来。

托拜厄斯给他们这桌点了一瓶红酒。"让我们享受一下,"他说,"这杯敬你们!"玻璃杯叮当作响。他和威尔玛今晚并不是只有两个人,他们坐在一张四人桌上。这是托拜厄斯提议的,威尔玛很惊讶自己竟然也同意了:尽管人多并不代表势众,但至少能带来安全的幻觉。如果他们待在一起,就能远离未知的一切。

桌上的另外两个人是乔安妮和诺琳。很遗憾没有另一个男人,威尔玛心想,不过在这个年龄段,女人和男人的比例是四比一。托拜厄斯说,女人比男人要活得长,因为她们比男人更少动怒,也更能承受屈辱。变老不就是一连串漫长的屈辱吗?有哪个正直诚实的人能忍受这些?有时候,当受够了淡而无味的食物,或是关节炎又犯了的时候,他会威胁说只要能搞到必要的武器,就把自己的脑袋崩掉,或是用剃须刀在浴室里割腕,就像个有荣誉感的罗马人一样。威尔玛劝阻他时,他会安慰她:这不过是他体内那个病态的匈牙利人在作祟，所有的匈牙利男人都这么说话。如果你是个匈牙利男人，你每天不威胁要自杀一次都过不下去，当然——他会开玩笑说——真正遵照执行的人并不够多。

为什么匈牙利女人不这么说呢？威尔玛问过他好几次。为什么她们不也在浴缸里割腕？她喜欢问重复的问题，因为得到的答案有时相同，有时却不一样。托拜厄斯同时有至少三个出生地，上过四所大学。他的护照更是举不胜举。

"匈牙利女人可没这个打算，"他有一次说，"她们从不知道游戏什么时候应该结束，无论是爱情、生活还是死亡。她们和殡仪员调情，她们和扫去她们棺材上尘土的家伙调情。她们从不放弃。"

乔安妮和诺琳都不是匈牙利人，但她们也展现出了令人印象深刻的调情技巧。如果她们有羽毛扇，一定会用来敲打托拜厄斯；如果她们有花束，一定会丢给他玫瑰花蕾；如果她们有脚踝，一定会晃出来炫耀，就和她们扭捏作态的笑容一样。威尔玛很想告诫她们不要为老不尊，但如果她们听从了她的劝告，又会是什么样子呢？

她是在泳池里认识乔安妮的。她试着每周去下两次水，她做得来，只要有人帮她下水上岸，把她领进更衣室。她以前一定也在类似演奏会的场合见过诺琳——她能认出她鸽子叫一般的笑声，一种颤抖的咕咕声。她不知道她们都长什么样，不过从侧面看去，她注意到她们都穿着品红色。

面对新的女性观众，托拜厄斯可是开心极了。他已经称赞过诺琳今晚容光焕发，也向乔安妮暗示过如果是和从前的他一起走在暗处，她可不会安全。"**年轻难知，年老难行**。"[1] 他说。那是吻手的声音吗？两人娇笑起来，或是发出了曾经可以称之为娇笑的声音。更像是嘎嘎声，或是咯咯声，或是呼哧呼哧声——一阵秋风扫过落叶的声音。声带缩短了，威尔玛悲伤地想：肺部缩水了。所有器官都更干瘪了。

她对这伴随着蛤蜊浓汤的调情有什么感觉？她嫉妒吗？她希望托拜厄斯只属于她自己吗？不是他的全部，不是，她不会走那么远。她并没有和他在隐喻的干草垛上翻滚的欲望，因为她并没有欲望。反正没剩多少了。但是她的确想要他的关注。或者说她希望他会关注她，尽管在手边两个低等一些的替代品面前他似乎已经做得很好了。他们三人正在打趣逗乐，就像某种摄政王朝时期的浪漫故事。她不得不聆听他们的交谈，因为没有其他东西能分散她的注意力——那些小人们没有出现。

她试着召唤它们。出来，她无声地命令着，努力把她曾经可称之为视力的东西聚集到餐桌中间的人造插花上——质量上佳，托拜厄斯说过，你几乎看不出和真花有什么不同。花是黄色的，她只能做出这个评价。

---

[1] 出自十六世纪法国学者亨利·埃蒂安纳（Henri Estienne）的名言。

什么都没有发生。没有人类出现。她无法控制它们的来去,这看起来很不公平,因为它们正是她自己大脑的产物。

蛤蜊浓汤之后上的是炖牛肉配蘑菇,然后是葡萄干大米布丁。威尔玛专心吃着:她必须用眼角定位盘子,她必须像操作挖掘机一样操纵叉子,她必须靠近、转动、装载、举起。这很费力。终于,饼干盘端了过来,像往常一样,是黄油甜酥饼和黄油棒。七八个穿着灰白色花边衬裙的姑娘一闪而过,她们跳着康康舞,露了一下穿着丝袜的大腿,就几乎是立刻又重新变回了黄油甜酥饼。

"外面的情况怎么样?"她在其他人忙着相互恭维的间隙见缝插针地问道。"大门那边?"

"喔,"诺琳快活地说,"我们正想把那些都忘掉呢!"

"是的,"乔安妮说,"那太令人沮丧了。我们只想活在当下,不是吗,托拜厄斯?"

"美酒,女人,还有歌唱!"诺琳宣告着,"把肚皮舞娘们叫上来!"她们两人咯咯地笑了起来。

令人意外的是,托拜厄斯没有笑。他反而握住了威尔玛的手。她感觉到他干燥、温暖、骨感的手指覆在她的手上。"有更多的聚集者。情况比我们最初了解到的还要严重,亲爱的女士,"他说,"低估它可不明智。"

"哦,我们没有低估它,"乔安妮说,尽力保持着她在空气中营造出的侃侃而谈的肥皂泡,"我们只是在无视它。"

"无知是福!"诺琳轻快地说。但这些已经无法再对托拜厄斯起作用了。他抛弃了**《红花侠》**[1]那一套纨绔贵族子弟的俗丽气场,转到了实干派硬汉的模式上。

"我们必须做好最坏的打算,"他说,"不能让他们在我们打盹时有机可乘。现在,亲爱的女士,让我送你回家吧。"

她慰藉地舒了口气:他回到了她的身边。他会一直把她送到房间门口。他每天晚上都会这么做,忠诚得像发条。她在害怕什么呢?担心他会离开她,让她屈辱地一个人摸索回去,当着众人的面把她抛弃,与诺琳和乔安妮欢快地奔进灌木丛中,在凉亭里来一场三人性爱?这是不可能的,安保人员会立刻把他们捞出来,五花大绑押送到高级协助区。他们每晚都会带着手电筒和小猎狗巡查。

"我们准备好了吗?"托拜厄斯问她。威尔玛被他问得心里一阵暖意。我们。乔安妮和诺琳也就到此为止了,她们又一次仅仅成为了"她们"。她倾身而去,让他牵住她的手肘,在她自由驰骋的想象中,两人庄重退场。

"但最坏的打算是什么呢?"在电梯里她问他。"我们该如何做好准备呢?你不认为他们会把我们烧死吧?在这里不

---

[1] 《红花侠》(*The Scarlet Pimpernel*) 是英国作家奥齐男爵夫人 (Baroness Orczy, 1865—1947) 创作的戏剧,曾被改编成电影,讲述法国大革命中一位贵族侠客援救被革命政府逮捕的贵族们的故事。

会！警察会阻止他们的。"

"我们可不能依靠警察，"托拜厄斯说，"他们已经靠不住了。"

威尔玛想要争辩——可是他们必须保护我们，这是他们的工作！——但她忍住了。如果警察有用的话，现在就应该行动了。他们退缩了。

"这些人会很谨慎，一开始的时候，"托拜厄斯说，"他们会一点一点小步推进。我们还有一些时间。你不用担心，一定要睡好，养足体力。我要去做准备了。我可不会失败。"

多奇怪啊，她竟然觉得这段情景剧台词似的话语如此令人安心：托拜厄斯会接管一切，制定深度方案，足智多谋，战胜命运。他不过是一个有关节炎的脆弱老头。她告诉自己。但她还是觉得安心又宽慰。

在她的房间外面，他们像往常一样相互在面颊上轻吻一番。威尔玛听着他蹒跚着走去大厅。她感觉到的是遗憾吗？这是古老温存引起的悸动吗？她真的希望他用干瘦的胳膊拥抱住她，揭开魔术贴，拉开拉链，靠着她的肌肤，尝试重现他过去曾经毫不费力地做过上百次、甚至上千次的事吗？他现在行事起来却会阴森鬼魅、嘎吱作响，仿佛节肢动物一般。不。那对她来说太痛苦了，一定会有无声的对比：那秀色可餐、味道如巧克力一般甘美的情人，那天神一般的乳房，那大理石一般的双腿。然后仅仅是她。

你相信老了之后精神可以超越肉体,她告诉自己,你相信你可以超脱一切,到达非物质的安详领域。但只有通过高潮才能实现这一切,而高潮只有肉体自身可以获得。翅膀没有骨头和肌腱,就无法飞翔。没有高潮,你只能被身体拖累,沉沦于机体之中。生锈失灵、复仇心切、低级盲目的机体。

托拜厄斯走出她的听觉范围之后,她关上了门,着手开始她睡前的例行程序。鞋子换成拖鞋:最好慢一点。然后脱下衣服,一个接一个的魔术扣,要在衣架上差不多挂好,然后放进衣橱。内裤要在差不多的时候放进洗衣篮:卡嘉明天会来处理的。小便没费多少力气,厕所冲过了。维他命补充片和其他药片配着足量的水喝下去了,它们在食道里分解的话可不舒服。没有窒息而亡。

她也没有在浴室里摔跤。她紧握门把手,没有用太多滑溜溜的沐浴液。擦干身子时最好坐下来:很多人在尝试站着擦干自己的脚时遭遇不幸。她在脑中记下要打电话给服务中心预约美容沙龙修剪脚趾甲,这是另一件她无法自己完成的事。

她的睡衣已经在晚餐时分由幕后那双无声的手洗净叠好,放在了她的床上,床也已经铺好。枕头上总会放着一块巧克力。她摸索着找到了巧克力,剥开锡纸包装,贪婪地吃掉了一整块。正是这些细节之处让安布罗希亚庄园在它的竞争对手之中脱颖而出,宣传材料这样写道。珍爱自己,你值得拥有。

第二天早餐时托拜厄斯迟到了。她觉察到了,又通过厨房里那只有声闹钟确定了这一点。这只钟也是艾莉森送的礼物:只要你按下按钮——如果你能找到按钮的话——它就会用一种二年级算术老师般居高临下的声音告诉你时间。"现在是八点三十二分。八点三十二分。"然后是八点三十三分,八点三十四分,随着每一分钟过去,威尔玛都能感到自己的血压节节升高。也许他发生了什么事?中风,心脏病发作?这种事情在安布罗希亚庄园每周都会发生:高资产净值并不能保护他们免遭此劫。

终于,他来了。"新消息,"他几乎在进门之前就对她说,"我去了瑜伽晨练班。"

威尔玛大笑起来。她忍不住。托拜厄斯做瑜伽,或是仅仅和瑜伽共处一室这种想法就太好笑了。他选择穿什么衣服去参加这项运动呢?托拜厄斯和运动裤并不相称。"我理解你的笑意,亲爱的女士,"托拜厄斯说,"要是有别的办法,我也不会选择瑜伽。但我为了获取信息而做出了自我牺牲。无论如何课并没有上起来,因为没有教练。所以女士们和我——我们可以聊一聊。"

威尔玛清醒过来。"为什么没有教练?"她问。

"他们封锁了大门,"托拜厄斯宣称,"他们不许任何人进来。"

"警察都在干什么？还有庄园保安呢？"封锁：这可是个严肃的词。封锁需要重型设备。

"他们都不见人影。"托拜厄斯说。

"进来坐下，"威尔玛说，"让我们喝点咖啡。"

"你说得对，"托拜厄斯说，"我们必须想想。"

他们在小餐桌边坐下，喝着咖啡，吃起了麦片。没有麦麸了，而且——威尔玛意识到——再得到麦麸的希望也很渺茫了。我必须珍惜这顿麦片，她边想边感受着脑中咯吱咯吱的咀嚼声。我必须品味这一刻。小人们今天骚动不安，他们转着圈，跳着快速的华尔兹，周身金色和银色的亮片闪闪发光。他们在为她上演一场宏大的演出。但她现在无法关心他们，因为有更严重的事需要考虑。

"他们让人出去吗？"她问托拜厄斯。"穿过封锁。"她看过的那本关于法国大革命的书叫什么来着？凡尔赛宫被封锁了，皇室在其中烦恼而苦闷地煎熬。

"只让工作人员出去，"托拜厄斯说，"几乎是命令他们离开。但住客不行。我们必须留下。看起来他们是这么下令的。"

威尔玛思索着。所以工作人员被允许离开，但一旦离开，他们就无法再回来。"而且送货车也没有了，"她说，更像是一个陈述，而不是问题，"比如送鸡肉的。"

"自然没有了。"托拜厄斯说。

"他们想让我们饿死,"她说,"这么说的话。"

"看起来是。"托拜厄斯说。

"我们可以伪装自己,"威尔玛说,"溜出去。比如,装成清洁工。穆斯林清洁工,把脑袋都遮起来。或者什么别的。"

"我非常怀疑我们能够不受盘查地通过,亲爱的女士,"托拜厄斯说,"这是年纪的问题。时间留下了印记。"

"我们可以是非常老的清洁工。"威尔玛怀着希望说。

"这是一个度的问题。"托拜厄斯说。他叹了口气,还是一个喘息?"但是不要绝望。我并不是没有资源。"

威尔玛想说她并不绝望,但是她忍住了,因为事情可能变得太复杂。她无法准确阐明她的感受。不是绝望,完全不是。但也没有希望。她只是想看看接下来会发生什么。反正肯定不会是日常惯例。

在采取任何其他行动之前,托拜厄斯坚持他们先在威尔玛的浴缸里放满一缸水,为未来做好准备。他自己的浴缸已经放满了。不久之后电力就会被切断,他说,然后水也不会流了。这只是时间问题。

然后他清点了一下威尔玛厨房和迷你冰箱里的物品。没有多少,因为她手边并没有留午餐和晚餐的食物。她为什么要留呢,他们任何人为什么要留呢?他们从不会准备这两餐。

"我有一些葡萄干酸奶,"威尔玛说,"我想。还有一罐橄榄。"

托拜厄斯嗤之以鼻。"我们靠这些东西活不下去。"他边说边谴责地摇了摇一盒什么东西。他告诉她,昨天他预先去了一楼的小卖部,谨慎起见买了能量棒、焦糖爆米花和咸味坚果仁。

"你多么聪明啊!"威尔玛惊呼道。

是的,托拜厄斯说,是很聪明。但这些应急口粮撑不了多久。

"我要下楼去厨房搜一搜,"他说,"在其他人可能想起来之前。他们可能会打劫商店,相互踩踏。我见过这种事。"威尔玛想和他一起去——如果发生踩踏事件她可以作为缓冲,谁会认为她是威胁呢?如果他们真的你争我夺大打出手,她可以把一些补给品藏在手提包里带回房间。但她没有提出这个建议,因为她肯定会成为累赘:他已经有很多事情要做了,没空护送她四处走。

托拜厄斯似乎知道她想派上用场。他已经贴心地为她想好了角色:她要继续待在房间里听新闻。他称之为情报收集。

等他一走,威尔玛就打开了小厨房里的收音机,准备收集情报。一个新闻播报员说的不比他们知道的多多少:"轮到我们"是一项国际性的运动,看起来是致力于扫清被一个示威者称为"头顶上的寄生废物",被另一个示威者称为"床底的灰团"的人。

当局只采取了零星的应对措施,甚至可以说几乎没有应对措施。他们有更重要的事情要关心:更多的洪水,更多的森林山火,更多的龙卷风,这些事情就已经让他们忙得团团转了。节目里播放了各种当局首脑的原声片段。那些被围攻的养老机构中的人员不应该恐慌,他们不应该试图出去到街上游荡,在街上他们的安全无法得到保障。有些人鲁莽地决定和暴徒搏斗,但他们都没能幸存,其中一人被徒手大卸八块。被封锁的人员应该留在室内,事情很快就会得到控制。可能会调配直升机。被围困人员的亲属应该不要试图自行介入,因为情况很不稳定。每个人都应该服从警察、军队或是特种部队的指挥。那些拿着扩音器的人。总之,他们必须相信,很快就会有人来帮助他们了。

威尔玛对此表示怀疑,但她继续听着接下来的专题讨论。主持人首先建议参加讨论的嘉宾声明自己的年龄和立场:学者,三十五岁,社会人类学家;能源领域工程师,四十二岁;经济学家,五十六岁。然后他们模棱两可来来回回地讨论起来:现在发生的事件是一次突然爆发的暴行,是对长辈观念、文明观念、家庭观念的冲击,还是说从另一方面看可以理解,考虑到这些小于二十五岁的年轻人不得不承受的经济与环境的双重挑战和刺激,老实说,真是一片狼藉。

是有暴行，是的，很遗憾社会中最弱势的群体成了替罪羊，但这一轮事件在历史上并不是没有先例。在很多社会里——人类学家说——老人们都会优雅退场，走进风雪之中，或是被背到山腰留下，给嗷嗷待哺的年轻人腾出空来。但那是在物质资源非常匮乏的时候，经济学家说，老年人口实际上是最大的就业机会创造群体。是的，但是他们消耗了大量医保资金，而且大部分都是花在那些迟暮的……是的，那些都没错，但无辜的生命逝去了，容我打断一下，这取决于你怎样看待无辜这个词，他们中的一些人……你肯定不是在为那些行径辩护吧，当然不是，但你不得不承认……

主持人宣布接下来他们会接听听众的电话。

"不要相信任何不到六十岁的人。"第一个打进电话的听众说。他们都笑了。

第二个打进电话的听众说他不懂他们怎么能对这一事件如此轻描淡写。到了一定年纪的人已经辛苦工作了一辈子，他们交了几十年的税，而且可能还在继续交，政府在哪里？他们难道意识不到年轻人从来不投票吗？如果当选的议员们不立刻行动把局面收拾干净，民意调查的时候他们会遭报应的。更多的监狱。这才是我们需要的。

第三个打进电话的人一上来就说他一直投票，但这对他并没有什么好处。然后他说："焚尽余灰。"

"我没听清。"主持人说。第三个听众开始尖叫："你听清